Major Emil

Kertvárosi
éjszakák

novum pro

www.novumpublishing.hu

Minden jog fenntartva, beleértve a mű film, rádió és televízió, fotómechanikai kiadását, hanghordozón és elektronikus adathordozón való forgalmazását, valamint kivonat megjelentetését, illetve az utánnyomását is.

Nyomtatva az Európai Unióban környezetbarát, klór- és savmentes, fehérített papírra.

© 2018 novum publishing

ISBN 978-3-99064-289-4
Lektor: Sósné Karácsonyi Mária
Borítóképek: Rvlsoft,
Ljubisa Sujica | Dreamstime.com
Borító, tördelés & nyomda:
novum publishing

www.novumpublishing.hu

Hanninak

I. fejezet

Kánikula a sivatag peremén

Olive ötlete volt, hogy költözzünk a kertvárosba. Szerinte ott nincsenek betörések és még megannyi más kellemetlen esemény, ami a belvárosban. Átláttam rajta, tudtam, hogy a gyerekvállalás miatt akar odaköltözni. Mindent az én feleségemért.
– Igen hallgatag vagy. Csak nincs valami gond? – Az én aggódó Olive-om. A tavaly átadott gyorsforgalmi úton autóztunk ki új családi fészkünkbe az utolsó dobozokkal. A költöztetők már tegnap átvitték a bútorokat, ma már csak pár holmi maradt régi, belvárosi lakásunkban. Épp a városi víztározó mellett hajtottunk el. Néztem a víztükör sima felületét. Sehol egy hullám, de még csak fodrozódás sem volt rajta. A légkondit feljebb csavartam, mert elviselhetetlen volt ez a hőség. Pokoli július. Ránéztem a kinti hőmérőre: 48,6 °C. Értem, hogy nyár van, meg sivatagban élünk, de azért ez már túlzás – két hete ilyen forróság tombol.
– Nem bírom ezt a meleget – válaszoltam. Én inkább a teleket preferálom és a hideget. – Úgy bele tudnék most ugrani abba a pocsolyába odakint!
– Meleged? Annyira feltekerted a légkondit, hogy én már fázom. – Ekkor megfogta a kezem. Tényleg hideg volt. Nem egyezik a hőháztartásunk, az egyszer biztos. Lejjebb tekertem a klímát.
– Ó, köszönöm, Dan – mosolygott, egyúttal hirtelen megelőzött egy Toyotát. Akár a nagyapja: mögé kerül két méterrel, hirtelen kirakja az irányjelzőt, majd elrántja a kormányt és kilő, mint egy rakéta. Hirtelen kapaszkodnom kellett.
– Csak óvatosan, szívem, egyben érjenek oda a dédnagymama porcelánfigurái – próbáltam rettegő hangnemet felvenni, de mindig átlát rajtam. Tudta, hogy már hozzászoktam, és észre sem veszem az ilyen húzásait.

– Kár is lenne értük – nevetett.

Egyben leszállítottuk a porcelánfigurákat. Ezután nem volt egy hirtelen előzése sem. Beállt a kocsifelhajtóra, úgy, ahogy én soha nem tudnék egy kanyarral. Becipeltük az utolsó dobozokat is, melyekből bent már jócskán állt halomban néhány. Fényképek, képregények, magazinok a múlt századból, ahogyan mi emlegettük őket. Továbbá konyhai edények, néhány ruhás doboz. A lényegeseket már kipakoltuk.

A szomszédságnak holnap lesz a bemutatkozás, már alig várjuk. (Nem.) A belvárosban hozzászoktunk a személytelenséghez. Volt egy, talán két szomszéd, akit ismertünk, de semmi több. Itt ismerni kell az egész utcát, akik ráadásul leskelődnek, kíváncsiskodnak, pletykálnak. Próbáljuk a napos oldalát nézni! Lefülelik az idegeneket, na meg ott vannak a grillpartik!

Gyerekkoromban sokat grilleztem otthon, most végre felfrissíthetem a kerti-séf tudományomat. Holnap az egyik szomszéd rendez partit az érkezésünkre. Szerintem itt mindenki kapva kap a lehetőségen, hogy etethesse-itathassa az utcát, csak kell egy jó ok rá. Július 4-én – gondolom – veszekedés lesz, hogy ki legyen az a szomszéd, aki az egész környéket megvendégelheti. Számukra ez presztízskérdés.

Olive e gondolatmenet közben odalépett, és oldalról átölelt. Fejét nekidöntötte a vállamnak, ahogy nézte a rendetlenséget.

– Ez egy ház, de mi otthonná tesszük – pillantott rám sötétbarna, már-már fekete szemeivel. A tekintetéből ki lehetett olvasni a boldogságot. Ha belegondolok, hogyan jutottunk el ide, szinte egy romantikus blogbejegyzésért kiállt a történetünk.

Sok párral ellentétben mi nem közhelyesen jöttünk össze. Egyikünk sem volt bálkirály-királynő a szalagavatós bulin, se osztályelnök. Nem is az egyetemen ismerkedtünk meg és szerettünk egymásba, mint ahogy sokan mások. Sőt, nem is egy társkereső volt, ami összehozott minket. Egy sajtófotó kiállításon találkoztunk először, de még mielőtt arra gondolna valaki: nem volt szerelem első látásra, ha egyáltalán létezik az ilyen hókuszpókusz. A mi kapcsolatunk mellőzi a közhelyeket… azaz remélem, mellőzi, nézőpont kérdése, hogy mit tekintünk közhelynek. A lényeg, hogy hosszadalmas úton jutottunk oda, mikor feltettük egymásnak a kérdést: te hol voltál eddig? Ám ezután nem volt megállás. Három hónapon belül megkértem a kezét, mert tudtam, hogy Ő AZ. Igent mondott, persze, hogy igent mondott – nyilván ő is ezt látta bennem. Másnap összeházasodtunk, két tanú volt, meg az anyakönyvvezető, senki több. Ez sokak szerint aljas húzás volt, néhány rokon ma sem beszél velünk emiatt, de kit érdekel!

– Számomra ahol te vagy, az az otthon. – A szeme felcsillant, és egy hosszú csókot nyomott az ajkamra. Álltunk még ott az előtérben egymás karjában, és csak néztük egymást. Úgy gondoltuk, hogy ez egy olyan pillanat, amelyre sokáig emlékezni fogunk. Nem gondoltuk, hogy ez a nap lesz a legszebb az elkövetkezendő megannyi közül.

A légkondi egészen késő estig ment, hogy valamennyire lehűtse a házat, bár én nem éreztem túl sok hasznát. Vacsorát egy kínai étteremből rendeltünk, a nagy rendetlenségben nem tudtunk volna rendes vacsorát készíteni. Talán holnap sikerül. Nagyvárosban gyorsan megtanul az ember pálcikával enni. Noha a fűszeres mexikói kajákat szerettem, ma én húztam a rövidebbet, ezért esett a kínaira a választás.

Vacsora után egy kiadós zuhanyzás következett. Nagyon jó lehettem ma Olive-nál, mert felajánlotta, hogy együtt zuhanyozzunk. Volt egy kis romantika a zuhany alatt, a többit későbbre tartogattam. Első éjszakánk az új házban. Meg kell hagyni, az emeleti szobából elég pazar volt a kilátás. Számomra legalábbis. Nem a város felé nézett a hálószobaablakunk, hanem egyenesen a sivatag felé. A nap már lement, így láthattuk a csillagos égboltot, sőt a Tejutat is.

Áldás, egyben átok, hogy eléggé kívül esik a belvárostól ez a környék. Ezt építették ki legutoljára, így szó szerint a város peremén voltunk. Ellenben a fényszennyezés sem volt olyan jelentős, hogy ne lássuk tőle a csillagos eget. A horizonton csupán a legközelebbi katonai támaszpont fényeit láttuk. Nagyon halványan, de lehetett látni a fényeit.

– Még egy kicsit nézünk tévét? – kérdezte kissé álmosan Olive. Legtöbbször valamelyik hírcsatornát szoktuk nézni. A munkámból kifolyólag folyamatosan naprakésznek kellett lennem, és ezt a szokást átvette tőlem Livi. Bekapcsoltuk a CNN-t. Késő volt már, tizenegy felé járt az idő. Az egyik sztárriporter kimerítően ecsetelt valamit, amire egyikünk sem figyelt. Ezt követte egy időjárás-jelentés. Közölték, hogy mifelénk nagyon meleg van, és ez mostanában nem fog változni.

– Remek. Ezt én is megmondtam volna – mutattam duzzogva a képernyőre.

– Ne morogj már! – A *márt* elnyújtotta, mint egy kiscica, mikor nyávog. Odabújt hozzám, egyik karjával átölelt, szemei csukva voltak, mint aki már alszik.

Most jött el az én nagy pillanatom. Kezemmel finoman bebújtam a hálóinge alá… – Mmm… – jött a válasz, majd: – Most ne, szívem, annyira fáradt vagyok.

Beletörődve lebiggyesztettem ajkam, mire kinyitotta a szemeit, és mosolyogva rám nézett. – Holnap korán lelépünk a partiból, és egész este a tiéd leszek. – Végül egy puszit nyomott az arcomra. – Remélem, megborotválkozol reggel. – Jellemző szemrehányás.

– Először is, kétlem, hogy holnap le tudnánk lépni a mi „tiszteletünkre" – ezt a szót gúnyosan kihangsúlyoztam – rendezett kerti piknikről; másodszor, javaslom, hogy ne adj az arcomra puszit, mert mindig rám szólsz, hogy borotválkozzak meg – zsörtölődtem. Nincs szex, és még borotválkozzak is meg. Nahát!

Őzikeszemekkel nézett rám és megcsókolt.

– Így már más – jelentettem ki. Kezdetnek megteszi kiengesztelésül. Kikapcsoltam a tévét, leoltottam a villanyokat, ideje volt aludni.

Mennyi kutya van a környéken? Mintha egy tucatnyi ugatott volna szüntelenül. Minden éjjel ez lesz, vagy a mostani valami rendkívüli este? Lehet, hogy a közelben sintértelep üzemel – ennyi négylábúja nem lehet a szomszédoknak. Próbáltam Olivia egyenletes szuszogására figyelni. Közben rárakta a kezét a hasamra, és elfordult a másik felére. Ha tudtam volna festeni, biztos vászonra vittem volna ezt a látványt. Kettőnk közül azonban nem én voltam a festő.

Hallgattam tovább az ebszólamot, figyeltem a támaszpont fényeit. Közben leszállt egy repülőgép. Nem volt hangosabb, mint bármely más utasszállító, ami elhúz a házunk felett. Gondolkodtam a holnapi napon. Reggel tényleg meg kell borotválkoznom. Délelőtt el kell ugranunk bevásárolni, valami kaja legyen itthon, meg nem kéne üres kézzel beállítanunk a vendégségbe. Még fárasztóbb lesz szerintem, mint a költözködés. Elmondani az élettörténetünket. Honnét jöttünk, mit dolgozunk, hogyan ismerkedtünk meg, akarunk-e gyereket.

A gondolatmenetet Olive nyöszörgése szakította félbe. Biztos rosszat álmodik. Odabújtam hozzá, átöleltem. Ettől talán megnyugszik. Ekkor elaludhattam, mert másra nem emlékszem.

Hajnalban felébredtem egy pillanatra. A kutyák annyira kitartóak voltak, mint egy Apple-fanatikus, aki a bolt előtt táborozik az új iPhone megjelenésének napjaiban. Nem igaz, hogy másokat ez nem zavar! Behunytam a szemem – most már csak azért is átalszom az éjszakát!

Csend lett. Nem tudom, hány kutya ugatott, de most mintha parancsszóra takarodót fújtak volna nekik, elnémultak. Se egy halk vakkantás, se semmi. Hallgattam, de csak a mély és üres némaság lengte át az utcát. Felnéztem, kinéztem az ablakon, ekkor azt láttam, hogy nem világítanak a fények a támaszponton. Talán rosszul tudta az ingatlanos, és még sincs egész éjjel kivilágítva. Lehet gyakorlat, vagy ott is villanyoltást rendeltek el. Olive felé fordultam, és átaludtam az éjszakát.

Mikor felébredtem, még kora reggel volt, a Nap épp csak feljött a horizonton. Livi még aludt. Meg akartam puszilni, de eszembe jutott a borostám. Biztos felébreszteném, előbb meg kell borotválkoznom. Így is tettem, utána lementem a konyhába, dobozok között szlalomozva. Maradt a kínai kajából egy kevés, főztem hozzá kávét, csináltam pár pirítóst meg két tojást omlettként. Ennyi talán elég lesz. Éppen terítettem, mikor lépéseket hallottam a lépcsőn. Az én tündérem felébredt!

– Mivel érdemeltem ezt ki? – kérdezte kissé álmos hangon, de arca ragyogott. – Nekem kellene téged kiengesztelni. – Rám kacsintott.

- Az ráér este. - Önelégülten mosolyoghattam, bár belül tudtam, hogy úgysem lesz belőle semmi. - Most viszont az első reggelünk van a házban. Ez is legyen emlékezetes.
- Ó! - mondta, majd odatipegett hozzám hálóingben és megcsókolt. - Mmm. Meg is borotváíkoztál. Valamivel meg kell, hogy lepjelek téged. Ennyi igyekezet jutalmat kíván - nézett rám ábrándos tekintettel.
- Úgy gondolod? - A combjára tettem az egyik kezem, és elkezdtem észak felé barangolni vele.
- Igen, uram, de nem most. - Hát ezt érdemlem?
- Vigyázzon, hölgyem, mert kamattal többe fog kerülni! - vontam fel a szemöldököm kioktatóan.
- Van egy olyan instrumentumom, amellyel ki tudom minden tartozásomat egyenlíteni.
- Nagyon magabiztosnak tetszik lenni! Meglátjuk, hogy kielégítő lesz-e az a bizonyos instrumentum. - Csak vigyorogtam rá, mire ő ráharapott az alsó ajkára. Elment felöltözni. Én ott maradtam, tableten nézegettem a híreket, mi történt a világban, amíg kialudtak a fények a támaszponton. Áradások Ázsiában. Terrormerénylet a Közel-Keleten. Végre egy érdekes hír: a NASA és a polgári védelem állomásai béta sugárzás nyomait észlelték a Nyugati-part egyes helyein. Sejtelmes, de mit jelent mindez? A szakértők vizsgálják az esetet. Nincs olyan veszély, amely a lakosságot fenyegetné.

Megjelent Olive, leült velem szemben az asztalhoz.
- Éjszaka rosszat álmodtál? - kérdeztem, egy szót sem említve a hírekről.
- Miért? Amúgy nem emlékszem.
- Akkor nem fontos. Egyszer nyöszörögtél egy kicsit. - Nem ecseteltem, hogy én nyugtattam meg, mert lehet, hogy magától múlt el.
- Vagy úgy - tűnődött. - Hát én nem emlékszem semmire - jött mosolyogva a válasz. - És neked milyen volt az éjszakád?
- Ah, ne is kérdezd. Valami állatmenhely, vagy nem tudom, mi lehet a közelben, annyi kutya ugatott - zsörtölődtem. - Ennyi kutya tuti nincs a környéken. Az kizárt - erősítettem meg a kijelentésemet inkább magamnak, mintsem neki.

– Tényleg? Én nem hallottam semmit. Vagyis hát elalvás előtt hallottam… – tűnődött el. – De pillanatok alatt elaludtam, és fel sem ébredtem reggelig.

– Egész éjjel ugattak. Vagyis majdnem egész éjjel. Elég fura volt. Hirtelen mintha parancsot kaptak volna mind, egyszerre hagyták abba az ugatást. Fura – ismételtem meg, ha elsőre nem lett volna érthető.

– Fura – mondta utánam. – Talán egyszeri eset volt. Délután kikérdezzük a szomszédokat, hogy ez mindennapos-e.

– Igen. Meg a fényeket is leoltották – tűnődtem az éjszakán, meg se hallva, amit Olive mondott.

– Hogy mit? – kérdezte értetlenül.

– Ja, semmi. Lehet látni, ugye, a katonai bázis fényeit az ablakból éjszaka. És le is szállt egy repülő éjjel, még láttam. De mikor a kutyák elhallgattak, a fények sem égtek a bázison. Az ingatlanos mintha azt mondta volna, hogy folyamatosan égnek, nem? – vártam a megerősítést.

– Aha, a'sszem. – Láttam, fogalma sincs róla. – De miért fontos ez?

– Ja, nem fontos, csak olyan… – kerestem egy jobb szót, de nem találtam. – …fura. – Ekkor ugrott be. – Vagy inkább bizarr. – Lehet, hogy túl ijesztő képet vágtam, mert megállt a pirítós a kezében, félúton a tányér és a szája között.

– Nem lehet, hogy neked voltak rémálmaid, édesem? – nézett rám félig komolyan, félig gúnyolódva.

– Haha, nem. Nem álmodtam. De nem is érdekes. Mi legyen a délelőtti program? Kis rendrakás, majd bevásárlás, vagy fordítva? – tereltem el a témát.

– Menjünk el egyszer a boltba, utána pakoljunk. Mikor is kezdődik a buli? – Kirázott a hideg, mikor ezt mondta. Egyikünk sem volt oda érte, és ezt lehetett érezni a „buli" hanglejtésén.

– Kettőkor – forgattam a szemeim.

Kiadós reggeli után – hogy legyen energiánk a délelőttre – én is rendbe szedtem magam. Már épp indultunk a szupermarketbe, mikor csöngettek. Én nyitottam ajtót. A bejárat előtt egy magas, pocakos férfi állt. Halántékán izzadságcseppek gyöngyöztek

végig a szemöldöke felé. Látszott rajta, hogy hiába a tanga papucs a lábán, a rövidnadrág, nehezen viseli a meleget. Earl volt az, az egyik szomszéd. Korábban találkoztunk már vele, még a ház megvétele előtt. Rendes fickónak tűnt, olyannak, akihez az ember szívesen átmegy cukorért, ha kifogyna. Általában cukorért szoktak átmenni a szomszédok egymáshoz, jól gondolom?
– Szevasz, Dan! – rikkantott fel harsányan, mikor meglátott.
– Mi újság van, Earl? – feleltem.
– Semmi új. Készültök a délutáni partira? – Egyből a tárgyra tért.
– Ó, hogyne. Épp most indultunk bevásárolni. Veszünk néhány üveg üdítőt, mégse menjünk üres kézzel. – Valamit ki kellett találnom.
– Isten őrizz, hogy bármit is hozzatok! Ti vagytok a vendégek, akarom mondani a díszvendégek. – Szinte belezengett az utca, mikor azt mondta, hogy „dísz". – Johnsonék még meg is sértődnének, ha vinnétek valamit a partijukra. – Itt körültekintően leeresztette a hangját.
– Vagy úgy! – Nem is figyeltem nagyon rá, mert valami szag ütötte meg az orromat. Utoljára ilyet talán egy közel-keleti tudósításom során éreztem. A háromhónapos hullák szaga, melyeket akkor talált meg az iraki hadsereg egy visszafoglalt iskola udvarán. Az lehetett a kivégzések helye. – Te is érzed ezt a bűzt? – tereltem el a témát önkéntelenül.
– Igen, ezért is jöttem. – Elkomolyodott az arca. – Megesik, hogy egy-egy veszett coyote bejön a házak közé és elpusztul. Az arizonai forróság pedig felgyorsítja a természetes bomlási folyamatokat. – Mivel foglalkozhat az ürge? Állatorvos, vagy biosztanár? – Szóval arra kérlek titeket, hogy nézzetek körbe az udvarban, hátha nálatok pusztult el. Szóltam már a többi szomszédnak is.
– Coyote – mondtam ki hangosan. Nem akartam elhinni. Láttam már oszló állati tetemeket, de azoknak nem volt ilyen szaguk, még ha közelről letűdőzte volna is az ember. Lehet, hogy biológiát tanít a közeli gimnáziumban, de a gyakorlatról fogalma sincs. – Persze, megnézem – vágtam rá egykedvűen.

- Rendben, kösz szépen! - derült fel ismét az arca, mintha tényleg adtam volna neki egy zacskó cukrot. - Akkor délután találkozunk! És tényleg ne vegyetek semmit! - Rám kacsintott, majd hátat fordított és elment.

Elmeséltem a coyote-sztorit Olive-nak. Erősködött, hogy menjünk ki az udvarba, nézzük meg, tényleg ott van-e. Átfésültünk minden bokrot - azt a néhányat -, de nem találtunk sehol tetemet. A bűz még mindig átlengte a környéket. Hacsak nem egy kamionnyi oszló dög hullott le valahol a környéken, akkor nem tudtam hová tenni a dolgot. Tegnap még nem lehetett érezni semmit, ma pedig mintha egy vegyi támadás történt volna a közelben. Ismét eszembe jutott Irak. Három turnusban mentem ki, mint szabadúszó fotós. Emlékszem a kollégáim arcára a Guardiantől, az AP-től, a Reuterstől, mikor meglátták. Bizonyára én is olyan arcot vághattam. Az egyik fotós, akinek ez volt az első útja, elrohant kiadni magából az aznapi kaját. Erős élmény rögtön az elején, lehet, hogy többet nem jön háborús zónába. Az ezredes csak néhány percig engedett minket fényképezni a verem körül, majd sebtében kitessékeltek minket onnan.

Olive észrevette, hogy bámulom a sivatagot.

- Minden rendben van? - Aggódó arcot vágott.

- Persze, csak ez a szag... az agyam asszociált egy emlékre - mosolyogtam, mintha semmi gond nem lenne, de ő tudta, hogy mire gondolhattam, mert erősen átölelt. Ez jólesett, visszatérített a valóságba.

Ezúttal tényleg el tudtunk indulni a boltba. Az út 25 percig tartott, volt egy kevés forgalom. Otthonra bőségesen vásároltunk, hogy tele legyen a hűtő, meg ebédelni is tudjunk valamit. A buliba is vettünk néhány üveg üdítőt, egy kis rekesz sört. Mi ilyenek vagyunk, ha nem tetszik a szomszédoknak, hát ne hívjanak meg minket többé. Earl biztos ki fog oktatni, hogy ő megmondta.

Hazafelé már egy kicsit gyorsabban haladtunk. Szerencsére van a közelben egy nagy szupermarket, nem kellett ezért a belvárosig elautóznunk. Egy helyi rádióállomás híreit hallgattuk. Ott is bemondták, hogy a NASA és a polgári védelem állomásai

15

kisebb béta sugárzást mértek, köztük a várostól nem messze, a sivatagban. Megnyugtattak mindenkit, hogy a lakosság nincs veszélyben. A lakosság nincs, csak szegény coyote-ok. Ezen elmosolyodtam. A bűzről bezzeg nem beszéltek. Kit érdekelnek a kertvárosi burzsoá első világbeli problémái? Bűz? Fogják be az orrukat, vagy használjanak légfrissítőt.

Kétutcányira voltunk a házunktól, mikor bejött az autóba a szag. Olive abban a pillanatban felnyögött. Coyote, na persze. A mi udvarunkban pusztult el, és az „éjszakai" naptól reggelre olyannyira elkezdett oszlani, hogy azt már két mérföldre is lehet érezni. Szép volt, Earl. Helyedre, egyes.

Pakolás közben egy másik szomszéd is odajött hozzánk. Vele még nem találkoztunk. Julie, aki a húszas évei elején járhatott. Kockás inget, rövid farmernadrágot viselt, rövid haját nem festette, vastag fekete keretes szemüvege mögött még sminket sem láttam a szeme körül. Nem volt éppen tipikus amerikai lány, ami éppen imponált nekem.

Na nem úgy, hanem szimplán barátilag. Főleg mikor úgy hivatkozott Earl elméletére, mint „égetnivaló baromságra". De neki se volt ötlete, hogy mitől lehet ez a szag. Rákérdeztem, hogy ott lesz-e a partin. Legalább biztosra tudom, hogy lesz egy értelmes ember a társaságban, akihez tudunk csapódni. Azt felelte, hogy ő nem akar elmenni, de a barátnője – mint később kiderült, együtt élnek – nagyon odavan a grillpartikért meg a társaságért, ezért okvetlenül részt kell vennie. Megemlítettem Olive-nak, és ő is egyetértett velem, hogy intelligens lány lehet. Kaptunk egy kevéske reményt a délutánra.

Egy gyors frissítő után nekiálltunk a pakolásnak. Mikor öszszecsomagoltunk a belvárosi lakásunkban, már bőségesen szórtunk ki kacatokat, hogy ne kelljen annyit elhoznunk ide, de még így is találtunk szemetet a dobozokban. Persze akadtak olyan limlomok, melyektől érzelmi okok miatt nem tudtunk megválni. Például az első „sikeres randinkról" – ami még New Yorkban, a Flushing Meadows Corona Parkban történt – egy nevetségesen giccses poszter, ami a '64-es Világkiállítást ábrázolja. Falra ki nem tennénk, annyira borzasztó, mégis, az érzelmi értéke számunkra felbecsülhetetlen. Ezt követően nem volt megállás a kapcsolatunk számára, ami odáig vezetett, hogy a rokonság fele megutált bennünket az esküvőnk miatt. Ez van, vissza a dobozokhoz. Olive festményeit és az én fotófelszerelésemet egy külön szobába rendeztük be. Úgy döntöttünk, hogy nem fogjuk a munkákat elszeparálni egymástól, hanem egy helyiségben lesz minden. A szoba elég nagy volt ahhoz, hogy elférjünk egymás mellett. Két számítógép közül az egyik ide került – ami a munkámhoz kell. A másikat a hálószobánkba tettük, ahol a tévé is volt. A nappalit meghagytuk technológiamentesnek.

Könyvespolc került ide, néhány festmény Olive-tól, meg fénykép tőlem. Függönyök még nem voltak, azokat először ki kellett mosnunk. Holnapra is marad munka. Az emeleten nagyjából végeztünk. A fürdőszobában nem sok mindent kellett pakolni.

A számítógépeket beszereltem, amíg Olive a ruhákat-ágyneműket rendezte el. A közös dolgozószobát együtt tettük rendbe. Ezzel végeztünk is mára. Folytatnánk, de ugye kezdődik a parti. Előtte megebédelünk, letusolunk, szalonképessé varázsoljuk magunkat a szomszédság számára. Holnapra marad a konyha, a nappali és az előszoba.

Amíg Olive zuhanyozott, ránéztem a hírekre. Nem történt semmilyen fontos esemény a világban. Végigböngésztem a helyi riportokat is, de kiábrándultan vettem tudomásul, hogy még mindig nem írtak semmit erről a szagról, ami körülvesz minket. Az ablakot egyáltalán nem lehetett kinyitni. Az egyetlen cikk, amit relevánsnak találtam, arról szólt, hogy lezárták a közeli katonai bázist. Egy különítmény érkezett a hadsereg egyik Utah-i támaszpontjáról. Nem részletezték, hogy kik és miért, de ha katonai létesítmény és Utah, akkor az csak vegyi fenyegetés lehet, mivel ott van a Pentagon biológiai laborja.

Megjött Olive, most én voltam a soros a fürdőben. Mire visszaértem, már félig kész volt az ebédünk. Segítettem neki, imádtunk együtt sütni-főzni. Kettőnk közül ő volt a profibb a konyhában, én rendszerint csak aládolgoztam. Gyakran lehordott a bénaságomért. Nem születtem séfnek, na. Ha rajtam múlna, ellennék egy hétig hideg élelmen.

– Nem is kellett volna ennyit sütnünk, úgyis beetetnek minket délután – mormogtam, miután letolt egy újabb bénázásomért.

– Beetetnek? – Kedvenc hobbija, hogy kiforgatja a szavaimat.

– Jaj, tudod, hogy értem. Sok lesz a kaja – jelentettem ki határozottan, amin ő csak mosolygott.

– Nem baj, jó lesz holnapra is. – Ebben igaza volt. – Délután előveheted a grill szaktudásodat, ha már itt nem veszem sok hasznodat. – Fel sem vettem már.

– Nem hiszem, hogy ki tudnék bontakozni. Ilyenkor mindenki szakértő lesz. – Talán otthon voltam utoljára grillpartin, ott pedig anya nem engedett senkit a grill közelébe. Egyszer rábízta apára a grillt, amíg ő bement valamiért, mire visszaért... mintha napalmmal locsolták volna le a húst. Azóta ha grillezés volt otthon, anya egy öt méter sugarú körben kitiltotta a vendégeket – főleg apát – a tetthelyről. Ez évekkel ezelőtt volt.

– Nem baj, akkor majd lenyűgözöd őket a háborús történeteiddel – felelte, bár látszott rajta, hogy nem figyel rám, a sütővel babrált.

– Segítsek? – Láttam rajta, hogy valami nem tetszik neki.

– Ja, nem kell, megoldom – felelte, és így is lett. Berakta a nagy tál frittatát a sütőbe. Hatalmas adag volt, lehet, hogy háromszor is nekiállhatunk, mire elfogy. – Szóval – terelte vissza a témát – add el magad, kicsim. Nem mindennap találkozhatnak olyannal, aki az életét kockáztatja a közel-keleti háborús övezetekben. – Mindig is büszke volt a munkámra. Többször mondta el nekem, mint ahányszor én elmondtam, mennyire szeretem az *art deco* képeit.

– Majd igyekszem. Bár lehet, hogy elrontanám a hangulatot akármelyik ottani sztorimmal. – Megint eszembe jutott az iskolaudvar.

– Lehet, de ez a valóság, nekik is szembe kell nézni vele, ha a kertvárosi házukban ülve azt is gondolják, hogy minden csupa jó a világban. – Hűha, kemény bírálat. Lehet, hogy nem kéne magára hagynom őt a partin. – Nyugi, nem fogom lehordani őket. – Megint elárult az arckifejezésem.

– Ez megnyugtató – mosolyogtam. Ő elnevette magát.

II. fejezet

Kutyák márpedig nem ugatnak

Fél kettő volt már, mikor nekiálltunk az ebédnek. Előtte öszszekészítettük a csomagot, amit viszünk a bulira. Egy-egy szeletet ettünk a frittatából, úgyis „beetetnek" minket. Hagytuk kihűlni a tálat. Mielőtt elindultunk, beraktuk a hűtőbe. A mosogatás estére marad, még a végén számon kérnek bennünket, ha késünk.

Olive bezárta az ajtót, én vittem a dobozt. Johnsonék négy házzal laktak lentebb, talán addig nem kapunk napszúrást. Az idő mit sem változott tegnaphoz képest. Nem tudom, hogy jobb vagy rosszabb lenne, ha a szél fújna. Egyrészt megmozgatná a levegőt, másrészt hozna egy kis sivatagi homokot. Már csak az hiányozna! Akkor inkább legyen állott a levegő. És büdös...

Eszembe jutott egy tanárom téli megjegyzése, mikor nyitva volt a terem ablaka szellőztetés céljából: „hidegben már haltak meg, de büdösben még nem". Milyen igaz, kár hogy most meleg és büdös is van.

Útközben összefutottunk Julie-val és a barátnőjével, akivel kézen fogva jött. Ekkor esett le a „barátnő" másik definíciója. Bemutatott minket egymásnak. Stacynek hívták. Stacy, aki szeret a partikra járni. Idősebb lehetett Julie-nál, de a harmincat még ő sem töltötte be. Hosszú haját hátul csattal öszszefogta, elöl frufrut viselt. A haját barátnőjével ellentétben szőkére festette, amiben stílusosan rózsaszín tincsek hullámoztak. Telt ajkait szintén halvány rózsaszínes rúzzsal festette ki. Kicsit lengébben öltözött Julie-nál, többet mutatott meg testéből. Határozottan vonzotta a férfiszemeket, és gondolom, a barátnőjéét is.

A bemutatkozás elég jól ment. Julie mesélt rólunk, arról a rövid találkozásról. Örültek mindketten, hogy nem csak hibbantak laknak a környéken, ahogy fogalmazott. Stacy sem bizonyult kevésbé intelligensnek párjánál, hiába a kissé sztereotip megjelenése. Stacy és Julie előrementek. Olive csak rám mosolygott.
– Aranyosak, nem? – kérdezte, és rám kacsintott.
– Aha, valóban azok. – Nem tudtam mire vélni a kacsintást. Odaértünk a házhoz. Hátulról zene hallatszott, és hangos nevetés. Úgy látszik, itt korábban szokás odaérni a partikra. Vagy netán rosszul emlékeztem az időpontra? Remélem, nem. Olive csak sóhajtott egyet, mire én megszorítottam a kezét.
– Üveges szem, derűs mosoly – javasoltam neki, ahogy azt egy francia filmben hallottam. Becsöngettünk. A zajtól nem hallottunk lábcsoszogást, helyette hirtelen kinyílt az ajtó.
– Hé! Sziasztok! Végre ideértetek! – A házigazda valósággal kiabált.
– Szevasz, Ed – feleltem.
– Ugye nem késtünk el? – érdeklődött Olive.
– Ugyan, dehogy. Épp jókor jöttetek. – Hirtelen elkomolyodott az arca. – Mi ez? – és a dobozra mutatott. Bajban vagyunk. – Csak nem hoztatok valamit? – Szinte elsápadt.
– Ami azt illeti, igen. Nem bírtuk megállni, hogy ne hozzunk. Ne haragudj, de nálunk ez a szokás – feleltem, mentegetőzve.
– Nektek lesz kihívás, hogy leszoktassatok erről bennünket – mosolyogta Olive. Mindenkit levesz a lábáról. Ezúttal sem vallott kudarcot. Ed elnevette magát.
– Hát jó, kihívás elfogadva! – Elvette tőlem a dobozt. Megmenekültünk, hála Livinek.
– Drágám, kik érkeztek? – jött egy hang hátulról. Valószínűleg Mrs. Johnson lehetett az.
– Daniel és Olivia, szívem. – Ebben a pillanatban meg is jelent a párja mögött.
– Mrs. Johnson, a férje épp az imént fogadott el egy kihívást – felelte Olive üdvözlésképpen.
– Jaj, kérlek, szólítsatok Liznek. – Szinte nem is mosoly, inkább vigyor volt az arcán. – Miféle kihívást? – Maradt a vigyor.

- Nézd, mit hoztak! - bökött rá szemével a dobozra Ed. Liz valósággal elsápadt. Náluk tényleg halálosan komoly ez a „semmit nem kell hozni" dolog. - Olivia felajánlotta, hogy kihívás lesz nekünk leszoktatni őket erről a rossz szokásukról. - Úgy mondta a „rosszat", mintha embert öltünk volna. - Ők mindig visznek valamit, ha vendégségbe mennek. - Maradt a megvető hangsúly. Szerencsénk, hogy nem raknak minket kalodába.
- Vagy úgy - felelte Elizabeth Johnson, és látszott rajta, hogy nem érti a dolgot. - Sebaj, gyertek be, ne álljatok itt a küszöbön. - Ismét előjött a vigyor. Azon töprengtem, hogy nem fájhat-e neki ettől az arca.

Ed szinte kézen fogva rángatott minket ki az udvarra. Ez sem volt nagyobb, mint az utcában lévő többi ház kertje. Ahhoz elég, hogy a szomszédság kényelmesen elférjen. A kerítéssel átellenben nagy bokrok álltak. Nem úgy látszott, hogy a tulajdonosa rendben tartaná.

- Hétvégi házként vették meg - felelte Ed, látva, hogy a dzsungelt fürkészem. - Kutyákat tartanak, mert állítólag a városban nem lenne nekik jó helyük. Tegnap egész éjjel ugattak, nem tudom, mi volt velük. Úgy hallottam, hogy a szomszéd utcából járnak át etetni őket a szomszédok. - Szóval ez volt az a kutyaugatás, de úgy látszik, az itt lakók már megszokták. Nekik csak annyi volt feltűnő, hogy a szokásosnál többet ugattak. Ami azonban félbeszakadt hajnalban, ugyanis még mindig feltűnően csöndben voltak, pedig a hangos zene és a friss hús illata felriaszthatta őket. Nem bántam, hogy nem ugatnak.

Ed a dobozt a felesége kezébe nyomta, aki bevitte azt a konyhába. Odakint Earl úgy üdvözölt, mint régi jó cimborát, akivel ovis korunk óta ismerjük egymást. Megkérdezte, hogy hoztunk-e valamit. Vagyis inkább úgy kérdezte, hogy „ugye, nem hoztatok semmit?". Mikor azt feleltem, hogy igen, elsápadt.

Elismeréssel adózott felénk, hogy még itt vagyunk. Az elismerést Olive-ra tereltem: az ő érdeme, hogy kivágott minket a helyzetből. Bemutattak minket szinte az egész utcának.

Edwardsék, akiknek egy sikeres ingatlanirodájuk van a belvárosban. O'Neillék, egy orvos-ügyvéd páros, a gyerekek mind

Ivy League[1] egyetemeken tanulnak. Mr. Curtis, egy idős nyugdíjas rendőr, aki a felesége halála után költözött ki a kertvárosba. Három gyereke és öt unokája van. Watsonék, mindketten tanárok, két kisgyerekük van, akik a felnőttek között rohangálnak, még másik három gyerekkel. Mrs. Dalton, akinek a férje kerületi ügyész, és sajnos nem tudott eljönni egy tárgyalás miatt. Mrs. Dalton fogorvosi asszisztens. Egy gyerekük van, ő is ott rohangál a többiekkel. Earl és Barbara Scott, valamint Jack és Lucy. Earlt már nem kell bemutatni. Mint kiderült, valóban biológiatanár, de nem középiskolában, hanem általánosban. Barbara jelenleg otthon van a gyerekekkel, amúgy pedig könyvelő. Végigmentünk az egész szomszédságon, eltartott vagy félóráig a bemutatkozás. Ölelések, kézfogások. A sorból kimaradt Julie és Stacy.

– És ők? – kérdezte Olive a két lányra mutatva, mintha nem ismernénk egymást.

– Ja igen, Stella, és azt hiszem… Julie – mondta Ed egykedvűen. – Együtt élnek. Leszbikusok. – Éljen, egy újabb republikánus szavazóval találkozhattunk – a „leszbikus" szót mélyebb undorral mondta, mint korábban ránk a „rosszat".

– Én szívesen megismerném őket, hát te, szívem? – kontráztam rá a hanglejtésére. Ed persze csak grimaszolt.

– Akkor hajrá! – ezzel otthagyott bennünket. A két lány odajött hozzánk.

– Nem olyan vészes. Csak a szomszédság negyede homofób – nevette el magát Stacy. Úgy tűnt, már hozzászoktak az ilyen reakciókhoz.

– Örülök, hogy így tudjátok felfogni. Én biztos nem hagynám ennyiben a dolgot – feleltem kicsit felháborodva.

– Tudtuk, hogy ez lesz, de mit tehetünk, ha egyszer bírom a csajt – bökte meg könyökével Stacyt. Olive-val összenéztünk, mindketten mosolyogtunk. Határozottan jól mutattak egymás mellett.

---

1 Borostyán Liga, híres keleti-parti egyetemek (Harvard, Yale, MIT, Columbia stb.) „gyűjtőneve".

- Amúgy ti mivel foglalkoztok? - kérdezte Stacy.
- Én festő vagyok. Megrendelésre borítókat, posztereket, látványterveket is szoktam készíteni, de általában képeket festek - felelte Olive.
- Hűha! - csodálkozott el Julie. - Ez nagyon menőn hangzik. És milyen stílusban festesz? Tanultam egy kevés művészettörit, csak azért kérdezem.
- Art deco. Ez ugye a... - kezdte el mondani a feleségem, de Julie közbevágott.
- ...'30-as évek stílusa. Ilyen stílusban épült például a Chrysler Building New Yorkban. - Ez igen! Tényleg odafigyelt a „kevés" művészettörténelem óráin.
- Pontosan - csodálkozott egy kicsit Livi.
- És miért pont art deco? - kérdezte Stacy.
- Imádom azt a kort, az art deco fénykorát. Tudom, hogy manapság ez nem népszerű stílus a festők-grafikusok körében - szabadkozott, bár nem volt miért.
- Kit érdekel, hogy mi a trendi manapság! - csattant fel Julie. - Azt csináld, amit szeretsz. - Határozott kijelentés, kicsit közhelyes, de igaz. - Egyszer muszáj lesz megmutatnod a képeidet. Sosem láttam még igazi festőműtermet. - Olyan izgalommal mondta, mint egy gyermek.
- Lehet róla szó, de nem én vagyok kettőnk közül a nagy szám - terelte rám a témát, mint mindig.
- Miért, Dan, neked mi a munkád? - kérdezte kíváncsian Stacy.
- Én... szabadúszó fotóriporter vagyok - próbáltam szerényre venni a figurát, de tudtam, hogy Olive nem fogja hagyni. Oldalba is bökött és mérgesen rám nézett. A két lány csak elnevette magát. - Ezzel arra céloz a nejem, hogy ugyan mondjam már el, hogy három turnusban voltam a Közel-Keleten, háborús övezetekben tudósítani - feleltem egykedvűen.
- Azta! - felelték kórusban, elkerekedett szemmel.
- Az kemény lehetett - mondta Julie egy kicsit aggódva. - És láttál merényleteket is, meg ilyeneket? - Furcsa. Az embereket nem szokta ez érdekelni. Általában a csodálkozás után nem kérdeznek semmit, csak hallgatnak.

– Nem egészen, de volt, hogy az öngyilkos merénylet után értünk oda pár perccel. Nehéz ilyenkor nem segíteni az embereknek, és a munkára koncentrálni – feleltem komoran. – De nekünk az a dolgunk, hogy a képeink által megismerjék az ő történeteiket a világban – mondtam el szakmánk egy definícióját, amit még az egyetemen tanítottak nekünk. Objektivitás, etika, az eseményekbe nem belefolyni, csupán megfigyelni. Ez az, amit belénk sulykoltak. Páran le is jelentkeztek a szakról emiatt, mondván, ők nem olyan érzéketlenek, hogy mások nyomorát örökítsék meg azért, hogy a nyugati emberek kávézás közben azt nézzék. Így is fel lehetett fogni a munkánkat. A pedagógus viselkedése gyermeki szemmel zsarnokságnak tekinthető, szülőivel pedig nevelésnek. Pro és kontra.

– Nem megterhelő érzelmileg? – tette fel az egyértelmű kérdést.

– Az lenne, de itt van nekem ő – adtam meg az őszinte választ, majd nyomtam egy puszit Livi arcára. Mindketten mosolyogtak. – Amúgy nehogy azt higgyétek, hogy én vagyok az abszolút kenyérkereső a családban. Olive rendszerint az én munkámat méltatja mások előtt, de folyton elfelejti megemlíteni az ő érdemeit is – csattantam fel szemrehányóan.

– Mindig csak annyit mond a bemutatkozásnál, hogy plakátok, borítók, festmények, majd oldalba bök, hogy beszéljek a közel-keleti „turnéimról". Nem igaz, szívem? – tettem fel a kérdést neki, ő pedig csak derűsen mosolygott, mintha ez így lenne rendjén. – Aztán elfelejti megemlíteni, hogy például pár éve készült egy videójáték, melyben a játéktér egy art deco stílusú világból állt. A stúdió Olive-ot kérte fel a látványtervek megrajzolására. A város, amit a játékban láttunk, Olive és egy építész munkáján alapult. – Bevittem a tust neki.

– Stace, áruld el nekem, mennyi az esélye, hogy két ilyen hírességgel fussunk össze? – intézte a kérdést ezúttal a barátnőjének, amibe mi belepirultunk. Lehet egy kicsit eltúloztuk a munkánkat, ha „hírességnek" tartanak minket.

– Nem tudom, de holnap feladok egy lottószelvényt – vágta rá Stacy, akiről megtudtuk, hogyan becézi partnere. – Most már tényleg meg kell néznünk a dolgozószobáitokat – nevette el magát végül.

– Daniellel, szeretnünk együtt dolgozni...

– ...ezért közös a dolgozószobánk – fejeztem be Olive mondatát.

– Ó, ez olyan romantikus – érzékenyült el Julie.

– Egyeztetünk még időpontot, és a héten tartunk egy tárlatbemutatót – nyugtatta meg őket Olive.

– Tényleg? – Ismét a gyermeki öröm tört elő Julie-ból. – Levennétek minket a lábunkról – nyalta meg ajkait látványosan.

– Nekem ez gyanús, Julie – komorodott el a barátnője. – Áruljátok el, hogy mit kértek cserébe, hogy megnézhessük a műtermeteket? – szorította össze ajkait Stacy, miközben mosolygott. Ekkor mindnyájan elnevettük magunkat. Ebben a pillanatban azt vettem észre, hogy a vendégek zöme minket figyel, de kit érdekel! „Coyote-os" Earl és „Homofób" Ed után végre találtunk magunknak két figyelemre méltó barátot a környékről. Ez kimondottan örömmel töltött el engem és le merem fogadni, hogy Olive is így érzett.

Ezután jött az ő bemutatkozásuk. Julie egy vidéki kisvárosban nőtt fel, középiskola után a konzervatív Közép-Nyugatról Kaliforniába ment továbbtanulni. A Berkeley-n weblap programozást tanult. Ott találkozott Stacyvel, akivel a harmadik szemeszterre egymásra találtak. Stacy innen származik, így állásajánlatot is kapott egy kis független zenei stúdióban a belvárosban, ahová már az egyetem előtt is eljárt. Ahogy fogalmazott, ő nem énekel, hanem az üveg másik oldalán ül. Nem volt kérdés, hogy Julie is ideköltözik hozzá az egyetem után.

Rákérdeztem Julie-ra, hogy nem hagyott-e ki nagy lehetőségeket, hiszen egy informatikus a Szilícium-völgyben nagyobb karriert futhat be, mint Arizonában. A lehető legegyértelműbb választ kaptam, mikor megcsókolta Stacyt. Tiszteltem az álláspontjáért, én is hasonlóképpen állapodtam meg az esküvőnk után. Megyek tudósítani, de soha többé háborús övezetekbe. Annál jobban szeretem Livit.

Hála a lányoknak, nem torkollott tragédiába a délután. Egyelőre. Earl folyamatosan kereste a társaságomat. Remek ember a maga módján, tényleg ő lenne az a szomszéd, akire a ház kulcsait rábíznám, ha elmennénk nyaralni, de valahogy az (ál)tudományos elméletei nem nyűgöztek le.

Láttam már egy s mást a világban, voltam Afrikában az Ebola-járvány idején az Orvosok Határok Nélkül szervezettel. Erre Earl elkezdi ecsetelni nekem két langyos sör között, hogy biztos volt ellenszerük, csak így kísérleteztek szerencsétleneken. Van olyan, akivel leállok vitatkozni, ha tudom, hogy érdemes, mert az érveimmel meg tudom győzni őt az igazamról. De Earl-ön láttam, hogy elveszett, és csak olajat öntenék a tűzre, ha vállon lapogatnám és közölném vele, hogy „Earl, nincs igazad. Én ott voltam." Inkább annyiban hagytam.

Ha már csevegni volt kedve, rákérdeztem a házigazdáinkra: mivel foglalkoznak, van-e gyerekük stb. Úgy láttam, hogy az ajándékunk és a két lánnyal való ismerkedésünk után már nem volt kedve Edward Johnsonnak velünk beszélgetni. Lehet, hogy ki is dobott volna minket, ha azzal nem járatta volna le magát. Vagy talán a felesége nem engedte, ki tudja.

Earl ecsetelni kezdte, hogy Elizabeth családja északról származik, fakitermelő vállalatuk van, meglehetősen tehetősek. Ednek is felajánlották, hogy dolgozzon a családi cégben, de ő inkább a saját útját akarta járni, ezért egy fuvarozó céget alapítottak a '70-es évek elején. Elég jól indultak, azonban jött az olajválság. A feleség családjának tetemes összeget kellett belepumpálnia a vállalkozásba, hogy a felszínen tudjanak maradni. Ám a tőkeinjekció ellenére mégis kénytelen volt a részesedése egy részét eladni egy befektető cégnek. A '90–2000-es években mondhatni ment az üzlet, futotta puccos tengerentúli nyaralásokra, kétévenkénti autócserére. Azonban a 2008-as válság végleg betette náluk a kaput, csődbe mentek.

A befektetők nyomott áron megvették a belvárosi emeleti lakásukat, annyi tartalékuk maradt, hogy ide ki tudtak költözni. Most nyugdíjas éveiket élik. Earl elmondása szerint a hangos kerti partik és az ajándékokkal szembeni ellenszenv azért van, hogy éreztessék, ők igenis gazdagok, nem szorulnak mások jótékonyságára. Egyszóval büszkeség az egész. Egy bukott vállalkozó büszkesége, aki még mindig a válság előtti időkben él. Olive-val nem tudtunk rá mit mondani. Sok ilyen történetet hallottunk már. Itt sajnos a szereplők nem reagáltak túl jól a változásra, és inkább a tagadás mellett döntöttek. Rákérdeztem, hogy van-e gyerekük. Azt a választ kaptam, hogy van egy lányuk, de sosem látta őt. Csak annyit tudott mondani róla Earl, hogy a Keleti-parton lakik. Ennyit meséltek róla Johnsonék. A kis Lucy sokszor odajött az apjához. Earl bemutatott minket egymásnak. Ő illedelmesen „csókolomot" köszönt anélkül, hogy rá kellett volna szólni. Panaszkodott, hogy a bátyja és a többi gyerek nem hagyják őt velük játszani. Olive leguggolt hozzá és megfogta a kezét. „Ne aggódj, Lucy, pár év múlva ők fogják bánni, ha nem lehetnek a közeledben." Lucy megkérdezte tőle, hogy őt sem hagyták-e régen a barátai velük játszani. Olive helyeselt, majd felajánlotta neki, hogy a két kitaszított lány akár együtt is játszhatna, ezzel elvonultak a babaházhoz. Earl hálálkodott és megjegyezte, hogy a feleségemnek nagyon jó érzéke van a gyerekekhez. Valóban az volt. Néztem egy darabig, ahogy Olive játszik a kis Lucyval. Időközben felnézett és rám mosolyogott. Igen, értettük egymást.

A harmadik üveg sört ittam, Earl szerintem már az ötödiket, bár ő látszólag jobban bírta nálam a szeszt. A grillező környéke feltűnően kihalt volt. Korábban a háziasszonyok vitatkoztak a mesterrel, Mr. Curtisszel. Ő csak elhessegette őket, mondván, nem először csinálja, hiába mondanak akármit, ő akkor is érti a dolgát. Egy ideig még hadakoztak, de Mr. Curtis rájuk sem hederített. Hozzászokott már, hogy mindenki szakértője a grillezésnek, ez látszott rajta. Odamentünk hozzá. Illedelmesen megkérdeztem, nem zavarjuk-e.

– Ugyan, dehogy, fiam! – vágta rá derűsen, mint aki egész végig egymaga sütögetett. – Látott már ilyet? – Nyilván azt feltételezte rólam, hogy ha a belvárosból jövök, akkor még életemben nem láttam grillezőt.

– Mr. Curtis. Lehet, hogy a városból költöztem ki, de vidéken nőttem fel. Otthon magam is szoktam grillezni – hárítottam fölényesen a kérdését.

- Nahát, fiam! Emberemre akadtam. Már vagy félórája mennék a toalettre, de nem mertem odaadni ezeknek a némbereknek a húsvillát – panaszkodott, amin mi csak nevetni tudtunk. – Meg egy sör sem ártana végre, mielőtt a fiatalság mind megissza – mért végig bennünket. A nyelvköszörülést ezúttal rajtunk folytatta.
- Egyezzünk meg, Mr. Curtis. Ön rábízza a húst az új szomszédunkra, Dan-re, én pedig kerítek magának hideg sört – vezette fel Earl az alkut a volt rendőrnek.
- Ez már derék! – biccentett Mr. Curtis, ezzel kezembe nyomta a húsvillát. Vártam az utolsó jó tanácsot: – Aztán le ne vegye róla egyik szemét se, fiam! Magában van az összes hitem. – Úgy éreztem, ez a legtöbb, amit tőle kaphatok. Ezzel elvonult. Befelé menet még láttam, ahogy flörtölt egyet Mrs. Johnsonnal, amit a kert végében álló Ed szigorú tekintete követett figyelemmel.

Magam előtt egy klasszikus vadnyugati jelenetet képzeltem el. Johnson-Curtis párbaj. A város seriffje megküzd a gazdag iparmágnás lányáért, akit a törvénykívüli bandita rabolt el. A húsról lecsöpögő, égő zsír szaga zökkentett vissza a valóságba. Most esett le, hogy a grilltől nem lehetett annyira érezni azt az undorító bűzt.

Tanakodtak az emberek, vajon mitől lehet, már pedzegették, hogy szólnak a városfenntartónak, csináljanak valamit. Érdekes, de senki nem talált döglött-veszett coyote-ot. Earllel beszélgettünk, mikor az órámra néztem. Már vagy huszonöt perce, hogy az öreg bement. Körbenéztem és sehol nem láttam, de feltűnt, hogy vele együtt Elizabethet sem, aki mintha épp kijött volna, mikor Mr. Curtis bement.

„Aha!" – mondtam ki hangosan, bár nem állt szándékomban. Olive még mindig Lucyval játszott, közben csatlakozott hozzájuk a kislány anyukája is. Hirtelen egy kéz csapódott a vállamra.
- Fiam, nem hiszek a szememnek! Nem égette oda a húst! – lelkendezett Mr. Curtis. Föléje hajolt, vizsgálgatta, beleszimatolt a füstbe. – Sőt, ha nagyon akarom, azt is mondhatom, hogy jobb állapotban vannak, mint mikor itt hagytam őket. – Ez igen! Valami felemelő történhetett vele, ha ilyen dicséretekkel tüntet ki.

- Mr. Curtis! Mi történt önnel ebben a félórában, hogy így méltatja a szaktudásomat? - vágtam rá fennhangon.
- Szaktudás? Ne bolondozzon, fiam, mert nem kap desszertet! - próbált kioktatni.
- Olyan desszertet, amiből maga már kapott az imént, ha jól sejtem? - Nem hagytam annyiban a dolgot.
- Earl, egyetlen komám. Hol van az a hideg sör? - terelte el látványosan a témát, de hiába. Earl se hagyta magát.
- Tudja, Mr. Curtis, hoztam önnek, mikor bement, de nem tudtam, hogy ilyen sokáig tart a hadművelet - nevettünk mindketten. - Tudok ajánlani egy remek urológust a városban, ha esetleg prosz...
- A szemtelen mihasznák! - kapta ki a kezemből a húsvillát, Earl kezéből pedig a sört. - Megálljatok, ti kapjátok az égetteket! - fenyegetett minket. Mi nem bírtuk abbahagyni a nevetést.
- Égetteket? - próbáltam türtőztetni a nevetésemet és csodálkozni. - Hisz' maga a grillmester! Hogyan lehetnek akkor égett húsok? - Ismét kibukott belőlünk a hangos kacaj.
- Na, megálljatok... - Hirtelen felemelte a húsvillát, megfenyegetve minket, mi pedig odébbálltunk.

Mr. Curtis elkészült az uzsonnával. Hamburgert, hot dogot, de még steaket is sütött a délután főszakácsa. Mindenki az asztalok köré gyűlt, ki-ki besegített a terítésben. Én is hordtam ki tányérokat a kerti asztalokhoz. Lucy ragaszkodott hozzá, hogy Olive mellett ülhessen, így egy gyerekterítéket raktunk fel magunk mellé.

A gyerekeket keresték a szüleik. Időközben átszöktek a szomszédba kincset keresni. Ahhoz a házhoz, amit a tulajdonosok Ed állítása szerint csak hétvégi háznak használnak. Bár amennyire a nagy bokroktól át lehetett látni, akár már el is feledkezhettek róla. A gyerekek számára a rendezetlen gaz csábító látványt nyújthatott egy „expedícióra". A felnőttek között nem lehet érdekes lomokat találni, amiket ők kikiálthatnak kincsnek, a szülők leplezetlen bosszúságára. Le is hordták őket, amiért átmásztak. Berendelték mindnyájukat libasorban kezet mosni, a talált „kincseket" - néhány színes kavicsot, egy régi zománcozott bögrét, amiben valami fekete massza lötyögött, valamit egy kopott baseball labdát – pedig óvatosan lerakták a játékaik mellé.

Olive evőeszközeit rendeztem, mikor éles női sikítás rázott meg minket, elnyomva a dübörgő zenét is. Barbara volt az, akinek a torkából ilyen éles hang távozott. Előtte Jack állt, akinek a kezeiről bordó, látszólag alvadt vér csöpögött. Kis időbe telt, mire felismerték az emberek, hogy mi is az valójában.

– JACK! – kiáltotta el magát az apja, miközben a sörösüveget eldobva rohant felé. Mindenki odagyűlt köréje, az orvos dr. O'Neill-lel az élen. – Fiam, megsérültél? Fáj valamid? – kezdte faggatni az apja, miközben Barbarát Mrs. O'Neill fogta, nehogy elájuljon.

– Nem fáj semmim, apa. Jól vagyok – felelte a kis Jack, aki látszólag jobban megijedt anyja sikolyától és az őt övező aggodalomtól, mint mi, akik láttuk a kezeit. O'Neill doktor közben egy alkoholba mártott ruhát kért, amivel le tudta törölni a vért a kezéről.

– Hogy került ez a kezedre? – jött az egyértelmű kérdés Earltől.

– Mi csak játszottunk odaát, és ott volt sok ilyen piros és fekete festék kiborulva – felelte szegény Jack. Látszott rajta, hogy mindjárt elsírja magát. A többi gyerek helyeslőn bólogatott, valaki hozzá is tette, hogy a feketéből hoztak is át. Ezt senki sem értette.

– Ami a kezén van, nem emberi, hanem állati vér – jelentette ki tárgyilagosan dr. O'Neill. Összeállt a kép. Egy nem volt még világos: ha éjjel pusztultak el a kutyák, hogy lehetnek olyan büdösek, mintha már egy hete aszalódnának a sivatagi hőségben?

– Én átmászok és megnézem. – Muszáj, hogy a saját szememmel lássam.

Mr. Curtisből előbukkant a rendőrösztöne.

– Magával tartok, fiam! – Kicsit meglepődtem. Azt vártam, hogy rám támadnak, amiért meg akarom nézni a szomszéd portáját, de mindenki hallgatott. Egyedül Mr. Curtis csatlakozott hozzám.

– Jacknek nincs baja? – kérdezte aggódva az édesanyja.

- Az ijedségen kívül, amit mi okoztunk neki, nincs, Barbara. Lemostam a kezeit, ez fertőtlenítette. Menj be vele, és még mossátok át lúgos fertőtlenítővel. Körömkefét is használjatok – utasította az anyát az orvos. Mintha műtét előtti bemosakodás instrukcióit hallottuk volna. Anya és fia elvonultak a fürdőbe. Earl kint maradt.

– „Fekete festék" – jutottak eszébe a fia szavai. – Azt mondtátok, hogy hoztatok át a „fekete festékből" – fordult oda a gyerekekhez, akik még vártak a mosdóra. Bólogattak, és az ócska bögrére mutattak. Most oda terelődött a figyelem. Earl felemelte a bögrét. Valóban valamilyen fekete anyag volt benne.

– Ez biztos nem vér – közölte dr. O'Neill, majd fogott egy vékony botot és belemártotta. Kivett belőle egy keveset. A fekete massza elég sűrűnek bizonyult, mert egyáltalán nem csöpögött le a botról. Teljesen szagtalannak bizonyult. Mr. Curtis most helyszínelő-bőrbe bújt, mivel megjelent két zacskóval, és becsomagolta a bögrét mindenestül. Összekötözte és beletette a másik zacskóba, végül azt is bekötözte.

– Nem tudjuk, mi ez, ezért jobb a biztonság – intézte szavait a kíváncsiskodó közönséghez. – Na, mehetünk, fiam? – szegezte nekem a kérdést.

– Így igaz, nyomozó! – próbáltam vicces lenni, bár nem ez volt a legmegfelelőbb pillanat. Nem is nevetett senki. Most vettem észre, hogy Olive kétségbeesett pillantást vet felém. – Nem lesz semmi gond. Csak körülnézünk. Itt a telefonom, csinálok pár képet – próbáltam megnyugtatni.

– Légy nagyon-nagyon óvatos, Dan. Ez most valami komoly lehet. – Nem sikerült a megnyugtatásom, mert még aggódóbb arcot vágott, mikor azt mondta, hogy „komoly". Julie és Stacy is ott voltak Olive mellett, hasonlóan aggódó tekintettel.

– Az ég szerelmére, nem háborúba megy, hanem a szomszédba! Jöjjön már! – Mr. Curtis stílusa egyszerűen utánozhatatlan volt.

Átmásztunk a termetes kerítésen. Úgy gondoltam, hogy létrát kell hozni Mr. Curtisnek, de ügyesebben mászott át még nálam is. Nem mertem szóvá tenni, mert úgyis csak kioktatna.

Átvágtunk a sűrű bokrokon, ahol a gyerekek könnyedén át tudtak bújni alattuk. Nekünk egy kicsit körülményesebben ment. „Átjutottunk!" – kiáltottam át a túloldalra, ebben a pillanatban megütött a rothadó zsigerek szaga. Hiába, a füst és a sült hús illata már nem védett meg minket ettől.

Jókora udvar volt, nagyobb, mint amelyek a mi utcánkban tartoznak a házakhoz. A fű szinte kopár volt, egyáltalán nem öntözték. Csodáltam, hogy a bokrok ilyen dúsra megnőttek. Egy düledező szerszámos kunyhó állt az udvarban, mellette fa deszkákkal és drótkerítéssel körbekerített kutyaól. A gyerekek félhettek a kutyáktól, mert nem néztek be az ólba. Őket a körülötte elterülő látvány izgatta. Az ólból láthatóan szivárgott a vér, ami mostanra már megalvadt és legyek, illetve számomra ismeretlen rovarok lakmároztak belőle. Mr. Curtis megjegyezte, hogy gyerekén kívül nem lát más lábnyomot, sem emberit, sem állatit. „Ez fontos, fiam, fényképezze le!" – vetette oda nekem.

Megvizsgáltuk az ólajtót, de nem volt jele „erőszakos behatolásnak", ahogy Mr. Curtis fogalmazott. Két apró tócsában mi is találtunk a fekete anyagból. Az egyik közelében apró cipőnyomok, valószínűleg innen hoztak a gyerekek egy bögrével.

– Én egyvalamit nem értek – kezdtem bele az okfejtésembe.

– Maga csak egyet? – vágott közbe Mr. Curtis.

– Jelenleg csak egyet, igen – feleltem a gúnyoldódó kérdésre. – Magával együtt én is láttam több hetes-hónapos oszló tetemeket. Emberit és állatit egyaránt. De ez a bűz... Ez a bűz egyszerűen nem lehet fél napja oszló kutyák szaga. – Vártam valami választ, de semmi. – Éjjel hallottam, mikor elnémultak. Valószínűleg akkor pusztulhattak el. Reggelre meg már ezt éreztem. Az mennyi idő? Három, legfeljebb négy óra.

– Nem tudom, fiam, mitől lehet ez, mivel én csak egy nyugdíjas rendőr vagyok. Ezt a kérdést én is ugyanúgy feltehetném, mint maga. Engem inkább az aggaszt, amit látni fogunk odabent.

Ebben igaza volt. Az ólajtóra tolózárat szereltek, amelyet akár lakattal is lehetett zárni. Ez azonban nem volt rajta. A zár már be volt rozsdásodva, így kellett egy kis rúgás neki, hogy kinyíljon. Ezt érthette Mr. Curtis „erőszakos behatolásnak". A szomszédok a kaját valószínűleg átdobálták nekik a kerítésen. Ha valaki éjjel bement volna az ólba, annak hasonló nyoma lenne, mint ahogy én belerúgtam az ajtóba. Feltárult előttünk a helyszín. Próbáltam felkészülni a látványra, de sajnos nem sikerült. Három kutya feküdt odabenn, vagyis ami maradt belőlük. A belső drótkerítés huzaljait kitépték és fogasként használták, amire a kutyákat torkuknál fogva feltűzdelték. A hasukat a farkuktól a mellükig felvágták, úgy, ahogy a vadállatokat szokták kizsigerelni elejtés után a vadászok. A belek mindháromnál a földön hevertek a gyomrokkal együtt, amiket valaki vagy valami felhasított és kiürítette tartalmukat, ha egyáltalán volt bennük valami. A tüdő és a szív még bent volt az állatokban. A májuk eltűnt. A fekete anyagból azonban itt gallonszám láttunk. Rátapadt a kifolyt zsigerekre, és a kutyákban is volt valamennyi. A kérdésemre megkaptam a választ.

– Ez gyorsíthatta fel a bomlást – állapítottam meg. Mr. Curtis csak egy „ühümmel" helyeselt. Mindent tüzetesen dokumentáltam. A belsőségeket, a felkoncolt kutyákat, a fekete váladékot. Közelebb akartam lépni, mikor Mr. Curtis megszorította a felkaromat és visszarántott.

– Fényképezze le, ahova lép, ezt követően lépjen csak oda – oktatott ki, mintha egy helyszínelő-tanfolyamon lennék. – Lehetőleg ne lépkedjen mindenhova – jött a ráadás intelem. Követtem az utasításokat, és egy lépéssel odaléptem az állatok mellé. Ekkor már a számon vettem a levegőt, olyan elviselhetetlenné vált a szag. Megfigyeltem az állatok fejét.

– Mit lát? – érdeklődött ideiglenes mentorom. Nehéz szavakkal leírnom neki. Az állatok szeme hófehéren világított a helyén, valószínűleg befordult. A nyelvüket, ahogy elnéztem, lenyelhették ebben a pózban. Erre azt felelte Mr. Curtis, hogy még élhettek, mikor felakasztották őket a drótra. „Ha maga mondja." – feleltem erre a morbid következtetésre. Ráadásként maguk alá piszkítottak még a haláluk előtt. Itt is készítettem képet mindenről.

Az agyuk volt talán az egyetlen szerv, ami viszonylag sértetlenül megúszta. Pedig már azt vártam, hogy az agyvelő a fülükből-orrukból fog lógni.

Ugyanazzal a lépéssel kiléptem Mr. Curtis mellé. Még mindig nem mertem az orromon levegőt venni. A rovarok természetesen szép számmal másztak-repültek a tetemek körül. Minket észre sem vettek, hogy ott vagyunk. Számukra nagyobb jelentőséggel bírtak az élettelen testek.

– Azt hiszem, itt végeztünk.

Igaza volt. A házat még körbejártuk, de sehol máshol nem találtunk nyomokat. A szerszámos viskó is sértetlennek tűnt, egy kis ablakon beláttunk, de a rendetlenségen kívül nem volt más látnivaló odabent. „Indulunk vissza!" – kiabáltam át a többieknek. Az ólajtót nyitva hagytuk. Valakit értesítenünk kell, bár hirtelen nem is tudtam, hogy a kizsigerelt házi kedvenceket melyik hatóság gondjaira lehetne bízni.

III. fejezet

Itt nincs semmi látnivaló

Ahogy az lenni szokott, a jelenlévők közül mindenki tudni akarta, hogy mit láttunk. Egyetlen összepillantással egyetértettünk abban, hogy a képeket ne mutassuk meg senkinek, mert páran rosszul lennének tőle. Helyette szűkszavúan csak annyit nyilatkoztunk, hogy elég szörnyen fest a dolog, és hogy a kutyák – rejtélyes körülmények között – valóban elpusztultak. Ennél többet nem volt érdemes mondani nekik. Persze faggattak, hogy mit értünk „rejtélyes" alatt, de mi sem tudtuk, hogy mi okozhatta a halálukat, ezért volt rejtélyes.

Mr. Curtisnek akadt egy biankó telefonszáma „a régi időkből" – ahogy ő fogalmazott –, amit most fel is hívott. Páran időközben nekiláttak falatozni – mindennek ellenére megéhezett a társaság. Mr. Curtisszel mi kihagytuk az uzsonnát, és lehet, hogy a reggelit és az ebédet is passzolni fogjuk holnap.

Olive és a két lány félrevont engem. „Mit láttál?" Azzal a feltétellel mutattam meg nekik a képeket, hogy nem mondanak ki semmit hangosan. Végiglapozták. Julie bizonyult érzékenyebbnek, ő nem bírta végignézni, inkább odaállt mellém, velük szembe. Olive és Stacy minden egyes képnél felnéztek rám, de egy szót sem szóltak. Az „album" végén visszaadták a telefonom.

– Mi művelhette ezt? – kérdezte Livi, bár tudtam, hogy ez inkább költői kérdés.

– Gőzöm sincs, szívem. De ez számomra új volt. – Ennyivel letudtam a dolog okfejtését. Julie és Stacy megkíméltek attól, hogy találgatásba bonyolódjanak. Valószínűleg őket is megrázták a látottak ahhoz, hogy erről most beszélni tudjanak.

Mr. Curtis félrehívott. Elmondta, hogy felhívta egy régi kollégáját, aki a kormánynak dolgozik – *G-man*, ahogy ő fogalmazott, ő majd intézkedik az ügyben. Hamarosan jön valaki a tetemekért.

Elég nyomott hangulatban folytatódott a parti. A gyerekek kezeit öt-tíz percig súrolták a szüleik, dr. O'Neill már rájuk szólt, hogy ennyi elég lesz. Elfogyott egy teljes flakon fertőtlenítőszer. Ment a diskurzus, hogy vajon mi történhetett. Előjöttek a konteók, amelyek űrlényekről, titkos kormányzati programokról szóltak. Egy generáció, melynek az X-aktákban látottak „történetek az FBI titkos ügyeiből" voltak. Már épp a Kennedy-gyilkosságnál tartott egy heves vita, mikor csöngettek Johnsonék ajtaján. Ed elvonult ajtót nyitni, de nem sokkal később jött is vissza. Megállt a hátsó ajtóban és annyit mondott: „Curtis, Dan! Gyertek." Valószínűleg a G-man lehetett az.

Egy öltönyös úr állt a ház előtt. Mögötte egy fehér, egyterű Ford. A férfi bemutatkozott, megkérdezte, melyikünk Mr. Curtis, és hogy innen telefonáltunk-e állattetemek miatt. Mr. Curtis válaszolt és hozzátette, hogy a tetemek nem itt, hanem a szomszédban vannak. A kormányügynök – vagy akárki is volt ő – biztosított minket az elszállításról. Kérdeztük, hogy tud-e valamit, mi is történhetett, de ő szórakozottan csak annyit felelt, hogy ez előfordult már máshol is – mintha mindennapos dolog lenne, hogy ilyen megcsonkított állattetemeket találunk az udvarban.

– Ne aggódjanak, a terület fertőtlenítve lesz. Önöket és hozzátartozóikat semmilyen veszély nem fenyegeti. – Ismerős szöveg, mintha ezt már hallottam volna ma a hírekben. – Ugye nem hoztak el semmit a helyszínről? – komorodott el az arca. Nem szóltunk egy pillanatig egy szót sem, majd Mr. Curtis rávágta a maga stílusában:

– Fiam! Én rendőr voltam több mint negyven évig. Tudom, mi a dörgés. Nem hoztunk el semmit. – És ebben igaza is volt, ugyanis a gyerekek hozták el a fekete anyagot, nem mi.

– Értem. És nem is érintkeztek fizikailag a szerves anyagokkal, ugye? – Itt egy kicsit aggódni kezdtünk.

– Mi nem, de az egyik gyerek, aki átmászott a szomszédba, véres kézzel jött vissza – felelte Mr. Curtis, ezúttal aggódó hangon. - Van itt egy orvos, aki alkohollal lefertőtlenítette a kezét, meg utána fertőtlenítőszerrel is lemosták - tette hozzá.

- Vagy úgy. Láthatnám a gyermeket? - felelte az öltönyös alak. Ezzel elvonult a fehér furgonhoz. Mi kihívtuk Jacket, aki mellett szorosan ott állt az anyja, Barbara. A férfi visszajött egy kis műszerrel, amit bekapcsolt és Jack vékony tenyere fölé helyezett, majd kérte, hogy fordítsa meg a kezét. A művelet végén felderült az arca.

- Rendben van, asszonyom, a fiának nincs semmi baja. Helyesen jártak el, mikor lefertőtlenítették a kezét. Köszönöm szépen, Jack, ennyi lett volna - intézte utolsó szavait a csodálkozó tekintetű kisfiúhoz.

- Mi volt ez az egész? - kérdeztem.

- Csak rutin eljárás, semmi az egész - jött a felületes válasz. - Köszönöm, a többit innen átvesszük.

- Kinek dolgozik maga, uram? - érdeklődött Mr. Curtis.

- A Pentagonnak - jött az egyszerű válasz. - Minden jót, uraim! További szép napot. - Ezzel beszállt az autóba és elhajtott. Nem ő vezetett.

Visszamentünk a parti utolsó etapjára. Mr. Curtisszel megegyeztünk, hogy biztos helyre tesszük a bezacskózott mintát. Egy dobozba tettük, amit utána még jól átkötöztünk, majd felvetettem az ölteltet, hogy el kéne ásnunk a sivatagban - vagyis az udvarunk túlsó felén, tisztes távolságra tőlünk.

Mr. Curtis odébbállt, ezalatt elmondtam Olive-nak, hogy mi történt kint. Kérdéseinkre választ egyáltalán nem kaptunk, inkább újabbak merültek fel. Az a műszer szerintem egy Geiger-Müller számláló lehetett, töprengtem el Olive-nak, bár ő még nálam is tanácstalanabb volt. Feltűnt közben, hogy Stacy és barátnője nincs sehol.

- Hazamentek. Azt mondták, mára nekik ennyi elég volt. - A hátsó kapun távozhattak, mert észre sem vettem. - Nekünk is indulnunk kéne. - Igaza volt, mások is szedelődzködtek.

- Elköszönünk Johnsonéktól és mehetünk.

Odamentünk Edhez és Lizhez. Megköszöntünk a vendéglátást, ők sajnálkoztak, hogy a délután ilyen szerencsétlenre fordult. Mi mást tehettek volna? A kézfogásnál tartottunk, mikor valaki a szomszédban elkiáltotta magát: „Mehet!". Ebben a pillanatban hangos susogás hallatszott, amit felszálló fekete füst követett a szomszéd udvarból. Mindenki az égre pillantott.

– Mi a...? – kérdezte Ed döbbenettel az arcán, bár ugyanez a kérdés mindenki fejében ott lehetett.

– Szóval így fertőtlenítenek – feleltem halkan, a felszálló füstoszlopot figyelve.

– Hogyan?

– Lángszóróval – válaszoltam komoran Ed kérdésére.

Számítottunk rá, hogy nem lesz kellemes a délután, de erre legvadabb álmainkban sem gondoltunk. Hazafelé szótlanul ballagtunk. Égett füstszag ülte meg az utcát. Teljes szélcsend volt, nem tudott szétoszlani. Arra gondoltam, mekkora szerencse, hogy a gyerekek csak a festéknek hitt vért látták, mást nem. Így is nehéz lesz a szüleiknek kimagyarázniuk, hogy miért tört ki pánik rajtuk.

Árnyékban haladtunk. A nap már elég laposan állt ahhoz, hogy a házak kitakarják a sugarait. Hazaértünk. Én szótlanul felmentem a fürdőbe megmosni az arcomat. Olive a hálószobába ment, bekapcsolta a tévét és leült az ágyra. Csak maga elé bámult, a tévére rá sem nézett. Egy helyi híradót nézett. Valószínűleg most foghatta fel, hogy mi történt valójában. Hirtelen felpattant az ágyról és berohant a fürdőbe. Felvágta a WC-deszkát, letérdelt és belehányt. Engedtem egy pohár hideg vizet, ami átnyújtottam neki, mikor végzett. Megértően megsimogattam a hátát. Ő hevesen zilált. A poharat csak fogta a kezében, még nem ivott bele. Lehúzta a WC-t, majd egy húzásra megitta a pohár hideg vizet.

– Beszélnünk kell, Dan – nézett fel rám térden állva. Kis szünet után folytatta. – Mi a pokol folyik itt? – közben felkelt és fogmosáshoz készülődött.

– Valami megtámadta a kutyákat, ez nyilvánvaló. Mr. Curtisszel úgy hisszük, az a fekete massza, amit a gyerekek is áthoztak, az felelős a bomlás felgyorsulásáért – fejtettem ki neki az eddigi eredményeinket.

- Éf mi a pene bolt av a fugon? - tette fel az ötezer dolláros kérdést habzó szájjal.
- Az ürge azt mondta, hogy a Pentagonból jött. Biztos a közeli támaszpontról küldték. Olvastam a hírekben, hogy Utahból küldtek ide egy különítményt.

Beleköpött a mosdóba, majd kiöblítette a száját.
- Na és? Tudnom kéne, hogy mi van Utahban? - Kicsit ingerült volt.
- Ott van a Védelmi Minisztérium biológiai laborja - próbáltam a legnyugodtabb hangomon válaszolni.
- Basszák meg! - Nem vártam különb választ. - Szóval ez valami biológiai fegyver? - A lényegre tapinthatott ezzel a kérdéssel.
- Nem tudom, bogaram. De azt terveztem, hogy holnap elmegyek arra a támaszpontra. Sajtós vagyok, vagy mi - mosolyogtam.
- Napszúrást kaptál, vagy mi? Oda akarsz menni!? - Szinte már kiabált. - Megígérted, Dan! Megígérted, hogy többé nem teszed ki magad veszélynek a munkád miatt! - A mondat végén már elmúlt a düh, és átvette helyét a kétségbeesés. - Mihez kezdjek, ha letartóztatnak, vagy tudom is én, mit csinálnak veled azok a nyomorultak? - ütötte a vállamat mindkét öklével.

A mondat végén fejét már szorosan a mellkasomhoz szorította. Én átöleltem. Így álltunk pár pillanatig, míg megnyugodott. Felnézett rám, szemeiben láttam az aggódást és a dühöt. - Ne haragudj! - szabadkozott. - Tudom, hogy sosem hagynál egyedül. Én csak...

Félbeszakítottam.
- Nem, igazad van - próbáltam az ő szemszögéből látni a helyzetet. Az egy dolog, hogy átmászok a kerítésen egy nyugdíjas rendőrrel lefényképezni pár döglött állatot, de az már más, mikor egy katonai létesítményhez megyek kvázi újságíróként kérdezősködni.
- Engedd, hogy befejezzem - szakított ezúttal engem félbe. - Engem is érdekel, hogy mi történt, de látod, hogy egy szót sem ejtenek róla a hírekben - mutatott a tévére. - Vajon miért? Elmehetsz, de csak Mr. Curtisszel. Ő a hatóságoknak dolgozott,

még jól jöhet, ha ott van veled. De nem mész a támaszpont közelébe! Képeket csinálhatsz, ha akarsz, de semmi több – vázolta fel a szigorú utasításokat.

– Elfogadom a feltételeket. – Mi mást tehettem volna?

Ekkor hosszan megcsókolt.

Vacsorára gondolni sem mertünk. Én még lehet, hogy holnap is koplalni fogok, de előfordulhat, hogy Olive is csatlakozik az ételbojkottomhoz. Az ebédünk még talán kibírja két napig a hűtőben. Lementünk a nappaliba. Nem volt kedvünk a híreket nézni, látszott, hogy egy szót nem fognak ejteni a délutánról. Kinéztem az emeleti ablakon – azon, amelyik nem a sivatagra, hanem a város, egyúttal a szomszédság felé néz. A füstoszlop már kezdett szétoszlani.

A lángszóró elég radikális módszer, mégis merik használni. Nem félnek a sajtótól. Kertvárosban lángszóróval tüntetnek el „valamit". Mi történne, ha elküldeném valamelyik újságnak a képeket? Nem, erről szó sem lehet. Egy jó oknyomozó nem durrogtatja el a patronjait, amint megkapta őket. A fekete maszszát Mr. Curtis elásta a sivatagban. Az biztos helyen van. A képeket kimentem egy biztonságos adathordozóra – úgy érzem, még kelleni fog.

Felhívtam Mr. Curtist. Elmondtam az ötletemet – vagyis Olive ötletét – a holnapi nappal kapcsolatban. Hozzátettem, hogy a feleségem kifejezett kérésére kell őt magával vinnem. Válaszul megkaptam, hogy „már tudom, hogy ki az ész maguknál".

Mr. Curtis modora sosem szelídül...

Természetesen belement, jó ötletnek tartotta, hogy utánajárjunk a dolognak. Bár az „utánajárást" egy kissé túlzásnak tartottam. Abban egyeztünk meg, hogy kora este indulunk, mikor már egy kicsit alábbhagy a hőség.

Leültem a gép elé a hálóban. Megnyitottam a Google Earth-t, hogy keressek egy jó helyet, ahonnan rá lehet látni a bázisra. Az lenne a legjobb, ha egy magaslat lenne a környéken. Szerencsémre találtam is néhányat. Az egyik elég magas volt, de túl messze volt: még a legnagyobb objektívemmel sem lettek volna elég jók a képek. Így maradt a közelebbi domb.

Ahogy néztem, nem egészen domb, inkább egy hasadék kiálló csúcsa. Meredeken lehetett megközelíteni, kaptatós túra lesz feljutni rá. Látva Mr. Curtis délutáni kerítésgyakorlatát, nem kellett aggódnom miatta. A 600 mm-es objektívem meg fog felelni a célra. Össze is készítettem másnapra a felszerelést. Ellenőriztem a kamerát, hogy fel van-e töltve, van-e elég hely a memóriakártyán. A hűtőbe még tettem be pár ásványvizet. Csak ott ne felejtsem.

Olive közben kipakolt egy társasjátékot a nappaliban. Gyakran szoktunk játszani. Ez is egy olyan tevékenység, amivel elszakadhatunk a technikától. Nem mintha idegenkednénk tőle, mi csak szeretünk néha „offline" szabadidős tevékenységeket is végezni. Ilyen a társasjáték. Azt vártam, hogy a *Rettegés Arkhamban* fogja felrakni, de az túl nevetséges lett volna a délutánt követően. Helyette a *Catan*t választotta. Mire végeztem a telefonálással és a pakolással, már toporzékolva várt engem.

***

A csillagok már az égbolt mély tengerében úsztak, mikor Olive-tól kikaptam. Nem sokon múlt, mégis megvert. Bosszankodtam egy sort, mire ő csak kinevetett. Legalább a jókedve visszatért és elfeledte – ha csak egy pillanatra is – a ma délutánt. Már ezért megérte veszítenem. Segítettem neki összepakolni, bár megérdemelte volna a nyertes, hogy egyedül rakjon el mindent.

Miután magunk mögött hagytuk a játékot, mindketten felmentünk az emeletre. Olive lestoppolta magának a fürdőt. Azt mondta, hogy ez a nyereménye. Már nem tudtam, hogyan tudná fokozni a diadalát. Én addig lehuppantam az ágyra megnézni, hogy írnak-e valamit a neten erről a délutánról. Nem csak mi voltunk ott, a szomszédok is szólhattak ismerősnek vagy akár a sajtónak róla, ám továbbra sem találtam semmit.

Olive megjelent előttem ruha nélkül, mezítelenül. Jázminos tusfürdőt használt, érezni lehetett az illatát. Én kidobtam a kezemből a tabletet, mire belehuppant az ölembe. Melleit az arcomnak nyomta, amit tegnap biztos nem mert volna megtenni, tekintettel a szúrós arcomra. Szorosan átölelt, és a fülembe súgta, hogy „szeretlek".

A nyakamnál összekulcsolta a kezeit, majd hátradőlt. Mélyen a szemembe nézett, és csak mosolygott. Nem tudom, min gondolkodhatott egyedül a fürdőben. Talán eszébe jutott a tegnapi ígérete, amihez most egyikünknek sem volt kedve? Vagy örült, hogy van valaki mellette a történtek után? Tán sosem tudom meg. Akárhogy is, nekem legalább annyira szükségem volt rá, mint neki rám.

Én következtem a fürdőben, de feleannyi ideig sem voltam bent szerintem, mint ő. Gyorsan letusoltam, minél előbb az ágyban szerettem volna tudni magam. Mire kiértem, Livi már aludt. Irigylésre méltó alvókája van, én is szeretnék két perc alatt elaludni. Nálam rendszerint ez félóra legalább – kivéve persze előző éjjel.

Minden rosszban van valami jó, szokás mondani. Leoltottam a villanyt. A nyitott ablakból ismét a kivilágított támaszpontot láttam. Csend volt az egész utcában, csak a távoli repülők moraját lehetett néha hallani. Figyeltem egy darabig a messzi fényeket, aztán elaludhattam.

Hajnalban ismét felébredtem. Első pillantásom az ablakra esett, de megnyugtattam magam, hogy a hadsereg még mindig a helyén van. Ki kellett mennem a mosdóba, így anélkül, hogy felkapcsoltam volna a villanyt, eltapogattam odáig. Szerencsére a fürdő közvetlenül a szobánkból nyílt.

Még szoknom kell az új helyet, mert félúton belerúgtam az ágy lábába. Kinéztem az ablakon, ami pont a városra nézett. Az utca egyik házában sem égett a villany – a szomszédság mélyen aludt. Csupán az utcai lámpák fényei világították be az éj sötétjét. Dolgom végeztével egy pillanatra újra kinéztem az ablakon, ekkor valami furcsára lettem figyelmes. A lámpaoszlopok fényei ki-kialudtak. Hol csak a mi utcánkban, hol a távolabbiakban is. Holnap az áramszolgáltató biztosan megszállja a környéket.

Visszabotorkáltam az ágyhoz, ezúttal ügyelve, hogy ne ütközzek akadályokba. Pillanatok alatt elaludtam. Arra ébredtem

reggel, hogy Olive annyira odabújt hozzám, hogy majdnem lelökött az ágyról. Óvatosan megpusziltam, mire ő elmosolyodott.
- Ébren vagyok - mondta csukott szemekkel.
- Kicsit sok helyet foglaltál el magadnak, angyalom - jeleztem neki szűkös helyzetemet. Ekkor kinyitotta a szemét és kuncogott egyet.
- Upsz! Bocsi - szabadkozott egy tinédzser hangján. Körbenéztem a szobában, ekkor vettem észre, hogy nem világít a tévé apró lámpája. Felkapcsoltam a villanyt, de semmi nem történt.
- Nincs áram - tájékoztattam Olive-ot a felfedezésemről.
- Üdv a kertvárosban - felelte derűs hangon. Egy félórát még feküdtünk az ágyban. Nem szóltunk semmit, csak néztük a keleti égboltot összebújva. Végül megbeszéltük, hogy reggelire csak kávét és egy kevés kekszet fogyasztunk. Nehezebb ételhez még mindig nem volt gyomrunk. Amíg Olive a kávét főzte, én kimentem megnézni a postát.
- Mi az, drágám, miért vágsz olyan aggódó képet? - kérdezte tőlem Olive, mikor bejöttem a postával.
- Nem tudom, lehet, hogy semmiség. - Hezitáltam, hogy elmondjam-e neki, amit láttam. Végül folytattam. - A tegnapi fehér furgont láttam elhaladni az utcánkban.
- Ugyan már, ne légy paranoiás! - legyintett rá mosolyogva. - Miből gondolod, hogy ugyanaz a furgon volt?

Bizonyítékkal kellett szolgálnom, hogy elhiggye. Valóban paranoiásnak tűnt az állításom. Azonban minden kormánygépjárművön kell lennie egy matricának, ami jelzi, melyik hivatalhoz, ügynökséghez tartozik. Ezen a Védelmi Minisztérium logója éktelenkedett a hátsó lökhárítón. Mindezt elmondtam Livinek is, akit meggyőztem, de nem tulajdonított neki oly nagy jelentőséget, mint én. - És ha hadsereg újra eljött körülnézni? Felgyújtották a szomszédban a kutyaólat. Lehet, hogy aggódtak, hogy vele együtt az egész városrészt is. - Közben odarakta az asztalra a két bögre kávét.
- Lehetséges. - Nem tudtam mit kezdeni az érveivel. Valószínűleg tényleg csak én láttam többet, mint ami valójában ott

43

volt. Eszembe jutott a késő délutánra tervezett akciónk. Lehet, hogy mégsem jó ötlet, még a végén tényleg elkaphatnak. Elhessegettem a gondolatot. Olive-nak van igaza, mindig neki van. Ez az egész nem jelentett semmit. – Nos, befejezzük ezt a házat? – váltottam témát.

– Ez a terv mára – nyomott egy kávés puszit az arcomra, majd feltipegett a lépcsőn.

Így telt a napunk: pakolással. Minden edényt, tányért, evőeszközt, konyhai kisgépet kipakoltunk, elrendeztünk. Akár egy kisebb esküvőre is tudunk már sütni-főzni. Az előszobába a cipős polcokat a költöztetők betették, már csak a fogasokat kellett felraknunk a helyükre. Néhány virág, pár kép, és akár vendégeket is fogadhatunk. A nappaliban leporoltuk a könyveket, majd kategorizálva elrendeztük őket.

Nem sok könyvünk van. Olive leginkább regényeket szokott olvasni, főleg orvosi krimiket. Én a tényfeltáró vagy életrajzi könyveket szeretem, nevezhetjük ezt szakmai ártalomnak. A könyvek helyett mi inkább a sorozatokkal szoktunk kikapcsolódni. Nyugodtan megkövezhetnek minket, de én olvasok elég cikket ahhoz, hogy meglegyen a napi karakter-adagom. Livi nevében nem tudok nyilatkozni. Bár ő többet olvas, mint én, mégsem mondhatnám rá, hogy „falja" a könyveket. Szerencsére a sorozatízlésünk szinte megegyezik, mindketten a minőségi, rövidebb évadú sorozatokért vagyunk oda. Semmi „konzum", ahogy én hívom azokat a sorozatokat, amelyeknek egy évadja huszon-akárhány epizódból áll.

Ebédre már megjött egy kicsit az étvágyunk. Egyrészt kimaradt a reggeli – ami ugye a legfontosabb –, másrészt a rendrakásban is elégett pár kalória. A frittatát kivettük a hűtőből, és szimat-teszt alá vetettük. Meggyőződtünk róla, hogy az áramszünet ellenére – ami még továbbra is fennállt – nem romlott meg a hűtőben a kaja. Pedig ismét negyven fok fölé emelkedett a kinti hőmérséklet. A házban nem működött a légkondi, így lassan bent is kellemes harminc fok kezdett uralkodni. Délután el kell csípnem valakit az utcából, hátha tudnak valamit az áramszünetről.

Olive-val leültünk ebédelni. Tegnapi látvány ide vagy oda, éhesek voltunk, olyannyira, hogy el is pusztítottuk a maradékot. Körbenéztünk a lakásban és elégedetten állapítottuk meg, hogy közel járunk a célunkhoz. Egyedül a függönyöket kell már csak kimosni, felrakni, de ahhoz először áramellátásra is szükség lenne. Maradtak az üres dobozok, amiket kihordunk a garázsba. Ebéd után felajánlottam, hogy elmosogatok.

– Oké, és mit kérsz cserébe? – Mintha csupa kedvességből még soha nem mosogattam volna el. Gyanakodó tekintet követett végig, miközben összeszedtem a tányérokat. Elnevettem magam.

– Mindig is vágytam egy doromboló kiscicára. – Erre hozzám vágta a kéztörlőt.

Amíg mosogattam, megpróbálta a villanykapcsolót, hátha visszajött az áram, de hiába. Duzzogva felment az emeletre. Mire végeztem, megjelent a hátam mögött és úgy mosolygott, mint egy gyerek, aki összetört valamit.

– Oké, szabad a gazda – tártam szét karomat.

– Gyere velem! – Megfogta a kezem és elvezetett a nappaliba.

– Te jó ég! – A döbbenettől nem találtam jobb kifejezést.

– Mondtam, hogy kapsz tőlem valamit. – Kissé lábujjhegyre állt és megcsókolt.

A szoba falán, ahol korábban egy festmény lógott, most egy fénykép függött. Egy fénykép, amit eltűntnek hittem. Még New York-ban készült, a Flushing Meadows Parkban. Azon a helyen, ami mérföldkőnek számít a kapcsolatunkban. Megkértünk egy járókelőt, hogy a filmes fényképezőgépemmel csináljon rólunk egy képet. Semmi szelfi, nem tizenévesek voltunk már. A háttérben az 1964-es világkiállításra felállított Föld áll, amint éppen megvilágítja a lemenő Nap fénye. Az időpont egyszerűen tökéletes volt. A kép érdekessége, hogy a készülte után pár héttel összeköltöztünk, és a pakolásban egyszerűen eltűnt a kép. Legalább háromszor átforgattam a lakásunkat, de nem találtam meg. Olive valószínűleg a bepakoláskor sikerrel járt, és elvitte felnagyíttatni. Vastag sötétkék keretbe tette és kiakasztotta a nappalink falára. Egyértelműen ez a kép uralta a szobát, bemelegítve azt a kettőnk kapcsolatából áradó szeretettel. Az arckifejezésem annyira árulkodó lehetett, hogy Olive szinte le se vette rólam a szemét. Én csak a képet bámultam. Kellett pár perc, hogy felfogjam, mit is látok valójában. Nem tudtam mit mondani rá. Sorolhattam volna romantikus kliséket, de reméltem, hogy az arcom mindent elárult. Végül csak annyit mondtam, miután sikerült a szememet levennem a képről és a szemébe néznem: „Szeretlek!" Ő válaszul szorosan átölelt.

– Nem akarom tudni, hol volt – törtem meg a meghitt pillanatot, mire ő elnevette magát.

Nekiálltunk kivinni a dobozokat. Egy részét úgyis kidobjuk, egyelőre csak beraktuk őket a garázsba, hátha szükség lesz rá vagy nekünk, vagy másnak. Minden irányban fürkésztem az utat, hátha felbukkan valaki. Hétköznap a legtöbb szomszéd a munkahelyén van. Néhány autó elhaladt mellettünk, de egyik sem a mi szomszédjaink közül. Már az utolsó dobozok közül vittem ki néhányat, mikor megláttam ingatlanügynök szomszédunkat, Tom Edwardsot.

– Helló, Tom! – kiáltottam oda neki, mielőtt bement volna.

– Dan. – Nem volt derűs hangja, csak bólintott egyet, mikor a nevemet mondta. Valószínűleg nem vágyott a társaságomra, én mégis odasiettem hozzá.

– Ne haragudj, nem akarlak feltartani, de nem tudod véletlenül, mikor jön vissza az áram? – Komor tekintettel hallgatta végig a kérdésemet, közben felvonta az egyik szemöldökét.

– Nem. – Hivatalossá vált: ő nem az a szomszéd, akihez átmegyünk cukorért.

– Oké, de ugye szólt valaki az áramszolgáltatónak? – Nem hagyom magam.

– Igen, szólt valaki. – Kezdem azt érezni, hogy ez az ember ugrat engem.

– És? Mondtak valamit? – Ha erre is annyit mond, hogy „igen", én feladom.

– Csak annyit, hogy elégtek a légkábelek. Nem tudják még, mennyi idő, amíg kicserélik.

– Elégtek? – értetlenkedtem, de nem vártam választ tőle. – Hogyhogy elégtek?

- Én is csak ennyit tudok. Most, ha megbocsátasz - ezzel megfordult, és bement a házba. El sem tudtam köszönni tőle, olyan sebesen távozott. Hirtelen nem tudtam, min döbbentem meg jobban. A szomszédom modorától, vagy az elégett villanyvezetékektől. Lassan visszasétáltam a dobozaimhoz, bevittem őket a garázsba, majd visszamentem a házba.

- Szívem, vannak itthon gyertyáink? - vetettem oda a kérdést Olive-nak.
- Miért? Romantikázni szeretnél a fürdőben? - Erre nem is gondoltam.
- Nem éppen. Határozatlan ideig nem lesz áram.
- Hogyhogy határozatlan ideig? - jelent meg előttem csípőre tett kézzel.
- A legudvariasabb szomszédunk, Mr. Tom Edwards azt mondta, hogy elégtek a kábelek, az áramszolgáltató nem tudja, mennyi idő, amíg kicserélik. - Éreztem, hogy ez így sok lesz neki egyszerre - nekem is az volt.
- Mi van? - Sejtettem.
- Ennyit mondott nekem is. Többet hiába is kérdezel - mentegetőztem. Ezen eltöprengett egy kis ideig.
- És miért ő a legudvariasabb szomszédunk? - Erre már tudtam válaszolni.
- Nem tudom, hogy újabb ingatlanpiaci válság jön, és kapott erről egy bennfentes információt, vagy csak veri a felesége, de olyan karót nyelt az ürge, hogy azzal már gyerekeket lehetne ijesztgetni - foglaltam össze tömören a beszélgetésünket.
- Igen? - nézett ki csodálkozva az ablakon Edwardsék háza felé. - Pedig nem tűnt olyan udvariatlannak tegnap.
- Lehet, hogy csak múló szeszély - legyintettem. - Na, mindegy - ezzel elvonultam az utolsó pakkért.

Kezdtem beletörődni, hogy az esti túránkra nem vihetek jól behűtött ásványvizet. Ismét bőven 45 Celsius-fok felett volt a kinti hőmérséklet. Jobb, ha rá sem nézek a hőmérőre, mert már attól hőgutát kapok. Munkánk végeztével bevonultunk a dolgozószobánkba. Kicsit elmaradtunk a munkával. Olive nekiállt egy festményt finomítani, amit még a belvárosi lakásunkban kezdett el. Jelenleg egy léghajó témájú festménysorozaton dolgozik, amit remélhetőleg ki is fognak állítani. Néhány kép már elkészült a sorozatból. A kedvencem egy éjszakai jelenet, amin a reflektorokkal megvilágított léghajó éppen kiköt az Empire State Buildingnél. Mindig elgondolkodom, hogy milyen látvány lenne ez most, 2017-ben. A szerencsétlenül járt Hindenburg után leáldozott a léghajózás kora. Lehet, hogy anélkül is megtörtént volna. Ki az, aki az Atlanti-óceánt fél helyett két-három nap alatt tenné meg? Én, és velem együtt valószínűleg Olive is csak elábrándoztunk a világról, ahol a légi közlekedést ezek a grandiózus járművek és nem a repülőgépek jelentik. Ezen töprengtem, mikor észrevettem, hogy érkezett egy e-mail egy helyi laptól, az *Arizonian Desert Times*tól.

Tisztelt Uram!

Bizonyára Ön is figyelemmel kísérte az elmúlt napok közelben történt eseményeit. A sugárzáson és a katonai tevékenységen kívül számos más esemény is történt, amelyről tudomást szereztünk, azonban egy 1947-es elnöki rendelet értelmében nem hozhatjuk nyilvánosságra. Amennyiben Ön szemtanúja valamilyen megmagyarázhatatlan eseménynek, kérjük, dokumentálja későbbi felhasználásra. Jogi munkatársaink igyekeznek a rendeletet törvényi úton megtámadni.

P.S. Kérem, törölje ezt a levelet.

Elnöki rendelet, ami cenzúrázza a híreket? Mintha háborús időket élnénk. Ám legyen, rajtam nem fog múlni, én már előredolgoztam. Az utóirattal egy kissé teátrális felhangot adtak a levélnek, de lehet, hogy nekik van igazuk: fő az óvatosság. Ennek jegyében először ki is nyomtatom, aztán törlöm a levelet. Nem kérdés, hogy Olive-nak is megmutatom. Ez olyan dolog, amit nem hallgathatok el előle.

- Szóval Harry Truman miatt van hírzárlat - foglalta össze a számára releváns részt. - Kíváncsi lennék, mi áll abban az elnöki rendeletben.
- Én pedig a „más eseményre" lennék kíváncsi, amiről tudnak. - Támadt egy ötletem. - Nincs kedved sétálni egyet, Livi? - mosolyogtam rá.
- Ezt most komolyan kérdezed? Hova? - nézett rám megrökönyödve.
- Érdekel ez az elégett légkábeles dolog. Gondoltam, elsétálhatnánk megnézni. Biztos a közelben dolgoznak. - Éreztem, hogy ez is egy olyan szokatlan esemény, amiről a levélben írtak. - Le kell fényképeznem - folytattam a tervem. - A kisebb fényképezőgépemet viszem, így nem fogok fotósnak tűnni. Mi csupán egy frissen beköltözött házaspár vagyunk, akik az otthoniaknak lefényképezik a környéket. A véletlen műve, hogy az áramszolgáltató munkálatába belefutunk.
- Szépen kitervelted - nézett rám gyanakvó tekintettel. - Olyan rutinosan mondtad, mintha ez egy begyakorolt szöveg lenne.
- Az egyetemen a kamuzást is tanítják ám! - feleltem fölényesen, de látszott rajta, hogy nem tetszett neki a válaszom. Végül belement, hogy elkísér a „tetthelyre".

Délután két óra felé járt az idő, mikor elindultunk. Nem tudtuk, merre is dolgoznak pontosan, ezért úgy döntöttünk, hogy mindig egy-egy utcával lejjebb megyünk. Miközben bezárta az ajtót, arra lettem figyelmes, hogy a kedves Tom az ablakból figyel minket. Nem intettem oda neki, helyette csak Olive-nak jeleztem, hogy van egy rajongónk. Ekkor még nem tudhattuk, hogy Mr. és Mrs. Edwards nem azok, akiknek mondják magukat.

Útközben gyalogossal egyáltalán nem találkoztunk. Ilyen időben csak a hozzánk - jobban mondva hozzám - hasonló megszállottak mennek ki a házból. Az első utcában jártunk, mikor megszólított minket egy testes, verejtékező férfi, aki odasuhant hozzánk. Érezni lehetett az alkoholt az izzadságában. Rövidnadrágot viselt, és egy konföderációs zászlóval hímzett pólót. Gyanakodva érdeklődött, hogy kik vagyunk és honnét jöttünk.

Illedelmesen bemutatkoztunk neki, mire ő csak böffentett egyet. Olive-val törekedtünk arra, hogy ne nézzünk össze. Minél kevesebb érzelmet árulunk el, annál jobb.

- Azt hittem, má' a kormánynak dógoznak. - Belekortyolt a kezében lévő dobozos sörbe. - Tennap is itt gyútogattak ám. - Komótosan körbenézett, mintha valaki figyelné őt, majd folytatta. - Ma meg nincsen áram. - Lejjebb vette a hangját, szinte suttogott. - Itt valami készű', higgyenek nekem. - Újra belekortyolt a sörébe, de szomorúan állapította meg, hogy elfogyott. Az alumínium dobozt összenyomta, és bedobta a tornácára.

Úgy gondoltuk, hogy egy ilyen jól informált környékbelitől lenne érdemes megkérdezni, hogy merre dolgoznak az áramszolgáltató emberei. Ő készséggel elmondta, hogy két utcával lejjebb keressük őket. Mi szívélyesen megköszöntük az útbaigazítást és továbbálltunk. Már vagy húsz méterrel eltávolodtunk tőle, mikor utánunk kiabált.

- Óvakodjanak a fehé' fú'gontó'! - Bár érdekelt volna, hogy mit tud róla, de mikor Olive-ra néztem, megrázta a fejét. Ez volt a jel, hogy vissza ne merjek menni hozzá. Így csak intettem neki. Bíztunk benne, hogy mással már nem futunk össze. Ez épp elég volt erre a napra.

Már közel járhattunk, mert hallottuk a gépek zúgását. Valószínűleg egy generátor lehetett. Amint befordultunk a sarkon - kezemben a fényképezőgéppel - elénk tárult a művelet helyszíne. Fehér ruhába öltözött, sisakos emberek nyüzsögtek az egész utcában. Úgy egy tucatnyian lehettek. A munkálatot messziről két öltönyös, napszemüveges alak kísérte figyelemmel. Nekik is melegük lehetett, mert a zakójukat nem viselték. Meg sem kellett lepődnöm azon, hogy a minisztériumi fehér furgon ott parkolt az utcában. Livit beállítottam magam elé, hogy pózoljon, mintha őt fényképezném. Közben a hátteret fotóztam.

Az elégett vezeték ráolvadt egy alatta álló drótkerítésre. Úgy nézett ki, hogy az egész kerítést leszedik. A két öltönyös alak irányította a munkásokat, hogy tegyék a furgonba. Az új vezetékek már fent voltak, bizonyára már a javítás vége felé járhattak. Épp az urakat fényképeztem, mikor azt láttam a kamerában, hogy az egyik minket figyel. Ekkor mondtam Olive-nak, hogy ideje odébbállnunk. A fényképezőgépet eltettem, elég képet csináltam róluk.

Továbbindultunk. Kézen fogva mentünk, derűsen mosolyogtunk, mint akik nem látnak semmi szokatlant az eseményben. A magasabb öltönyös férfi még mindig minket követett tekintetével, majd a társa mondott neki valamit, így elfordult tőlünk. Ekkor már közvetlen mellettük haladtunk el. Most, hogy nem figyelt, alaposabban is körbenézhettem. A kerítés tulajdonosa értetlenül állt az udvarában. Az egyik munkással vitatkozott, aki valószínűleg biztosította afelől, hogy kicserélik a kerítését. Partnerem nagy szemekkel nézett rám, és rángatta a kezem. Sürgetett, hogy induljunk tovább. Utoljára visszapillantottam, mikor kiszúrtam a kerítés egyik oszlopának az alján egy feketés, kátrányszerű anyagot.

Livi ekkor úgy megrántotta a kezem, hogy kénytelen voltam elindulni. Kicsit gyorsabb tempóra kapcsolva elhaladtunk a furgon mellett. Nyitva volt a hátulja, így visszanézve láthattam a DoD-matricát[2] a hátsó lökhárítón, és a kerítést a csomagtérben. Már ami maradt belőle, mert a megolvadt réz teljesen szétmarta az alumíniumkerítést. Mi okozhatott ekkora kárt, elképzelni sem tudtam.

– Dan, ez nem jelent semmi jót – súgta a fülembe Olive, mikor már elég távol kerültünk az emberektől.

---

2 Department of Defense, Védelmi Minisztérium

IV. fejezet

Panoráma a dombon

Hazafelé gyorsított tempóban haladtunk. Egyrészt úgy égette a nap a bőrünket, hogy nem akartunk napszúrást kapni, a szomjúságról nem is beszélve. Másrészt a félelem egy új formája telepedett ránk, aminek levetkőzéséhez szükségünk volt az otthonunk biztonságára. Engem, akinek a gépfegyver ropogásától már önkéntelenül pislognom sem kellett, ez az új, ismeretlen veszély olyan érzéssel itatott át, mint amilyent kezdő fotós koromban az első turnusom alatt tapasztaltam. Hiába vesznek körbe katonák, adnak rád kevlár-mellényt és sisakot, valahogy mégis ott motoszkál benned az a gondolat, hogy mi van, ha a következő kanyarnál a páncélozott Humvee aknára fut. Netán egy gyerekkatona által kilőtt páncélököl talál el. Ezen gondolatokra szükségünk is volt odakinn. Ösztöneinket kiélezte, éberen tartott minket. Ellenben most nem fenyeget bennünket golyózápor, sem akna. Fogalmunk sincs, mitől kéne tartanunk, nem árulják el, hogy mi okozza mindezt.

Olive reszkető kezekkel próbálta kinyitni az ajtó zárját. Én közben hátrapillantottam Edwardsék háza felé. Tom ismét (vagy még mindig) figyelt minket. Ekkor hallottam, hogy a kulcscsomó halk puffanással érkezik a lábtörlőre. Olive halkan káromkodott egyet. Odaléptem, felvettem és kinyitottam az ajtót. Ő szó nélkül bement, egyenesen az emeletre tartott. Utánamentem. Mire utolértem, ő már az ágyon gubbasztott. Odaléptem hozzá, leültem mellé.

– Kevesen leszünk – mormolta a padlószőnyegnek.

– Mihez, bogaram? – Nem értettem, miről beszél.

– Mást is be kell avatnunk ebbe, mert hárman nem tudunk a végére járni, mi a pokol folyik itt. – A harmadik bizonyára Mr. Curtis.

– Szóval azt akarod, hogy a végére járjunk? – kérdeztem tőle óvatosan.

– Igen. – Ezt már a szemembe mondta. – Ha valaki, hát te képes vagy rá. – Kinézett a szobaajtón, egyenesen az ablak felé, amely előtte állt. – De nagyon óvatosnak kell lennünk. Azok után, amiket ma láttunk… – Pár pillanat csend következett. – Stacyre és Julie-ra gondoltam.

– Igen, ez jó ötlet. – Tényleg az volt. Bár tőlük nem várnám el, hogy elássák a fekete masszát a sivatagban, de jól jöhet még, ha más is tud minderről. Ebben maradtunk. Úgy is át kell hívnunk őket egy „tárlatbemutatóra", akkor elmondjuk nekik, amit eddig megtudtunk. Ebben a pillanatban visszajött az áram, a légkondi hangos susogással beindult.

– Remek! – tapsolt egyet ironikusan Olive. – Megyek, elindítom a mosógépet. Fejezzük be ezt a házat! – Ekkor egy gazella fürgeségével felpattant, ám én utánanyúltam és megfogtam a kezét. Ő hátranézett, megfordult. Nem szóltam semmit, csak néztem rá. – Rendben leszek. – Elmosolyodott. Érezhette, hogy aggódtam. – Itt vagy, nekem ez a legfontosabb. – Ekkor egy kissé megnyugodtam. Elengedtem a kezét, ő pedig eltűnt az ajtó mögött.

Lementettem a képeket a munkagépemre, közben Olive is megjelent mögöttem. A fényképek szürreális pompát árasztottak magukból. Egyrészt minden képen ott volt ő a lesütött, szégyellős tekintetével. A kép azonban a háttértől vált szürreálissá. Megörökítettem, ahogy a munkások vágják le az elégett drótot és kezdik feltekerni. A két úriembert is megpróbáltam lefényképezni, de az egyik háttal állt, a másik pedig félig takarásban.

Legalább a furgon rendszáma megvan, ezzel még kezdhetünk valamit. Még egy keveset nézegettük a képeket, de nem találtunk semmi mást, amit ott ne láttunk volna. Megtaláltam a fekete pacát is, amit már ott kiszúrtam a kerítés helyén. Olive erre csak mély undorral reagált.

Miután lejárt a mosógép, felraktuk a függönyöket. Olyan meleg volt, hogy hamar megszáradtak. Közben láttam, hogy a nap alsó pereme már a horizontot súrolja. Gondoltam, hamarosan megérkezik értem Mr. Curtis. Szerencsére az áram időben jött vissza, így sikerült az ásványvizeimet lehűtenem. Kérdeztem tőle, hogy ne maradjak-e mégis itthon, hisz' a mai után nem biztos, hogy egyedül szeretne maradni.

– Ne aggódj, majd megnézem a *Super 8*-at – nevette el magát hangosan, de ezzel a sötét humorral nem nyugtatott meg. – Nyugi, csak viccelek – adott egy puszit az arcomra. Ebben a pillanatban rekedt köhögés hallatszott az ajtón túlról, amit egy rozsdás hang követett.

– Nem lesz semmi baja a nejének, ne féltse már annyira! – Drámai belépővel megérkezett Mr. Curtis. Kopogás nélkül benyitott. Olive csak nevetett, én kevésbé. – Na, elbúcsúzott már, fiam? Ön se aggódjék, Olivia, vigyázok a férjére. Látszik rajta, hogy gyámra szorul. – Odalépett mellém és erősen hátba lapogatott. Ez már annyira abszurd helyzet volt, hogy nekem is mosolyognom kellett.

– Ezt el is várom, Mr. Curtis – jelentette ki határozottan Olive. – Ha egyben hozza vissza nekem, szívesen vendégül látom egy késő esti vacsorára.

– Ó, ez igazán csábítóan hangzik, asszonyom. – Hangnemet váltott és rám nézett. – Készen van, fiam, vagy még elmegy pisilni? – vágott ismét hátba.

– Magával ellentétben nekem még nincsenek prosztata-problémáim. – Ezzel felkaptam a táskámat, amelyben a vizek és a fényképezőgép volt. – Mehetünk – vetettem oda Mr. Curtisnek, aki csak vigyorgott az ajtó előtt.

Egy 1976-os Buick állt a ház előtt. Nagyon jó állapotban volt, látszott rajta, hogy a gazdája karbantartja. Elismerően füttyentettem egyet.

– Nem rossz, mi? – vonta meg szemöldökét Mr. Curtis. – Néhai apósom hozománya. Közel félmillió mérföld van benne, de olyan, mintha egy éve hoztam volna ki az autószalonból.

– Ez nem semmi. Maga aztán tud meglepetéssel szolgálni – ismertem el a csodálatomat.

– Na, pattanjon be! – Elindultunk.

Ezzel a mondattal ki is kapcsolt Mr. Curtis vagány, gúnyolódó személyisége, és átvette a helyét az ex-rendőr, akinek minden mondata érzelemmentes komolysággal landolt a beszélgetés során. Kezdtem a levéllel, amit a helyi szerkesztőségtől kaptam. Megemlítettem Mr. Edwardsot, végül befejeztem a beszámolót a villanyvezetékkel, valamint a kerítéssel. Ő ezt szó nélkül végighallgatta, közben legfeljebb csak hümmögött.

– Tudja, '72-ig Új-Mexikóban voltam seriff-helyettes egy kisvárosban. Egy évvel korábban, júliusban három hét kánikula után jött egy hatalmas vihar, olyan, amit a megye még nem látott. A várostól nem messze egy vízfolyás, vagy tudom is én mi, elmozdított pár sziklát, és egy üreg került elő a sivatagban. Pár gyerek talált rá. Ám az agyatlan kölykök ahelyett, hogy elfutottak volna a városba szólni a tűzoltóknak vagy nekünk, inkább rávették a legkisebbet, hogy másszon le. A gyerek lefelé menet – az ő elmondása szerint – egy „sötét, nyálkás taknyon" megcsúszott és leesett. A haverjai persze beijedtek, és futottak vissza segítségért. Mire odaértünk, a gyereknek égési sérülései voltak a kezén és a lábán. A tűzoltók felhúzták, a mentő a legközelebbi kórházba vitte. A seriff nem tudta, mitévő legyen, így engem a gyerek után küldött a kórházba, ő meg értesítette a megyei hivatalt. Ők sem tudták, mitévők legyenek, így azok szóltak az államiaknak. Ők fogalmam sincs, hogy kinek szóltak aztán, de a végén a hadsereg jelent meg. Nem úgy, mint a filmekben, helikopterekkel, meg egy ezrednyi katonával, lezárva az egész területet, dehogy. Két lepukkant furgon, bennük öltönyös barmok, meg egy űrruhába öltözött brigád. – Mr. Curtis ekkor hirtelen elrántotta a kormányt. Az úton egy prérifarkas lakomázott egy felismerhetetlen állatból. – A nyomorult – jelentette ki bosszúsan, majd töprengett egy kicsit, hol is tarthatott és folytatta. – Szóval azok az űrlények lemásztak oda. De létrájuk sem volt, azt is a tűzoltóinktól kértek. Geiger-Müller számlálóval megmérték a sugárzást, utána mintát vettek és ennyi. Egy szót nem mondtak, hogy mi ez az egész, veszélyes-e vagy sem. Az egyik öltönyös figura egy walkie-talkie-n betont és markolót rendelt, addig nem mentek sehova. A beton másfél órán belül ott volt, betemették az egész lyukat, végül a markoló rádobott még pár sziklát. Megköszönték az együttműködést és elmentek.

- Ez szinte hihetetlen - foglaltam össze a hallottakat. - A gyerekkel mi lett?
- Ja, igen. Bementem a kórházba. Az anyja bőgött, a bátyja szintén bőgött, de ő azért, mert az apja az érkezésem előtt felpofozta. Az orvosok próbálták nyugtatni az apát, nem sok sikerrel. A társamnak mondtam, hogy foglalkozzon az anyával, amíg én megragadtam a palit és kivittem a parkolóba. Megkínáltam egy cigarettával, ettől megnyugodott. Utána elé álltam és megmondtam neki, ha nem szedi össze magát, egyrészt én is felpofozom, de még be is viszem egy éjszakára. Ettől megjött az esze. Visszamentünk, az anyának nyugtatót adtak be a nővérek, annyira összetört.
- És a gyerekkel nem is volt ott senki?
- Jogos a kérdés, de igen. A felpofozott báty ment be, és fogta szegény gyerek kezét. Megkérdeztem az orvosát, hogy mi van vele. Ő annyit mondott, hogy a „könyv" szerint ezek sugárzástól vannak. Sugárzástól, milyen sugárzástól, doki? - kérdezem én. Erre ő: radioaktív.

Nem szóltam egy szót sem. Mr. Curtis szünetet tartott, tudta, hogy ezt egyszer fel kell fognom. Kinéztem az oldalsó ablakon. A várost már bőven magunk mögött hagytuk, csupán a közvilágítás fénye burkolta be azt. Közeledtünk a megfigyelőhelyhez.

- Végül kiderült, hogy nem egy nukleáris teszt maradványaiba botlott bele a kölyök, mert a radioaktív sugárzás egy gyengébb változata érte. Ezért maradt életben. Néhány hét kórházi lábadozás után hazamehetett. Az ügy lezárva.
- A sajtó felkapta az esetet, nem?
- Persze. Egy helyi lapban megjelent a sportrovat előtt, hogy a „heves zivatar következtében víznyelő alakult ki, de az illetékesek már elhárították a veszélyt." Vagy valami ilyesmi. Hadseregről, sugárzásról, gyerekekről egy szót sem írtak.
- Magának volt már *déja vu*-je? - utaltam ezzel a levélre, amit kaptam az Arizonian Desert Timestól.
- Nekem már a tegnapi piknik óta az van.
- Lefogadom, hogy nem hagyta annyiban a dolgot. És ezért helyezték át egy évvel később.

- Fején találta a szöget! - Ekkor rákanyarodtunk egy földútra. Az öreg Buick szegényes lengéscsillapítói nehezen bírták a gödröket. Nem erre a terepre találták ki. Sötét is volt, Mr. Curtis nehezen tudta csak kikerülni a kátyúkat. Hirtelen belement egy nagyobb mélyedésbe, amitől a kesztyűtartó kinyílt.

- Te jó ég! - sápadtam el. - Mit akar ezzel? Grizzlyre vadászni? - Egy .357-es Colt csillogott a derengő holdfényben. Mr. Curtis ezzel a lendülettel becsukta a kesztyűtartót.

- Nem lehet elég óvatos az ember. - Ebben igaza van, de azért ezt egy leheletnyi túlzásnak tartottam.

- Van erre egyáltalán engedélye, Piszkos Harry? - Még csak az hiányozna, hogy ezért töltsem az éjszakámat egy zárkában.

- Mit gondol, fiam? Rendőr voltam, vagy mi a fene...
- Hát jó, maga tudja. Nézze, a feleségem mindenről tud. Ha nem bánja, neki is elmondom, amit mesélt. És Olive-val arra gondoltunk, hogy még két embert beavatnánk, biztos, ami biztos.

- A feleségét nem bánom, de még kikre gondoltak? - tette fel gyanakodva a kérdést.

- Julie-ra és Stacyre.
- Ó, vagy úgy. A meleg pár.
- Ne kezdje el maga is, mint Ed! - figyelmeztettem.
- Nekem nincs bajom velük. Addig, amíg otthon végzik a romantikájukat. Ha bíznak bennük, énfelőlem beavathatják, nem bánom. De ne várja azt, hogy leüljek mindannyijukkal agyalni a történteken, mint egy cserkészcsapat. - Kezdtem azt érezni, hogy nem csak az autó miatt rekedtem a múlt században.

- Rendben van, Mr. Curtis, nem is vártunk ilyet magától. - Ő erre csak morgott egyet. Szótlanul autóztunk még legfeljebb tíz percet, mikor megérkeztünk a megfigyelőhelyre. Korábban Mr. Curtisszel egyeztettem, ő is alkalmasnak találta a rálátást.

Hiába ment már le a nap, úgy éreztem, a hőség egy cseppet sem enyhült. A vizeim, mire ideértünk, kellően langyosak lettek. Mr. Curtis hátrament a csomagtartóhoz, és hozzám dobott egy üveg jéghideg vizet. Buborékmentes volt, amit nem szerettem, de kárpótolt érte a hőfoka. Visszatért egy pillanatra a „régi" Mr. Curtis, mikor halkan kioktatott, amiért nem raktam be őket a mélyhűtőbe. Ő persze hűtőtáskával készült. Látszott rajta, hogy élete nagy részét sivatagi államokban élte le. Már azt vártam, hogy előkap egy éjjellátó szemüveget, de helyette csak egy legalább fél évszázados óriás lámpát húzott elő a hátsó ülésről. Gyenge fényt adott, de ez épp így volt jó.

A domb északi oldalán hagytuk az autót, ugyaninnen kezdtünk felmászni a kiszögelléshez. A szikla így pont eltakart bennünket, nem láthattak a bázisról. Fotófelszerelésemet egy hátizsákba raktam, így mindkét kezemmel tudtam kapaszkodni a dombon. El is kelt a két kéz, mert az enyhén meredek lejtőn képtelenség lett volna két lábbal felmászni. Mr. Curtis – ahogy vártam – még csak nem is szuszogott, játszi könnyedséggel szedte kezeit-lábait, velem ellentétben, mivel többször is megcsúsztam a poros sziklán.

– Mi az? Itt lakik a sivatagban, és még csak nem is ment el túrázni a környékre? – Továbbra is az élcelődő társamat tudhattam körünkben. Reméltem, hogy mire felérünk, visszavált az általam favorizált, komolysággal teli személyiségére. Szerencsére így is lett.

Mikor felértünk, azonnal lekapcsolta a lámpát, és lassan előrekúszott. Elég nagy távolság volt köztünk és a célpont között, ám katonai eszközökkel akár ki is szúrhatnak bennünket, ha nem vagyunk elég óvatosak. Mr. Curtis egy takarót vett ki a táskájából, amit leterített egy szikla és egy kisebb bokor mögé. Innét hasalva figyeltük a támaszpontot.

Teljes fénypompában úszott, ami nekem a fényképezéshez tökéletes volt. Most következett az unalmas rész, mikor is vártunk, hogy történjen valami. Nem sok látnivaló akadt a saját lábnyomaikba lépő katonákon kívül. Bizonyára ők is unhatták magukat. Mr. Curtis hosszasan bámulta őket a távcsövén keresztül. Időközönként körbe-körbenézett, mintha azt várná, hogy valaki orvul az életünkre tör.

– Mit keres ennyire? – kérdeztem, mikor öt percen belül kétszer nézett a hátunk mögé.

- Tudja, vannak a sivatagban más élőlények is, mint az ember. Nem feltétlenül egy *sicariót*[3] várok. - Nem szóltam rá semmit. Igaza volt abban, hogy megosztjuk a környezetet nem csak emberrel, de kígyókkal, skorpiókkal és prérifarkasokkal egyaránt. Félóra után meguntam bámulni a katonákat. Inkább az eget néztem. A hold a zenit környékén járt, a csillagok nem ragyoghattak teljes pompájukban, a Tejútról nem is beszélve. Asztrofotózáshoz nem ideális az időpont, bár ez nem is az én területem. Ahogy figyeltem az eget, több elhaladó műhold fényére lettem figyelmes, mint ahány hullócsillagot láttam. Igaz, most sem a Perseidáknak, sem a Leonidáknak nincs szezonja, mégis. Rengeteg műhold lehet fölöttünk, ha már szabad szemmel is ennyit látni belőlük. Mr. Curtis közben hátrébb kúszott, hogy igyon egyet. A Sonora-sivatag sosem fog kihűlni, még mindig legalább 28 °C lehetett.

Újra készítettem pár képet a bázisról. A fényképeket néztem vissza, melyeket egy pillanattal ezelőtt készítettem, mikor kiszúrtam néhány katonát az egyik leszállópálya környékén.

- Nézze csak! - szóltam oda Mr. Curtisnek, aki miután rápillantott a gépemre, felkapta távcsövét, hogy megnézze magának, mi történik odalent. Mióta kint voltunk, ez volt az első esemény. Eddig csak egy-egy járőröző katonát vettünk észre.

- Hallja maga is? - Valóban hallottam, egy halk búgás volt, amely egyre erősödött. Valószínűleg egy repülőgép érkezésére készülődtek. Néhány perc múlva egy C-130-as robogott el szinte a fejünk fölött. Folyamatosan fényképeztem. A gép leszállt a hosszú kifutón, lassan betaxizott egy távoli hangár mellé. Egy rövid hangjelzést hallottunk, és szinte egyazon pillanatban kinyílt a hangár ajtaja, egyszersmind a repülőgép hátsó rámpája. Nem hittem a szememnek, mikor azt láttam a fényképezőgép keresőjén keresztül, hogy egy fehér furgon tolat a rámpa felé.

Az autót hat vegyvédelmi ruhás alak fogta közre, akik kinyitották a hátsó ajtót, és a délután berakott kerítésdarabot

---

[3] bérgyilkos

vitték fel a gépre. A többi katona kellő távolságból figyelte azt. Ekkor megjelent egy valószínűleg magasabb rangú tiszt, mert minden bámészkodó katona szalutált neki. Oldalán a két fekete öltönyös alakkal ment a géphez. Miután felvitték a kerítést, a furgon visszament a hangárba. A gépem folyamatosan kattogott, nem akartam elszalasztani egy fontos pillanatot sem. Nem tudhattam, melyik képen lesz olyan apró részlet, amit a számítógépen fogok csak kiszúrni.

Mr. Curtis szigorúan nézett rám a zárhang miatt, de mondtam neki, hogy ilyen típusú kameránál ezt el kell viselnie. Egy vállrántással kelletlenül elfogadta magyarázatomat. A Hazmat-ruhás katonák nem mozdultak a rámpa mellől – még várhattak valamire. Ez a valami pedig meg is jött egy újabb fehér furgonnal. A művelet a korábbiakhoz hasonlóan zajlott: kinyitották a kocsi hátsó ajtaját, amiből egy karanténszerű búrát vettek ki és cipeltek a gépre.

Nem tudtam pontosan kivenni, mi lehetett a fólia alatt, csak miután visszanéztem a képeket. Miután felvitték, egy újabb hasonló elkülönítőágyat húztak ki a furgon csomagteréből. A tiszt kezet fogott a két öltönyös úrral, azok felmentek a rámpán, ami elkezdett becsukódni mögöttük. A furgon visszament a hangárba a vegyvédelmi ruhás emberekkel együtt.

A repülőgép hajtóműveit nem állították le, most megértettem, miért. Miután becsukódott a hangár ajtaja, a C-130-as elkezdett taxizni a kifutópálya felé. Nagy morajjal felszállt, ám ezúttal nem abba az irányba távozott, ahonnan – észak felől – jött, hanem északnyugati irányba repült tovább, egyenesen Nevada felé. A katonák is eltűntek, vége szakadt a műsornak.

– Nem láttam a távcsövön keresztül, hogy mit raktak be a repülőbe – dörmögte Mr. Curtis.

– Az első a kerítés volt, amit délután vágtak ki a megolvadt vezetékek alól. – Közben matattam a gépemen, kerestem a képeket a karanténról. – A második furgonból én sem tudom, mit vettek ki, de mindjárt visszanézem. – Megtaláltam. Felnagyítottam a képet, amin az első ágyat cipelték. – Hát, ezek szerint mégsem lett minden a tűz martaléka.

– Miről beszél?

– Az elsőben a kutyák voltak, amiket mi is láttunk a partin.

– Vagy úgy. És a másodikban? – türelmetlenkedett Mr. Curtis.

– Egy pillanat. – Átléptem pár képpel arrébb, amin a másodikat húzzák ki a furgonból. Felnagyítottam a képet, de nem akartam hinni a szememnek. Átléptem egy másik képre, amin jobban látszódott. Ezt is felnagyítottam, ám minden kétséget kizáróan az feküdt ott, amit az előzőn láttam. Egy nő, már amennyire ki tudtam venni. Az egyik keze mintha hiányzott volna. Megmutattam a képet Mr. Curtisnek.

– A büdös rohadt életbe! – Nem vártam ilyen heves reakciót tőle. – Tudom, ki fekszik ott.

Egy halk pukkanást hallottam csak. A fejemtől fél méterre lévő kőszikla felrobbant, beterítve minket kődarabokkal. Egy nagyobb fejen talált, amitől megszédültem, és pillanatokba telt, mire összeszedtem magam.

– Mi a…? – próbáltam feltenni a kérdést, ám ekkor még egy pukkanást hallottam. Ezúttal a bokor apró ágai törtek le. Kétség nem fért hozzá, hogy egy nagy kaliberű puskával tüzelnek ránk. Mindketten szó nélkül elkezdtünk hátrafelé kúszni, a kezünk ügyébe került holmikat húzva magunkkal. Újabb pukkanás, ám ezúttal nem a mesterlövész-puskából, hanem egy jelzőrakétából, amit felénk az égre lőttek fel.

Pár pillanat múlva fegyverropogás következett. A cuccunkat begyömöszöltük a táskánkba, majd rohantunk lefelé az autóhoz. A távolság miatt eltart nekik egy darabig, amíg ideérnek, tehát maradt egy kis előnyünk. Lefelé menet megbotlottam, így inkább a hátsómon csúszva értem az autóhoz.

– Gyerünk, fiam, pattanjon be, mert ezekhez kevés lesz egy tár lőszer! – Ilyen körülmények között is volt kedve viccelődni. Ám nem kellett kétszer mondania. Mire Mr. Curtis beszállt az autóba, én már ráadtam a gyújtást, ő már indulhatott is. A fényszórót nem kapcsolta fel.

– Mi az, ennyi répát evett? – Ha ő tud viccelődni, akkor én is.

– Talán azt akarja, hogy felkapcsoljam, és célkeresztet rajzoljak magunkra? – dörrent rám Mr. Curtis hangosabban, mint ahogy a repülő elzúgott felettünk. A kerekek ezernyi kavicsot szórtak fel az útról, ahogy elindultunk. Hirtelen arra gondoltam, hogy Olive is láthatta a jelzőrakétát.

– Mit fog szólni, ha ezt meglátta?

– Túlteszi magát rajta, már ha egyben hazaér. – Már azt hittem, hogy Mr. Curtis olvas a gondolataimban, mikor rádöbbentem, hogy hangosan gondolkodtam. Közben belehajtott egy nagy gödörbe, amitől ismét kinyílt a kesztyűtartó. Óvatosan visszacsuktam az ajtót. Nem értem, miért hozta magával, a hadseregre csak nem akar tüzet nyitni?

Reméltem, hogy ezt nem mondtam ki hangosan. Belenéztem a visszapillantóba, mikor megláttam a két fényszórót mögöttünk. Nyilvánvaló volt, hogy üldözőbe vesznek minket, ám világításunk híján a hadsereg csupán remélhette, hogy jó irányba haladnak. Amint elhagytuk a katonai övezet táblát, felhagytak az üldözéssel.

– Mióta szokás tüzet nyitni figyelmeztetés nélkül amerikai állampolgárokra hazai földön? – tettem fel a talányos kérdést, ám úgy gondolhatta, hogy a kérdésem csupán költői. Ennyiben is maradtunk hazáig. Mikor befordultunk az utcánkba, Mr. Curtis a hosszú hallgatás után megszólalt.

– Tegye biztos helyre a képeket, én telefonálok egyet. Holnap mindent megbeszélünk. A feleségének üzenem, hogy tökösen viselkedett.

– Árulja el, kit látott a képen? – Útközben jutott eszembe, hogy a becsapódó első lövedék félbeszakította a mondandóját.

– Aludjon jól, Daniel! – Ezzel kiszálltam, ő pedig elhajtott.

Kinyitottam az ajtót, Olive rögvest rám ugrott. Ezek szerint látta a jelzőrakétát. Amíg a nyakamon lógott, elgondolkodtam, hogy mi is történt, és arra jutottam, hogy az esténket csak hiányosan kellene elmesélnem.

– Nyugi, nincs semmi gond, Livi – öleltem át szorosan.

– Mi volt az a jelzőrakéta? – Elengedte a nyakamat, és riadtan nézett rám.

– A hadsereg észrevett minket. – Ettől a mondattól elkerekedtek a szemei. – De nincs semmi gond. Elég távol voltunk, simán leráztuk őket. - Most az aggódó-csodálkozó tekintetből átváltott szigorúra, ráadásul a fejét is csóválta hozzá. - Most hiába nézel így rám, nem történt semmi komoly!

- Ez az egyetlen szerencséd ma! - hátranézett az ajtó felé. - Mr. Curtis nem jött be? Készítettem vacsorát.

- Ja, nem. De azt mondta, hogy holnap megbeszéljük a dolgot. - Közben elkezdtem kipakolni a táskámból.

- Miféle dolgot? - csípőre tette a kezét.

- Hát... láttunk dolgokat. - A kamerára mutattam.

- Megnézhetem? - felkapta a gépet.

- Először együnk inkább. - Jobb lesz, ha csak vacsora után nézi meg.

Pár szendvicset ettünk, amihez én közel egy liter jeges limonádét megittam. Olive csak mosolygott rajtam. Amíg elpakolt, addig én lezuhanyoztam. Lassan hajnali kettő felé járt az idő, talán csak nálunk égtek a lámpák az utcában. Olive elújságolta, beszélt Julie-val, hogy holnapután átjöhetnének. Elmondása szerint nagyon izgatott lett.

Hát még akkor milyen izgatott lesz, mikor elmondjuk nekik az eddigieket. Feltöltöttem a gépre a képeket. Egy részét kitöröltem, amelyek teljesen érdektelennek bizonyultak. Livi szokatlanul csendben nézte végig a felvételeket. Mindent felismert rajta, a kerítést, a kutyákat, a furgonokat, az öltönyös férfiakat. Egyedül a női testnél borzadt el. Javítottam a képen, de nem tudtuk, ki feküdhetett ott.

- Mr. Curtis ismeri - szólaltam meg végül halkan, mire elfordult a géptől és rám nézett.

- Hogy mi? És ki az? - Mindent tudni akart itt és most.

- Nem mondta el. Majd holnap megbeszéljük, csak ennyit mondott - feleltem neki. Még nézegettem a képeket, Livi elment tusolni. Sok újdonság nem derült ki, kivéve a tiszt rangját, akin egy ezüst sas virított, tehát ezredes lehetett. Fáradt voltam, meguntam bámulni ezeket a képeket, amik alig vezetnek valahova, csak újabb rémálmok melegágyai lehetnek.

Először a kutyaól, majd a vezetékek, most meg ez. A képeket gondosan lementem a biztonsági merevlemezre, reménykedve, hogy egy átfogó riport részei lesznek később. Azonban ki tudja, még hány ilyen mappát fogok létrehozni, amíg véget nem ér ez az őrület. Úgy látszik, a veszélyt nem tudom lerázni magamról. Olive-nak hiába ígértem meg, hogy nem megyek többet külföldi turnusokra, ezúttal – mondhatni – azok találtak meg engem. A különbség most annyi, hogy nem a riport élvezi az elsőbbséget. Ennél a mai húzásunknál nagy szerencsénk volt, de több ilyet nem szabadna csinálnom. Figyelmeztetés nélkül ránk lőttek, pedig nem Irakban vagy Afganisztánban vagyunk, hanem amerikai földön.

Jobban belegondolva nem is biztos, hogy jó ötlet a két lányt bevonni a dologba. Mr. Curtis rendőr volt, őt nem féltem. Én még csak-csak hozzá vagyok szokva az .50-es kaliberű golyótól felrobbanó kősziklákhoz. Livi elől képtelenség lenne eltitkolni mindezt, de Julie és Stacy... őket meg lehetne kímélni mindettől. Az a halk pukkanás, egy pillanattal később a becsapódó lövedék... Ahogy beterít minket a kőzápor. Olive-val megbízunk bennük, muszáj elmondanunk nekik, mert az a golyó akár célba is találhatott volna. Nevezzük őket „biztonsági mentésnek". A tarkóm nedves lett.

– Gyere az ágyba, szívem. Elaludtál a gépnél. – Olive puszilta meg a nyakamat, miután ott szunyókáltam a gép előtt. Felkeltem, és elvonszoltam magam az ágyig. Még megkerülni sem volt kedvem, inkább átmásztam Livi felén. Szerintem már az ágy közepén elaludhattam.

Egy-két óra múlva felébredtem. Elindultam a fürdő felé, próbáltam nem belerúgni az ágyba. Ismét egy dörrenésre lettem figyelmes, és a szoba sötétjét felváltotta az ismerős vörös fény. Erre Olive is felébredt. Kinéztem az ablakon, hogy megtudjam, honnan lőhették fel a jelzőrakétát, mikor betört az ablak. Egyből lehasaltam, majd óvatosan elkúsztam az ágy mellett, hogy őt is lehúzzam a földre. Megfogtam a kezét, de nem mozdult. A rakéta vörös fénye lassan ereszkedett alább, egyenesen a hálószobaablakunk előtt.

Abban a pillanatban, hogy felnéztem, magatehetetlenül rogytam vissza a padlóra. A vér, ami a vörös fénytől fekete árnyalatot vett fel, beterítette az egész ágyat, és mögötte a falat is. A gyilkos golyó olyan erővel hatolt át a testén, hogy a fal sem tudta megállítani.

Nem tudtam kontrollálni a lélegzetem, csak ültem ott zilálva és bámultam őt. A foszfor lassan kialudt, a halál sötétsége vette át a szoba ürességét. Kintről nem érkezett több hang. Mintha mi sem történt volna. A kezemen éreztem a meleg vér tapintását. Felemeltem reszkető karjaimat és csak bámultam őket, mintha láttam volna bármit is a sötétben. Nem láttam, mégis tudtam, mi van a kezemen.

Megszegtem az ígéretem. Büszkeségemnek és önhittségemnek köszönhetem, hogy ez történt. Nem szabadott volna odamennünk fényképezni. Észrevettek, persze, hogy észrevettek. Üldözőbe vettek, mi azt hittük, magunk mögött hagytuk őket, de nem. Ők a hadsereg, velük nem lehet büntetés nélkül szórakozni. Egy titok, amelyet bármi áron meg akarnak védeni. Nem félnek halálos erőt bevetni, hogy megvédjék, ami az övék.

Mégsem értem, hogy miért rá céloztak. Ott álltam az ablakban. Lehet, hogy ezzel akartak üzenni, vagy netán megleckéztetni? Könyörtelen brutalitás az ára, amiért olyat láttam, amit nem szabadott volna. Megpróbáltam felállni, de nem tudtam. A vért a kezemről könnyeim kezdték leáztatni. Végül sikerült felállnom, hogy le tudjak ülni mellé. Lassan megfogtam őt, de az élet már távozott belőle.

Az élet, amelyet megosztott velem, az élet, amely tele volt örömmel, boldogsággal, szenvedéllyel és szeretettel. Most már nincs többé. Elvesztem.

Egy kéz tapintását éreztem a mellkasomon. Remegő kezemmel megfogtam a karját, és az övé volt. Olive a nevemet mondta.

– Dan! DAN! – Ez a hang kirántott a mélységből. Újra az ágyon voltam, üvegdaraboknak semmi nyoma. – Rosszat álmodtál, minden rendben van, itt vagyok – hadarta. Álom, egy pokoli álom.

– Azt... azt álmodtam, hogy... lelőttek. – Hiába voltam már ébren, úgy ziláltam, mint álmomban. – Indultam a fürdőbe... mikor egy golyó elment mellettem. Én... én odakúsztam hozzád, de... – nem bírtam kimondani neki.

– Nincs semmi gond, itt vagyok. – Szorosan átölelt. Éreztem a szívverését, az övé is zakatolt. Mindkét karjával szorította a mellkasomat. Így ültünk egy darabig, amíg abbamaradt a zilálásom. Lefeküdtünk, de ő még mindig szorosan átölelt. Csak néztem ki az ablakon, vártam, hogy tényleg bevilágítsa a szobát egy jelzőrakéta. Hiába vártam, nem történt meg. A reggel úgy érkezett, mint bármely más embernek az utcában.

***

Egyszerűen nem akartam erre az egészre gondolni. Valamikor jön Mr. Curtis, akkor másról sem fogunk beszélni, mint a látottakról. És ki tudja, hogy mi jöhet még közbe! Ki akarok kapcsolódni.

Odakint olyan brutális meleg volt, hogy már az egész világsajtó rólunk cikkezett. Az időjárás mindig is kapóra jön sajtónak, főleg ha egy kislány megégeti a talpát a forró aszfalton, vagy netán a kezét a kilincstől.

A klíma maximális teljesítményen ment, de így is meleg volt idebent. Ennél hidegebbet aligha tudott volna produkálni, de nem is baj, ha ki kellene menni, még elájulnánk. Olive festett, én pedig csak ültem mögötte a rozoga kanapénkon, amit a dolgozószobánkba raktunk, és csak figyeltem. Benyomtunk egy zenét a közös lejátszási listánkról.

Nem figyeltem az idő múlását. Nem érdekeltek a hírek, az e-mailek, melyek egy-egy munkát ajánlottak. Eszem ágában sem volt most elutazni, még a szomszéd megyébe sem, nemhogy több állammal odébb. Próbáltam kiverni a fejemből az álmot, de ahogy ránéztem, csak az jutott eszembe. Fel kell dolgoznom.

Közben egy új képnek állt neki, az előzőt félbehagyta. Ez is a *léghajók* sorozat része lesz. Ezúttal egy belső nézetet kapunk a gondolából. Az előkelő urak és hölgyek társasága, akik megengedhették maguknak a drága jegyet. A pincér, aki múlt századi whiskyt és bort szolgál fel nekik. Fogalmuk sincs róla, hogy egy leáldozó közlekedési forma utolsó krónikásai. Épp kezdtem ráérezni a hangulatra, mikor csöngettek. Rápillantottam

az órámra, meglepődve tapasztaltam, hogy több mint két órája csak ülök, és nézem a művészetet.
Tizenegy óra felé járt az idő. Csodálkoztam, hogy Mr. Curtis ilyen korán átjött. Olive rá se hederített a csengőre, szenvedélyesen belemerült a képbe. Lementem ajtót nyitni, de nem Mr. Curtis állt a tornácon, hanem Elizabeth Johnson. Lehetett volna rosszabb is; mondjuk a férje.
– Szervusz, Daniel! – Az Úr ajándéka vagy netán büntetése lehetett az ő számára, hogy képtelen volt mosolyogni, csupán a vigyorgás képességét sajátította el.
– Liz. Miben segíthetek? – Nem voltam hajlandó mosolyogni. Erre a vigyorra nem.
– Most jövök a mi kis rendőrünktől. – Te jó ég! – Azt üzeni, hogy ha tudtok, ebéd után menjetek át hozzá. – Megjött a kedvem.
– Nocsak, Liz. Ed ilyen melegben hova mehetett? – Az opportunista Mrs. Johnson egyből lecsapott. Kellett pár pillanat, de eltűnt a vigyor az arcáról.
– Miből gondolod, hogy...? – Kis hatásszünet, majd újra vigyorogni kezdett. – Ó, csak elment a kedvenc cukrászdánkba egy kis finomságért.
– Nahát, Liz, csak aztán meg ne ártson ez a sok desszert! – Próbáltam úgy vigyorogni, mint ahogy ő.
– Viszlát, Daniel! – Ezzel visszavonulót fújt magának. Becsuktam az ajtót, és nevettem egy rövidet.
– Ki volt az, édesem? – szólt le Olive az emeletről. Ezek szerint mégis hallotta a csengőt. Miután elmondtam neki, először nevetett, aztán sajnálkozott, hogy nem lehetett ott. Felajánlottam, hogy legközelebb ő nyisson ajtót.
Délután a Liz által közölt üzenetnek eleget téve elindultunk Mr. Curtishez. Rápillantottam Edwardsék házára, de nem láttam fürkésző tekintetet a falak mögül. Helyette függönnyel besötétített ablakokra lettem figyelmes. Vállat vontam, nyilván így is lehet védekezni a hőség ellen.
Mr. Curtis háza három házzal lentebb volt, az utca vége fele. A pázsit helyén műfű feküdt, mondhatni környezetkímélőbb, mintha öntöznénk az udvart. Ezen kívül néhány bokor díszel-

gett csak az udvarban, semmi olyan, ami a mi, vagy más szomszéd udvarában ne lenne. Mikor nyúltam a csengőhöz, már megszólalt egy hang az ajtó mögül.

– Ne fáradjon, fiam! – és ki is nyílt az ajtó. Mr. Curtis állt ott lenge öltözékben, kigombolt inggel. Ő volt otthon. Az összképet a rózsaszín tanga papucs törte meg. Ahogy észrevettem, elcsukló nevetést adtam ki. – Jöjjenek be! – Bementünk, becsukta mögöttünk az ajtót. – Ne röhögjön, fiam. Veszek egyet magának is.

– Ez igazán kedves öntől, Mr. Curtis. Remélem, ugyanilyen árnyalatot kapok. – Ám nem érdekelte a mondandóm.

– Készítettem jeges teát, de van a hűtőben sör is, ha azt innának.

– Köszönjük szépen, Mr. Curtis, a tea tökéletes lesz – felelte rá Olive a legkedvesebb hangján. Az öreg behívott minket a nappaliba. A szépen berendezett szobáról nem lehetett megmondani, hogy a felesége már nem él. Tele volt családi képekkel, a legtöbb az unokáiról készült, akikre látszólag nagyon büszke lehetett. A legnagyobb helyet azonban egy Winchester ismétlőpuska foglalta el a falon. Egy ex-zsarutól nem is vártam kevesebbet. Mr. Curtis töltött mindhármunknak az asztalra előkészített teából. Mi leültünk a kanapéra, mire ő előhúzott egy vaskos, eléggé megviselt aktát.

– Elmondta a feleségének, amit meséltem tegnap? – intézte felém a kérdést.

– Nem, még nem. – Livi felváltva pillantott rám és Mr. Curtisre. Nem értette, miről beszélünk.

– Rendben. – Felcsapta a dosszié fedőlapját. – Itt van benne minden. – Hátradőlt, és bekapcsolta a tévét. Hátrapillantottam – baseball-meccset nézett.

Olive már a kezében fogta az első iratot, ami egy jelentés volt az 1971-es eseményről. Én már ismertem a sztorit, így az alatta levő képeket néztem végig. Mr. Curtis nem is figyelt ránk, csak a meccset bámulta.

A képeket láthatóan nem újságíró készítette, valószínűleg valamelyik járőrt bízta meg a seriff, hogy készítsen pár fotót. A gödör, amibe a gyerek beleesett; körülötte a hadsereg emberei, akik szigorú tekintettel néztek a fényképező járőrre. A betonkeverők, melyek feltöltik az üreget, betemetve minden bizonyítékot, kivéve, amit korábban a hadsereg különítménye kiemelt onnan. Néhány palack is hevert a földön, de nem tudtam kivenni a rajtuk lévő feliratot. A bámészkodó helyiek, akiket a seriff emberei próbálnak hátrébb tessékelni. A tűzoltók, akik értetlenül állnak az események folyamata előtt.

A helyszín ezúttal a kórház, ahol törvényszéki pontossággal lettek megörökítve a gyermek sérülései. A hólyagok, amelyekre az orvosok – Mr. Curtis elmondása szerint – azt mondták, hogy eltűnnek, a sebek begyógyulnak. Olive egyik rendőri jelentést forgatta a másik után. Közben ránézett a képekre, hogy szinkronba hozza a rendőrök jelentéseit a látottakkal. Nem szólt, legfeljebb a fejét ingatta közben. Meglepő nyugalommal ért végig a köteg papíron.

– Várom, hogy mikor toppan be Mulder ügynök, hogy elkérje ezt a jelentést – foglalta össze végül az olvasottakat.

– Én már több mint 40 éve várok erre. Mégsem kopogtatott be egy konteóőrült sem. Pedig én isten igazából odaadnám nekik ezt a kupac szart – bökött rá Mr. Curtis az „X-aktára". – Aztán mi volt az a drótkerítéses história, fiam? – Most juthatott eszébe, amit tegnap a dombon mondtam neki. Akkor nem volt rá ideje, hogy rákérdezzen.

– Igen, elmentünk Olive-val megnézni, hol cserélik a kábeleket, mert Mr. Edwards állítása szerint azok elégtek – kezdtem bele a történetbe. – A kábelt valami megolvasztotta, ami az alatta lévő kerítésre rácsöpögött. A réz ugye megolvasztotta az alatta lévő alumíniumkerítést. Ezt rakták be a furgonba, majd amit mi láttunk, a repülőbe.

– Dan azt mondta, hogy maga tudja, hogy ki volt a másik karanténban – kérdezett rá a legfontosabb kérdőjelre Olive. Mr. Curtis ekkor kikapcsolta a baseball-meccset, közben egy nagyot kortyolt a teájából.

– Valóban tudom. A távcsövön keresztül nem látszódott, de a férje fényképén ki tudtam venni. Henriette Edwards feküdt ott tegnap éjszaka. – Mr. Curtis ekkor hátradőlt a foteljében, és minket fürkészett tekintetével. Hogy lehet erre reagálni? A szomszédunk, akit a két nappal ezelőtt ismertünk meg, másnapra egy karanténban feküdt, amit egy katonai repülőre vittek fel.

– Tegnap elég furcsán viselkedett a férje. Úgy beszélt velem, mint akinek nincs kedve a társasághoz – töprengtem el a dolgon most, hogy már tudtam, a feleségével történt valami. – Ráadásul az ablakból figyelt minket, mikor elindultunk otthonról. – Livi nem szólt egy szót sem.

– Szóval Tomnak lehet, hogy van valamiféle sejtése arról, mi történik körülöttünk. – Megállt, mint akinek a figyelmét elterelte valami. – Olivia, jól érzi magát? – Ránéztem, és zavarodottságot láttam rajta. Végül megszólalt.

– Igen, azt hiszem. Tudja, Mr. Curtis, a férjem mesélt néha a turnéiról, amelyeken a kapcsolatunk előtt részt vett. Borzalmasnak éreztem, amiket ott tapasztalt, de mégsem voltak személyesek számomra, mert nem ismertem az áldozatokat. Most viszont ez a borzalom a mi utcánkban telepedett le. Én megértem, hogy ön, mint rendfenntartó, a férjemmel együtt már hozzászokott az ilyenhez, de nekem egy kicsit tovább tart, amíg újra tisztán tudok gondolkodni. – Megfogtam a kezét, mire ő megszorította az enyémet. Ismertem Olive-ot, hogy tudjam, feldolgozza mindezt, és utána neki lesznek a legjobb ötletei.

– Vagy úgy. Elnézését kérem – szabadkozott Mr. Curtis. Kis szünet után folytatta. – Délelőtt telefonáltam egyet. Van egy régi hölgyismerősöm a megyei seriffhivatalban. – El tudom képzelni, milyen „hölgyismerős" lehet valójában. – Rákérdeztem, hogy a hadsereg jelentett-e be náluk valami rendkívülit, netán kértek-e segítséget egy zajló műveletükhöz, de nem történt semmi ilyesmi. Annyit azonban hozzátett: különös, hogy pont most kérdezek rá, mikor megszaporodott a különböző furcsa bejelentések száma.

– Furcsa? – Vajon bejelentette valaki, hogy kizsigerelve talált rá az egyik kisállatára? Netán leolvadt a műholdas antennája a háztetőről? Ha ennyire sok különös bejelentés történt a napokban, miért nem ír róla senki, vagy beszélnek róla az emberek? Sok kérdés, de aligha kapok mindegyikre választ.

– Eltűnt házi kedvencek, elrothadt bokrok, virágok. Ahogy felsorolta nekem. Én inkább azt találtam furcsának, hogy ezek egyike sem olyan, mint amiket mi tapasztaltunk. Értik? Eltűnt a kutya, de mégsem szétmarcangolva találták meg az ólban. Mintha az olyan dolgok, amiket mi láttunk, már nem jutnának el a hatóságokig. – Mr. Curtis mindvégig erősen gesztikulált kezeivel. Egyszer nem sokon múlt, hogy kiborítsa a poharát. Látszott rajta, hogy felzaklatja a dolog. Ő a törvényt képviselte, szíve mélyén még ma is azt teszi. Számára a legrosszabb az lehet, hogy a hatóságok, akiknek védelmezniük kéne a polgárokat, tehetetlenek. Kiváltképp azért, mert a komoly esetek nem jutnak el hozzájuk.

– Ön szerint veszélyben vagyunk, Mr. Curtis? – Olive is becsatlakozott a társalgásba.

– Fogalmam sincs, Olivia. Amit mi láttunk a férjével… ez a valami nem csak állatokat és a környezetet károsítja, de az embert is.

– Tényleg, Mrs. Edwards – vágtam rá hirtelen. – A férjével mi legyen? Valamelyikünk rákérdezzen nála?

– Nem! – jelentette ki határozottan Mr. Curtis. – Előbb-utóbb fel fog tűnni az embereknek, hogy nem látják a feleségét. El kell mondania, vagy legalábbis ki kell találnia valami történetet. Jobb lesz, ha várunk.

– És velünk mi lesz? – Olive-ot látszólag nem érdekelte, hogy mi miért történik, ő csak a magunk épségével foglalkozott.

– Mást nem tudok javasolni a nyilvánvalón kívül. Éjszaka ne menjenek ki. Ha elmennek valahova, kísérjék el egymást. Éjszaka zárják az ajtókat, földszinti ablakokat stb. – Először elgondolkozott, majd hozzátette. – Van fegyverük? – nézett először rám, utána Olive-ra. Mindketten megráztuk a fejünket. – Adok maguknak egy Glockot, a biztonság kedvéért. Lefogadom, hogy Daniel tudja használni. – Livi ekkor karba tette a kezét és dühösen nézett Mr. Curtisre.

– Csak hogy tudja, én is tudom használni! – Ezen Mr. Curtisszel elnevettük magunkat, mire Olive oldalba csapott. Ezzel lezártnak tekintettük a nyomozói munkát erre a délutánra.

Mr. Curtis kiment még egy kancsó teáért, mert időközben megittuk az egészet. Rengeteg jeget rakott bele, hogy hűtsön bennünket. Mi addig körbenéztünk a házban a rengeteg fénykép között. Egy másik falon, amit még nem vettünk szemügyre, nem családi képek lógtak. Rendőrökkel készült közös képek, akik a barátai, munkatársai lehettek.

Egy apró képet találtunk a képerdő szélén. Mr. Curtis lehetett rajta, de nagyon fiatalon, alig ismertük fel. Katonai ruhában állt, kezében sisakkal és egy M16-os gépkarabéllyal. Mellette egy nála idősebb, harmincas, jó erőnlétű katona. Stráfjaiból ítélve őrmester lehetett, aki egyik karjával barátian ölelte át Mr. Curtist a kép kedvéért. Közelebb hajoltunk, hogy minden részletet ki tudjunk venni a képről. Egyértelműen látszott, hogy Vietnamban készíthették.

– Nem pont életem legszebb évei – szólt oda nekünk, mikor látta, hogy hosszasan vizsgáljuk a fotót. Fiatalon vonult be a hadseregbe, önként, nem úgy, ahogy a legtöbb katona akkoriban. Égett a vágytól, hogy a középnyugati farmeréletből kiszakadjon és világot lásson – gondolta akkor ő. Még a tizennyolcat sem töltötte be, meghamisította a papírjait, hogy jelentkezhessen a toborzóirodában.

Felvették. Repülővel elvitték egy virginiai kiképzőtáborba, ahol két hónap alatt megkapta az alapkiképzését. Lövész hadosztályba osztották be, a legelső járattal ment a frontra. A Johnson-érában jártunk, a háború most kezdett a tetőfokára hágni. Mr. Curtis tehetséges katonának bizonyult, nem vakmerőnek, aki őrülten rohant bele a harcokba. Helyette okosnak, kimértnek és taktikusnak bizonyult a csatatéren. Ezt meglátták benne felettesei is. A képen lévő férfi az első szakaszparancsnoka volt. Ő látta meg benne először a potenciált, amiért később elő is léptették. Mr. Curtis ekkor megállt egy pillanatra. – Persze a háború az csak háború marad – folytatta, majd kezébe vette a képet. – Dannynek hívták, úgy, mint magát. Remek szakaszvezető volt, sokat tanulhatott tőle a zöldfülű baka, ha odafigyelt rá. Nem csak a közvetlen felettesem, de a barátom is volt. Ketten vigyáztunk az embereinkre. Bizonyára kitalálták, hogy

odaveszett. - Visszaakasztotta a képet a helyére, miután letörölte a keretről a port.
- Nagyon sajnáljuk - simogatta meg Olive Mr. Curtis karját. Ő csak bólintott egyet. Biztos eleget hallotta már e történet után a részvétet és a sajnálkozást. Belefáradt, hogy megköszönje. Inkább csak folytatta a történetet.
- Ne gondoljanak semmi drámai csattanóra a halával kapcsolatban. Nem egy golyózápor vagy egy taposóakna okozta a halálát. - Itt elnevette magát. - Ha kimenőnk volt, az idióta barom mindig egy dél-vietnami prosti társaságát élvezte. Egyszer rossz pillangót fogott ki magának. Miközben készülődött a mentre, két vietkong ugrott rá, és késelte halálra szerencsétlent. Pár óra múlva találták meg. Persze a katonai rendőrség elárasztotta a környéket, nekiálltak botozni az ottaniakat. Gondolták, valakinek tudnia kell valamit.

Ez be is jött nekik. A katonai rendőrség egy kisebb szakaszszal kiszállt egy tanyaszerűségre. Néhány ház, csirkeólak, egy kis parcella rizsföld, semmi több. Megtalálták a prostit a két férfival együtt. El sem bújtak a félszűek, mikor befékezett az udvarukban egy kisebb katonai konvoj. Mint kiderült, mindhárman testvérek voltak, akiket az északiak szerveztek be. Meglettek a kések, de még AK-k is hevertek az ágy alatt. Brutálisan hátba szúrták, megkéselték az amerikai hadsereg törzsőrmesterét - ekkorra már előléptették. Ezt nem hagyhatták annyiban. A katonai rendőrség emberei kihozták a házból a három testvért, letérdeltették őket, majd egyesével tarkón lőtték hármójukat, hogy úgy zuhantak bele a tyúkszaros sárba. A rokonaikkal, szülőkkel persze végignézettték. Odarohant a felettes tiszthez zokogva az egyik asszony, aki lehetett akár az anyjuk is, mire az a pisztolya markolatával fejbe vágta. Ránézett az egyik emberére, majd kinyújtott tenyerével a házak felé bökött. Ő erre biccentett, és napalm lángszórójával felégette a házakat óllal együtt, de még a rizsültetvényre is fújt egy löketet. A különítmény parancsnoka az ég felé bökött, mutatóujját megpörgette a levegőben, mire mindenki visszaszállt a katonai járművekre. Vége szakadt a műsornak.

- Ez borzalmas - ingatta fejét Olive. - Ezt mesélték önnek?
- Dehogy, szívem. Mr. Curtis ezt a saját szemével látta.
- A férjének igaza van, Olivia. A mi szakaszunk volt az, amelyik elkísérte a katonai rendészetet. Meg kell érteniük, ez így, elmesélve a mostani korban, ahogy maga is fogalmazott, borzalmas. De akkor ez számított sztenderdnek. Ha az elhárítás jelentette, hogy gyanús tevékenységet észleltek a civilek között, hát kivonult egy brigád, először megverték néhányukat, amíg valaki nem mondott valamit, majd következett a nyilvános kivégzés, végül a javak felégetése. Ezzel a módszerrel égettek fel egész falvakat. Volt, ahol nem vacakoltak lángszórós egységekkel, egyszerűen csak ledobtak egy napalm-bombát. Mindent a kommunista előrenyomulás megakadályozása végett.

- Hogy tért haza? - kérdeztem. Ahogy mesélte korábban, 1972-ben már seriff-helyettes volt.
- Szerencsére nem koporsóban. Meglőttek a karomon. Hazahoztak, leszereltek. A rehabilitáción ismertem meg a feleségemet. Ápolóként dolgozott. Annak az átkozott golyónak sok mindent köszönhetek - nevette el magát. - Felépülésem után Új-Mexikóba költöztünk, ahol munkát kaptam, mint rendőr. A többit már tudják. Ami Vietnamot illeti, a hazatérés utáni első évek nehezek voltak, de a rendőri munka, vagy talán a családi élet sokat segített a feldolgozásban. Én rendbe jöttem. Magam mögött hagytam a háborút.

- Nem bosszantja, hogy üldözőbe vette a hadsereg, amiben egykor szolgált? - tette fel indulatosan a kérdést Olive. Látszott rajta, hogy ha Mr. Curtist nem is, de őt annál inkább dühíti a dolog. Bár lehet, hogy azért, mert nem csak őt, de vele együtt engem is üldöztek. A lövésekről, hála az égnek, hogy nem tudott.

- Nézze, Olivia. Egyrészt nem tudhatták, hogy egy veteránt üldöznek. Másrészt már civil vagyok, semmi keresnivalóm nem volt ott. Végül pedig az a hadsereg, amiben én szolgáltam, számomra már semmilyen meglepetéssel nem tud szolgálni. - Látszott, hogy Olive-nak nem tetszik a válasz.

Mr. Curtis témát váltott, és a hátralévő időben mesélt a gyerekekről, unokákról. Szinte végigment az összes fényképen, amelyek családi nyaralásokon, kerti partikon készültek. Jó volt látni, ahogy egy oly sok mindent látott ember ilyen heves szenvedéllyel és boldogsággal tud beszélni a családjáról. Szerencsés ember. Egyszer szeretnék én is egy ilyen falat az otthonunkba, tele képekkel.

Olive folyamatosan a hátamat simogatta, mintha jelezni akarna vele, hogy ő is pont erre vágyik.

Mr. Curtis kedvenc története az volt, mikor annyi szabadsága gyűlt össze, hogy egy hónapra kibérelt egy lakókocsit, és körbejárták az országot. Nevetve tette hozzá, hogy ez még Jimmy Carter előtt volt, amikor nem kellett vagyonokat fizetni a kutaknál. Már vártam, hogy sóhajtva hozzáteszi: régen minden jobb volt, de ez elmaradt. Minden mégsem volt jobb egykoron.

Már késő délután volt, mikor elköszöntünk Mr. Curtistől. Eszébe jutott a fegyver, amit ígért. Eltűnt pár percre, majd visszatért egy dobozzal és egy kulccsal. Nem köszöntük meg, csupán bólintottam egyet, mikor a kezembe nyomta. Reméltük, nem lesz rá szükség.

V. fejezet

Van benne valami csodálatos

1. rész

Szerencse, hogy közel laktunk, mert hiába a késő délutáni időpont, a hőség nem enyhült. Otthon egyből bekapcsoltuk a légkondit. Nagyon felmelegedett a ház. Vacsorára hideg salátát ettünk, majd miután körbenéztünk a lakásban, nem minősítettük vendégre késznek a környezetünket. Nem mintha nagy ügyet csinálnánk belőle, ha vendégek jönnek át, ez csak amolyan maximalizmus volt tőlünk. Főleg Olive az, aki figyel a részletekre. Mikor harmadszorra igazította meg a kanapén lévő díszpárnákat, nem bírtam tovább.

– Az ég szerelmére, Livi! – Megállt, és nagy szemekkel nézett rám. Nagy mosollyal az arcomon folytattam. – Nem az elnök jön holnap, hanem Stacy és Julie. Tudod, a szomszédjaink. – Nem értette a célzásomat. – Harmadszorra igazítod meg azokat a párnákat. – Rájuk nézett, hogy ettől pirulva elmosolyodjon.

– Te pedig engem figyelsz ahelyett, hogy rendet raknál! – komolyodott el ismét.

– Nincs is rendetlenség, ne viccelj! – Elővettem a flörtölős hangomat. – És te vonzóbb látványt nyújtasz. – Megállt, és csípőre tette a kezét. – De szigorúan nézel! – tartottam fel a kezemet mosolyogva megadásképpen. Olive erre ráadásként megcsóválta a fejét, mintha egy gyerek lennék, aki nem hagyja takarítani.

Felballagtam az emeletre, hátha valamivel úgy tehetek, mintha csinálnék valamit. A szobánkban találtam néhány ruhát a gardrób előtt, azokat gondosan elraktam. Bár nem mintha a hálószoba lenne a fő látnivaló a házban, mégis benézhetnek a dolgozószobánk vizitje közben. Diadalittasan indultam le bejelenteni, hogy mivel járultam hozzá a Nagy Rendrakó Délutánhoz. Egy pillanatra megálltam az ajtóban és visszanéztem. Eszembe jutott az éjszakai álmom. Láttam a törött üveget az ablak és az ágy között. Láttam magamat, ahogy magatehetetlenül ülök a földön. Az ágyra nem tudtam ránézni. Megráztam a fejem, és inkább lementem. Elmaradt a bejelentésem, úgysem kapnék érte nagy elismerést. Helyette inkább kérdőre vont, hogy mit csináltam odafent.

– Szétdobáltam a ruhákat a hálóban – mondtam olyan magabiztossággal, ahogy csak tudtam, de sajnos kilendítette Olive hazugságmérőjét, így hozzám vágott egy díszpárnát, amit előzőleg gondosan megigazított. – Igen? Amit gondosan beállítottam, most tönkreteszed? – reagáltam a támadásra, de ez csak olaj volt a tűzre. Vidámabban elnevette magát, és még egy párnát hozzám vágott. Nem hagytam magam. Megragadtam mindkét kezét, és ledöntöttem a kanapéra.

– Hé! Nem ér! – Szinte már folytak a könnyei a nevetéstől. A kezeit még mindig lefogtam a feje mellett, úgy térdeltem föléje.

– Figyelmeztetés nélkül tüzet nyitni, azt talán ér? – mosolyogtam rá. Ő próbált kiszabadulni, de nem tudott.

– Megérdemelted! Pimaszkodsz velem, mikor látod, hogy próbálok rendet tartani. – A szétdobált párnákra néztem.

– Vagy úgy, te ezt nevezed rendrakásnak? – Elengedtem a karjait majd ráfeküdtem, és elkezdtem a nyakát puszilni. Erre elkezdte püfölni a hátamat.

– Ne már! Tényleg rendet kell raknom. – Kissé felemelkedtem.

– Több kárt csinálsz, mint hasznot. – Ez volt az utolsó csepp. Megfogott egy másik párnát, és közelből arcon nyomott vele. Taktikát váltottam. Megbánó őzikeszemekkel néztem rá, az alsó ajkamat is előretoltam, ettől még hitelesebbnek éreztem magam.

– Nem! Nem fogok bedőlni. Ezúttal nem! – forgatta fejét szinte egyenes szögben. Ekkor elkezdtem pislogni hozzá, ami meghozta a kívánt hatást. Mindkét kezével megfogta az arcomat és megcsókolt. Annyit még hozzátett, hogy „aljasul kihasználom", de ehhez már hozzászoktam.

A körülöttünk tomboló viharban, amibe mostanában kerültünk, egymásnak egy-egy nyugalmi pontjai voltunk. Ez is egy olyan pillanat volt. Csak csókolóztunk, mint a tinik, akik most szerettek egymásba. Mögöttünk azzal a gyönyörű fényképpel, ami rólunk készült a Flushing Meadows Corona Parkban. Nem gondoltunk az elmúlt három napra, minderre az őrületre, ami üldözéssel, zsigerekkel, hadsereggel és rémálmokkal volt kikövezve.

A vihar szeme. Ezek vagyunk mi. Ebben a pillanatban akár a feje tetejére is állhatott volna a világ, mi azt se vettük volna észre. Holnap jön hozzánk két lány, akik értékesebbek, mint néhány szomszéd együttvéve. Nem csak rossz dolgok történnek, mióta ideköltöztünk. Ez, vagy inkább az Olive-val töltött pillanat biztonsággal és megnyugvással árasztott el. Mosolyogtunk egymásra, nem kellett megszólalnunk, mert láttuk egymás gondolatát. Ott volt a tekintetünkben, minden levegővételünkben és szívdobbanásunkban.

Felültem a kanapé szélén, Olive az ölemben feküdt. A nappalinkban egy hatalmas ablak nézett az utcára, így onnan láthattuk az elhaladó autókat, kerékpárosokat, sétálókat. Utóbbiakból igaz, nem sokat, lévén ilyen időben inkább a klímás autót választják az emberek. Szemközt épp akkor ért haza a Scott család. Nagy ricsajjal szálltak ki az autóból. Barbara valamiért letolta Jacket, amin Earl látszólag jól szórakozott. Olive haját igazgattam, ő pedig csak nézte az embereket.

Persze semmi nem tart örökké, bármennyire is szeretnénk. Várható volt, hogy vagy csöngetni fog valaki, vagy valamelyikünk telefonja szólal meg. Ez így is lett: az enyém kezdett el zenélni.

– Jó estét, Mr. Curtis – szóltam bele a telefonba, mire Olive felnézett rám.

– Jó estét, Daniel. – Nem „fiamnak" szólított, tehát komoly lehetett az ügy.

– Miben segíthetek? – érdeklődtem.

– Elástam azt a szart kint a sivatagban – kezdett bele, és a „szar" alatt a fekete anyagot értette, amit a partiról hoztunk el. – Egy kaktusz mellé ástam le, jó mélyen. Mielőtt megkérdezné, hogy miért kaktusz mellé: azért, hogy megtaláljuk, ha esetleg szükség lenne rá – válaszolt fel nem tett kérdésemre. Eltöprengtem ugyanakkor, hogy vajon milyen esetben lehetne rá szükség.

– Értem. Helyesen tette, Mr. Curtis.

– Ja, tudom – dicsérte meg magát. – Nem az elismeréséért hívtam, fiam. – Visszatért. – A szokásos napi sétámat tettem meg, mikor arra lettem figyelmes, hogy a kaktusz elrothadt, pedig nem öntözte túl senki. – Hihetetlen, hogy egy komoly dologba is tud ilyen abszurd viccet fűzni.

– Ez nem jelent sok jót – néztem közben Livire, akin láttam, hogy eltűnik a korábbi derűs tekintet.

– Nekem mondja? Már csak az kéne, hogy az én kezem is lerohadjon ettől a szartól. – Nem tudtam megállapítani a hangjáról, hogy aggódik, vagy éppen dühös. Valahol a kettő között lehetett. – Nézze, Daniel. – Ismét komoly hangnem. – Múltkor az a karóba húzott aktatologató azt mondta, hogy nincs veszélyben az ember, nem igaz? – Várta a megerősítést, amit már ő is tudott.

– Így van. – Bár Jack nem a fekete váladékba tenyerelt bele, hanem a vérbe, de erre a részletre inkább most nem emlékeztettem.

– Akkor talán csak a növényekre meg a hullákra van ilyen hatással – próbálta megnyugtatni saját magát.

– Lehet. Holnap reggel az lesz az első, hogy megnézzük a dolgot, rendben? Addig is ne aggódjon. Nem lesz magának semmi baja, keményebb fából faragták. – Gyenge próbálkozás volt a megnyugtatására.

– Remélem, fiam, remélem. Próbáljon aludni valamit. Akkor majd reggel.

– Rendben van, Mr. Curtis. Jó éjszakát!

– Jó éjt! – ezzel letette a telefont.

Olive csak figyelt, várta, hogy belekezdjek a történtekbe. Bizonyára kezdett hozzászokni, hogy minden egyes telefon vagy kint töltött idő után valami rossz történik.

– Mondd már, mit akart! – kezdte el a kihallgatást.

– Azt mondta, hogy egy kaktusz mellé ásta el a fekete anyagot a sivatagban a piknik után.

- Igen, és? - Várta a lényeget.
- A kaktusz elrothadt.
- Ez komoly? - csodálkozott el még jobban.
- Ezt állítja, de holnap kimegyünk, hogy közelebbről is szemügyre vegyük.

Olive teljes rezisztenciát vett már az olyan csip-csup ügyek ellen, mint amilyen ez is volt. Fekete anyag, amitől elrothad egy kaktusz? Ugyan már, gondolhatta ő. Nagyjából ezt tudtam leolvasni róla. Töprengett egy kicsit, majd hozzátette, hogy ő is jön. Természetes, hogy jön, ezt ha nem jelenti ki, akkor is meg tudtam volna mondani. Nappal megyünk, nem lezárt katonai területre, talán nem lesz bajunk. Ugyanakkor kissé csodálkoztam, mert a legutóbbi közös túránkat nem élvezte annyira. Már meg akartam tőle kérdezni, hogy biztos-e benne, de odalépett hozzám és határozott szavakkal kijelentette, hogy „ketten erősebbek vagyunk." Ezen meglepődtem. Mintha Livi elhatározta volna, hogy márpedig szembe fog nézni a félelmeivel, és ehhez partnerre lelt bennem.

Vacsora után felmentünk az emeletre egy nagy tál pattogatott kukoricával. Filmes estet tartunk, döntöttük el. Nem akartunk sokat agyalni, így egy vígjátékra esett a választásunk. Olive az első húsz percben bealudt. Sebaj, gondoltam, így több kukorica jut nekem. Felénél felébredt és csodálkozva konstatálta, hogy betermeltem több mint fél tál kukoricát.

- Na! - nézett rám durcásan.
- Aludni éjszaka kell, nem a film közben, kicsi szívem - dobtam be egy újabb szemet a számba.
- De csak néhány percre bólintottam el, és te már benyomtad az egészet? - elvette tőlem a tálat.
- Valamiért orális kényszer tört rám. Lehet, hogy a szuszogásod miatt - nevettem el magam.
- Te pimasz! Még hogy orális kényszer... - tette át a tálat a másik felére, hogy ne érjem el.
- Bizony. És ha nem kapok több kukoricát, kénytelen leszek rajtad kielégíteni.
- Még mit nem! Most filmet nézünk, uram. A desszertet pedig már megetted. - Annyiban hagytam, egyelőre.

Közben elnevettük magunkat, néha egyszerre, néha külön. Olive tényleg nem adott több kukoricát, de mikor próbáltam nyúlni érte, akkor megfogta és eltartotta magától, másik kezével pedig ellökött. „Felejtsd el, öregem!" – nézett rám felemelt állal és felvont szemöldökkel. Meguntam a dolgot, és támadásba lendültem egy sajátos módon.

Olive olyan elmélyülten figyelte a filmet, hogy észre sem vette: a kezem már a takarója alatt volt. Fehérneműt nem hordott éjszaka a hálóinge alatt, így kezemmel észrevétlenül – vagy csak ő nem szólt érte, nem tudom – be tudtam osonni éjszakai ruhája alá. Mikor érezte ujjaim tapintását, nem tiltakozott, helyette kényelmesen belesüppedt a párnákba, azok közül mosolygott rám. Pár percnyi cirógatás után két ujjamat bedugtam, mire ő szemeit lehunyva halk nyöszörgésbe kezdett. Egyre közelebb kúszott hozzám, félig már rajtam feküdt. Ekkor megszólalt, ajkai közül egy hosszas magas hang jött csak ki. Azt jelentette, hogy jól csinálom a dolgot. Végül kinyitotta a szemét – ekkor már teljesen az ölemben volt –, és hátrafele pillantva felnézett rám.

– Köszi! – mondta gyermeki hangján, majd hasra fordult és megcsókolt.

Összebújva aludtunk el, de talán egész éjjel így maradtunk, mert reggel ugyanabban a pózban ébredtünk fel az ébresztőre. Időben kellett kelnünk, mert nem tudhattuk, Mr. Curtis melyik pillanatban állít be reggel hétkor azzal a jeligével, hogy „na, mi lesz, fiatalok, már késő délelőtt van". Én legalábbis hasonló színházi belépőt vártam tőle. Még fent öltözködtem, mikor megérkezett Mr. Curtis. Olive nyitott neki ajtót. Nem értettem, mit mondtak egymásnak, csak azt hallottam, amit fennhangon nekem kiabált: „Mit csinál ennyi ideig? Ilyen hőségben akár egy alsógatyában is jöhetne." Csak forgattam a szemeim, mintha bárki is látta volna.

– Lefogadom, ha hajnali ötkor kelnék fel, maga akkor is úgy törne rám reggeli közben – vetettem oda Mr. Curtisnek.

– Hajnali öt, ugyan már... – Elképzeltem, ahogy legyint hozzá. – Addigra már kiolvastam az aznapi újságot! – Kínomban bokszoltam néhányat a levegőbe.

Elindultunk hát szomszédunk hátsó kertjén keresztül a sivatagba. A ház mögötti kertkapunál Mr. Curtis felvett egy benzines kannát.

- Gondolja, hogy ez elpusztítja?
- Ne gondolja, hogy benzin van benne. - Nem kérdeztem rá, hogy mi lehetett az. - Ott egy ásó, azt hozza magával.

Egy rövid túra volt a kaktuszig, még ki lehetett bírni a forróságot. Messziről lehetett érezni a kaktusz orrfacsaró bűzét. Természetes körülmények között ilyen szaga biztos nem lenne. Utoljára talán a kutyaólaknál éreztem ilyen bűzt. Olive megállt egy pillanatra, valószínűleg ekkor üthette meg az orrát a szag.

- Rendben vagy? - kérdeztem tőle.
- Persze, csak... - legyezett az ujjaival. Továbbindultunk. A bogaraknak semmi nyoma nem volt ezúttal, bizonyára ezt nem találták csemegének. Mr. Curtis letette a kannát, hogy elkérje az ásót tőlem. Csináltam pár közeli képet. A növény jó 2,5–3 méter magas lehetett, a földből egykoron három szára állt ki, amiből mostanra egy volt csak, de az is kezdett az enyészeté lenni. A másik két ága már teljesen elfolyósodva feküdt a porban. Egykoron zöldes, apró virágokat adott, most barnás-vöröses színben mállott előttünk.

Hiába kattogtam a gépemmel, az igazi látványt, a szagot nem tudtam visszaadni vele. Olive néha öklendezett, de nem hányta el magát. Mr. Curtis odalépett a földön elnyúló kaktuszszárakhoz, és odébb tolta őket. Kezembe nyomta az ásót és közölte, hogy ott állhatok neki ásni. Odaadtam Livinek a gépet, hogy közben fényképezhessen. Talán hatvan centit áshattam le, mikor a lapát hegyén megláttam a sötét masszát. Megmutattam nekik, készült néhány fénykép, majd folytattam, bár nem tudtam, hogy meddig kell ásnom.

Elkezdtem a lyukat szélesíteni, de úgy tűnt, az anyag mintha reprodukálta volna magát, mert egyre több és több volt a homokban, nem keveredve össze azzal. Nagy nehezen megtaláltam a tócsa szélét. Egy nagyjából másfél méter széles üreget találtam, ami tele volt ezzel a kátrányszerű lével. Ahogy figyeltem, mintha morajlást vagy bugyogást hallottam volna. A felszínen nem látszódott semmi, inkább belülről jött a hang. Olive közelebb ment, hogy csináljon pár képet, de Mr. Curtis ráparancsolt.

– Hátra! – Mindketten rápillantottunk, olyan erélyesen szólalt meg. – Ne menjen a közelébe! – Elővett a zsebéből egy kis műszert, amit a tócsa fölé tartott. Halk, kattogó hangot hallottunk.

– Honnan van magának Geiger-Müller számlálója? – Nem is azon csodálkoztam, hogy sugárzást mér, hanem azon, hogy ilyen kütyüje van Mr. Curtisnek.

– Magának sem kell tudnia mindent, fiam – közölte az álláspontját az ex-rendőr. – Béta-sugárzás.

– Mint a hírekben – tette hozzá Olive. Mr. Curtis ránézett, elgondolkodott valamin, majd helyeselt.

– Valóban. – Eltette a sugárzásmérőt, hogy felvegye a kannát. – Oké. Akkor most induljanak el visszafelé. Az ásót hagyja itt.

– Mit akar csinálni? – kérdeztem tőle, bár sejtettem, hogy nem fogja az orromra kötni.

– Ne kérdezősködjön, hanem menjenek! – bökött a fejével a házak felé. Elindultunk, de szinte hátramenetben, mivel folyamatosan őt figyeltük. Beledobta a fekete tócsába a lapátot, amit némán elnyelt a gödör. Levette a kanna kupakját, és kiöntötte a tartalmát. Nem történt különösebb reakció. Fogta az üzemanyagkannát, és azt is beledobta a verembe. Elindult a mi irányunkba, jelezve, hogy haladjunk még tovább. Mikor jó húsz méterre eltávolodott a gödörtől, kivett a farzsebéből egy piros rudat. Matatott vele egy keveset, hogy aztán vörös fénnyel égni kezdjen. A fáklyát egy laza mozdulattal, mintha kosárra dobna, belehajította a gödörbe. Az hatalmas robbanással belobbant, nagy lángoszlopot lövellve ki magából. Mr. Curtis megfordult és jött felénk.

– Mi a fene volt ez? – mutatott a lángok irányába Olive.

– Napalm. Vagyis inkább spéci napalm. Magasabb hőfokon ég, így az acélt is megolvasztja. – Meg sem állt, mikor odaért hozzánk, ment egyenesen haza.

– És honnan…? – kezdett bele Olive.

– Van. Csak ennyit kell tudniuk. – Olive még megállt, visszafordult, csinált néhány képet. Kissé meghatódtam, mert ebben a pillanatban magamat láttam benne. Mikor mindenki elmegy az esemény közeléből, ő hátrafordul, és lő pár képet. Jött felém, közben a gépet matatta, nézte vissza, miket készített. Én a nyakánál átöleltem, és nyomtam egy puszit a fejére. Ügyet sem vetett rám, csak a fotókat szemlézte.

Mr. Curtistől elköszöntünk egy „eseménymentes napot" kívánsággal. Találó volt szerintem, mert lassan minden napra jutott valami megmagyarázhatatlan. És ezen az sem segített, hogy Mr. Curtis egy kanna napalmmal ballagott ki velünk a sivatagba. Bárcsak ez lenne a legnagyobb furcsaság! Mindegy, a mai napot nem ronthatja el semmi. A délutánt a kikapcsolódásnak és a társaságnak fogjuk szentelni. Legalábbis megpróbáljuk, miután eszembe jutott, hogy be akarjuk avatni vendégeinket az eseményekbe. Vajon hogy fogadják?

Hamarosan megtudjuk, mivel a megbeszélt időpont egyre közeledett. Livi előkészítette a vacsorát, hogy csak a sütőbe kelljen betennie. A vártnál korábban szólalt meg a csengő. Ajtót nyitottam, és ott is állt kézen fogva Stacy és Julie. Mintha csak megbeszélték volna, szinkronban emelték fel szabad kezüket és integettek nekem. Ekkor jelent meg Olive az oldalamon.

– Sziasztok! Gyertek be! – dalolta nekik.

– Nem baj, ha kicsit korábban jöttünk?

– Ugyan, dehogy – feleltem. – Ha nem jöttök most, lehet, hogy Olive már elindult volna értetek. – Ők elnevették magukat, házigazda partnerem persze színlelten duzzogó tekintettel nézett rám.

– Mit kértek inni? Biztos szomjasok vagytok, ha kint voltatok a sivatagban – utalt a hőségre Livi.

– Semmit nem fogadunk el, sehova nem ülünk le, amíg nem láthatjuk a dolgozószobátokat – felelte Stacy határozott komolysággal. Olive-val összenéztünk megilletődöttségünkben.

– Oké, akkor gyertek! – feleltem, mivel nem tehettem mást. Ők ketten, mintha gyerekek lettek volna, minden sarokba, zugba benéztek. Szerencse, hogy rendet raktam a hálószobánkban, mert persze oda is bekukkantottak. Mi csak lestük őket. Végül a dolgozószobánkba is beértek, ahol mi már vártuk őket.

Felváltva mutattuk be a munkaállomásainkat, melyek közül szerintem Olive-é bizonyult látványosabbnak. Nálam csak számítógép, néhány gép, fotóállványok és objektívek foglalták el az egyik sarkot. Hamar kiderült, hogy kettőjüknek eltérő érdeklődési köreik vannak. Julie, aki művészettörténetet tanult, teljesen ráállt Olive-ra, akivel elmélyült beszélgetésbe kezdett a festményeiről, munkáiról. Stacyvel csendben hallgattuk őket, mikor hozzám fordult és kérte, hogy addig mutassak neki képeket. Megtettem. Megnyitottam neki egy mappát, amiben az utolsó turném képeit tároltam. Leültetettem a székre és hagytam, hogy maga fedezze fel az albumot.

– Bámulatos, mennyi érzelem van egyetlen képen – lapozott tovább. Hátrafordult és elmosolyodott barátnőjén, ahogy diskurál feleségemmel. – Jó, hogy Olive leköti, mert kettőnk közül ő az érzékenyebb. – Rám pillantott. – Nem mutatja, de ezektől lehet, hogy kiakadna.

– Ó, értem. – A súlypontomat felváltva egyik lábamról a másikra helyeztem. Kissé elbizonytalanodtam, hogy ezek után megmutassam-e az itt készült képeket. – Pedig lenne itt valami, amit meg szeretnénk mutatni nektek.

– Igazán? Mivel kapcsolatban? – hagyta abba a képek böngészését Stacy.

– Volt ugye a kerti partin az a dolog. És hát... – itt jött el a határ, amit készültem átlépni. – Történtek még dolgok azóta. – Hirtelen csend lett a szobában. Livi és Julie is rám figyelt.

– Miféle dolgok? – kérdezte Julie.

– Ezt akarjuk elmondani, de lehet, hogy nem lesz könnyű megemészteni. – Lehajoltam a géphez, bedugtam a hordozható meghajtót és megmutattam nekik a képeket. A kutyák, a kerítés, a bázis, de még a ma készült képek is ott voltak a kaktuszról. Julie közben elfordította néhány képnél a fejét. Tényleg érzékenyebb volt, de nem hibáztattam érte egy cseppet sem. Közben mindenhez Olive-val felváltva elmondtuk, amit tudni kellett róluk. Miután végigértünk az albumon, nem szólalt meg senki egy darabig. Idő kellett nekik, ez látszott. Mindenkinek idő kell, aki egyszerre kap ennyi információt.

Julie elballagott a rozoga kanapéhoz, amire lehuppant. Csak nézett maga elé. Stacy felállt a számítógép elől, odament hozzá, leült mellé, és elkezdte simogatni a hátát.

– Azt hiszem, elég lesz mára ebből – felelte nekik Olive megértően.

– Nem, én rendben leszek. Csak… – Elnevette magát. – Baszsza meg! – Ez is része a feldolgozásnak, azt hiszem.

– Tényleg minden oké ám. Nyugodtan folytathatjátok – erősítette meg barátnőjét Stacy. Így elővettem a zárható fiókomból a dossziét, amit Mr. Curtis adott. Ezúttal Stacy nézte végig a képeket és csak azokat adta oda partnerének, amelyeket számára megtekintésre alkalmasnak ítélt. A jelentéseket végigolvasták, ez beletelt egy kis időbe.

– Szóval ez a valami megtörtént a szomszéd államban 46 évvel ezelőtt? – foglalta össze az olvasottakat Julie.

– Úgy néz ki – feleltem. – Bár úgy tűnik, hogy akkoriban ennyi minden nem történt, mint most a mi környékünkön.

– És a katonaság is benne van? – Egy újabb sok ezer dolláros kérdés.

– Nem tudjuk, Stacy – válaszolta Olive. – Annyi bizonyos, hogy nem akarják, hogy kiderüljön.

– De embernek eddig nem esett baja, igaz?

– Nem egészen, Julie – vallottam be. Ezek szerint nem tűnt fel nekik a karanténos képen, ki fekszik a búra alatt.

– Hogy? – nézett rám elkerekedett szemekkel.

– A támaszpontról készült képen az egyik karanténban egy nő feküdt. Mr. Curtis felismerte. Henriette Edwards. – Ez a kijelentés újabb heves reakciót váltott ki, kiváltképp Julie-ból, akit Stacy szorosan átölelt megnyugtatásként. Olive odaült a másik felére és megfogta a kezét. Mindig bámulatba ejtett az empátiája, amivel mások iránt viseltetik. Én összeszedtem közben az aktákat és elzártam őket, valamint az asztali gépet is kikapcsoltam. Julie érezhette a biztonságot, ami körbevette, ugyanis hamar összeszedte magát. Bocsánatot kért, amire abszolút nem volt semmi szükség.

– Bár nem úgy tűnik, de én, és szerintem Stace is hálás, amiért ezt elmondtátok nekünk. – Stacy csak bólogatott e mondatra. - Szerintem ez a kérdés bennetek is felmerült, de... - kis szünetet tartott. - Vajon biztonságban vagyunk? - Még jó, hogy felmerült bennük ez a kérdés. Az utolsó dolog, amit akartam ezek után, erre őszintén válaszolni.

- Azt hiszem, igen - feleltem hát. - Ha bármi gond lenne, hozzánk nyugodtan átjöhettek, mi szinte mindig itthon vagyunk. Kopognotok sem kell - legyintettem. - De megadjuk a számunkat, és hívhattok is nyugodtan éjjel-nappal. - Elgondolkodtam azon, amit az imént mondtam. - Jó, egy kicsit túlzás, amit mondok, lévén nem bunkerben élünk, és én sem vagyok egy Terminátor, de... - Újabb meglepetés: Julie felugrott és átölelt.

- Köszönjük! - Nagyot nevetett. - Innen nincs visszaút, Dan. Élni fogunk a lehetőséggel, úgyhogy a végén megbánod ezt a nagylelkű kijelentést. - Feloldódott minden feszültség, ahogy négyen nevettünk ezen. Ideje volt békésebb vizekre terelni a témát.

Miután lejöttünk az emeletről, bementünk a nappaliba, aminek az ajtajában mindketten megálltak. Kerek szemekkel nézték a szobát uraló fényképet. Eddig még senki nem látta, így érdekelt a reakciójuk. Végül hosszas hallgatás után Julie szólalt meg.

- Ez ... - majd Stacy folytatta.
- ... gyönyörű. - Hűha, hát erre legkevésbé sem számítottunk, hogy ennyire ámulatba ejtünk bárkit is ezzel a képpel. - Hogyan, vagy hol? - Kissé zavaros volt, hogy mit is akar Stacy megtudni, de gondoltam, mindent.

- Volt ez a képünk, ami még New Yorkban készült rólunk - kezdtem bele a történetbe.

- Nem akartunk szelfizni, ezért egy járókelőt kértünk meg, hogy fényképezzen le minket - egészítette ki Livi.

- Erre a képre amolyan nulla mérföldkőként tekintettünk a kapcsolatunkban.

- De sajnos elveszett. - Úgy látszik, felváltva fogjuk elmesélni a történetet.

- A belvárosi lakásunkat többször is felforgattam, de nem lett meg.

– Költözés közben azonban én megtaláltam. – Az utolsó szót szinte énekelve mondta.

– De nekem erről egy szót sem szóltál, ugye – néztem rá szigorúan.

– De nem ám! – mosolygott vissza. Közben a két lány úgy figyelt bennünket, mint a gyerekek az óvó nénit, aki mesét mond nekik ebéd után.

– Egyszer csak szól, hogy van egy meglepetése számomra. Belépek, és *voilà*! – mutattam rá végül a képre.

– Ó! – kaptuk tőlük a választ kórusban. – De… de mi a sztori mögötte? – kérdezte Julie. – Ha szabad tudnunk.

Kényelembe helyeztük magunkat hideg italokkal, mert ezt hosszú lett volna állva végighallgatni.

***

Az a bizonyos New York-i sajtófotó kiállítás. Akkor értem haza az utolsó közel-keleti turnémról, és mikor azt mondom, „akkor", értse úgy mindenki, hogy aznap. A fényképeket folyamatosan küldtem haza a szerkesztőknek, akik kitalálták, hogy az összes közel-keleti tudósító fényképeiből kiállítást szerveznek. Mivel az én anyagom is része volt a tárlatnak, elvárták a szervezők, hogy részt vegyek. Berángattak a terepről, mondván, azonnal indul egy katonai járat Frankfurtba, amin feltétlenül rajta kell lennem.

Annyi időm volt, hogy a cuccomat összepakoljam. Sebaj, gondoltam, valahogy kibírom hazáig. Igen ám, de a gépemet nem engedték felszállni Németországban, tehát késve értem haza. A reptéren már várt egy sofőr, arról szó sem lehetett, hogy hazamenjek. Azt mondták, hogy „elbűvölöm" az embereket, ha ilyen koszosan-porosan, szakállal jelenek meg a kiállításon. Más szóval örülnek, hogy lesz ott egy bohóc is.

Mikor beléptem az ajtón, minden szem rám szegeződött. Az egyik szerkesztőm rögtönzött beszédet is mondott, én meg csak álltam ott a szakállammal, a rongyos hátizsákommal, büdösen, mint egy SEAL-kommandós, aki épp a Neptun lándzsája hadműveletből tért haza. A fotós kollégák persze ki nem hagyhatták ezt a ziccert, és odajöttek élcelődni rajtam. Mindy, akivel kifejezetten jóban voltunk, félrehívott egy baráti csevejre, aminek a végén felajánlotta, hogy nála is letusolhatok, ha ennek vége. Miután kaptam egy kis teret, körbenéztem a teremben. Megannyi öltönyös újságíró, szerkesztő, tudósító, laptulajdonos, de akadtak itt politikusok is, akiknek ezzel próbálták felhívni figyelmét a valós helyzetre odaát. Bill de Blasio polgármester is kezet fogott velem, de szerencsére nem tett megjegyzést az öltözékemre. Kerestem a képeimet, melyeket egy hátsó sarokban dugtak el. Jellemző. A szobában csak egy pad állt, amin egy nő ült. Nocsak, gondoltam, van egy rajongóm. Már megérte. Olive ült ott, aki ekkoriban témát keresett egy új festménysorozathoz, ezért is jött el. Amint beléptem, ő hátrafordult. Gyönyörű estélyit viselt, és vörös rúzsa szinte magával ragadott. Tüzetesen végigmért, majd visszafordult a képekhez.

– Mit gondol a képekről? – indítottam a beszélgetést. Kíváncsi voltam egyetlen rajongóm véleményére.

– Nem is tudom... – Kis szünetet tartott. – Kicsit hatásvadásznak érzem őket – mondta ezt anélkül, hogy felém fordult volna. Mintha mennydörgést hallottam volna a fejem fölött. De ezzel nem vonult el a vihar. – Érthető, miért rakták ide hátra. – Szóval így állunk.

– Akkor ön miért is ült be ide? – Ha ennyire pocsékak a képeim, mi keresnivalója van itt, nem igaz?

– Egy nagy farokkal megáldott pasi elől bújtam el ide. – Ekkor tettem fel magamnak a kérdést, hogy miért nem maradtam Irakban. Végül hátrafordult. – Maga valamiféle színész ebben az öltözékben? – Azon nyomban nyúltam a telefonomért, hogy üzenjek Mindynek, ideje indulnunk. Még fél perc, és a SEAL-kommandós lelövi bin Ladent.

– Valami olyasmi, igen. Maga mivel foglalkozik? – Érdekelt, hogy melyik újságnál van, hátha ismerem a szerkesztőjét, és utánaérdeklődhetek.

– Festő vagyok. – Festő egy sajtófotó-gálán. Pont passzol az én színészi karakteremhez. Akár a cirkuszban, már csak egy artistára lenne szükség. – Ötletet keresek egy új sorozathoz.

- Vagy úgy. - Eleget hallottam. Ki akarná mások tragédiáját vászonra vinni? - Sok sikert hozzá! - Ezzel otthagytam.

Mindyt könnyű volt kiszakítani az estből, már a kijáratnál várt. Pár kézfogás, sajnálkozások garmadája, amiért lelépünk, de pár perc múlva kijutottunk az épületből. Mindy látta rajtam, hogy egy kicsit zaklatott vagyok, de nem akartam beszélni róla. Most amire legjobban vágytam, az egy forró zuhany volt, és talán egy nő ölelése. Mázlista vagyok, hogy mindkettőt megkaphattam egyszerre, sőt még annál is többet.

Mire kiléptünk a zuhanyzóból, minden feszültséget és fáradtságot sikerült a lefolyón leengednem. Végignéztem magamon a párás tükörben, és előkotortam a piperetáskámból a borotvámat. Ideje volt visszaváltozni nagyvárosi sajtómunkatárssá.

Mindy megjegyezte, hogy hagyhattam volna magamon egy kis borostát, úgy jobban bejövök neki. Lehet, hogy neki jobban bejövök, de a szerkesztőim nem engednének belföldi események közelébe. Három hónap hosszú idő a tengerentúlon, ezért kijárt nekem egy ráadás a desszertből. Mire felébredtem, már megterített asztal várt. Nem tudtam eléggé hálálkodni a kiszolgálásért. Reggeli közben azt beszéltük, hogy legközelebb mehetnénk valahova kettesben. Én benne voltam, nem vagyok ellenzője a „kellemest a hasznossal" elvnek.

Pár napot ejtőzéssel, császkálással töltöttem a városban. Vittem magammal a gépemet, csináltam néhány képet az utcákon. Nem vettem komolyan, amolyan kikapcsolódásként tekintettem az egészre. Megnéztem, hogy mennyit változott a város, amíg távol voltam. A bolyongós napok elteltével benéztem a kiállítást rendező laphoz. Szerkesztő barátommal beszélgettem, hogy mi is lehetne a következő megbízatásom, mikor az irodája üvegfala mögül egy ismerősre lettem figyelmes. Éppen útmutatást kért a titkárnőtől.

- Mi a...? - szakítottam félbe Steve mondandóját.

- Mit látsz, Dan? - Nem értette, hogy min csodálkozom ennyire.

- Az a nő ott - böktem felé az ujjammal. - Mit keres itt? - Steve kinyújtotta a nyakát, hogy lásson az asztaloktól.

- Ja, ő Olivia. Beszélt velem, hogy elkérhetne-e néhány képet. Festő, és valami új témát keres, azt hiszem. Mondtam neki, hogy jöjjön be, aztán választhat, mert el nem küldhetem neki az összes képet. - Gyanakodva rám nézett. - Miért? Ismered?

- Futólag találkoztam vele a kiállításon - intéztem felé a választ, majd visszafordultam Olivia irányába. - Elég rámenős teremtés - jegyeztem meg, végül visszatértünk a témánkhoz. Úgy beszéltük meg, hogy pár hónapig belföldi híreken dolgozom, és majd jövő év elején fogok újra kiutazni. Felvetettem, hogy Mindy is velem jöhetne-e, mire kaján vigyorral rám kacsintott.

- Lehet róla szó. - Kezet fogtunk, és eljöttem. Megálltam egy ismerősnél, akivel rendszeresen ki szoktunk járni a Yankees meccseire. Jövő héten játszanak, mondtam neki, hogy okvetlen szerezzen jegyeket rá. Indultam a lift felé, mikor az egyik fülkéből kilépett elém festő kritikusom.

- Ó, bocsánat! - szabadkozott, amiért majdnem nekem jött.

- Megtalálta, amit keresett a fotókiállításon? - Kissé öszszezavartam. Látszott rajta, hogy nem ismert fel. Hiába, pár kilóval kevesebb kosz volt rajtam, a szakállról nem is beszélve.

- Ismerjük egymást? - Tehát szabad a gazda.

- Ó, nagyon is. Rajtakaptam, ahogy egy „méretes farok" elől menekült. Nem biztos, hogy így fogalmazott. - Elkerekedtek a szemei - minden az eszébe juthatott.

- Kitalálom. Ön a képek szerzője. Daniel, igaz?

- Ráhibázott, Olivia, a festő - mosolyogtam rá, amitől ő elpirult és lesütötte a szemét.

- Nézze, egy kicsit lehet, hogy nyers voltam. Lehet, hogy ittam is pár pohárral - kezdett bele valamilyen bocsánatkérésbe. - Ha tudtam volna...

Vártam ezt a mondatot.

- Semmi szükség a mentegetőzésre. Őszinte volt, semmi több. Amúgy valóban jó hely volt elbújni mások elől - kacsintottam rá. - Remélem, sikerült.

Pár formális mondat után elköszöntünk egymástól. Szinte biztosak voltunk benne, hogy többet nem látjuk egymást. Ami engem illet, az év eleji turné egyelőre váratott magára. Oregonba kellett utaznom, miután egy amolyan fegyveres milícia – a saját szavaival élve – átvette a szövetségi kormánytól a hatalmat. A részletekre mindenki emlékezhet a híradásokból. Természetesen egy újabb Wacótól tartottak, miután kivonult az FBI. Végig kellett követnem a kamerámmal a 41 napos patthelyzetet a januári Oregonban.

Hazatértem hát az enyhébb klímájú, de szintén havas New Yorkba. Azonban időbe telt, hogy megszervezzék az utat külföldre, így ismét kaptam egy hosszabb szabadságot, amit Mindyvel ki is használtunk. Odaköltöztem hozzá. Egyikünk sem gondolt olyan komoly dologra, mint a házasság. Mi csak szimplán élveztük egymás társaságát. Volt néhány kisebb megbízásunk az országon belül, ahova együtt mentünk, de semmi komoly. Vártuk mindketten, hogy megszervezzék a közel-keleti „kiruccanást".

Ezzel telt a tavasz, mikor április környékén kedvenc megbízóm azzal a hírrel fogadott, hogy megjelentetnek egy könyvet a tavaly kiállított képekből. Engem megkértek, hogy válasszak ki néhányat, amit belerakhatnak a könyvbe, képaláírásokkal kiegészítve. Mikor megkaptam a könyv vázlatát e-mailben, nem hittem a szememnek.

A könyv borítóját egy festő műve fogja díszíteni, aki nem más, mint Olivia. A festmény már készen volt, a levél mellékletei között meg is találtam. Egy art deco festmény, amit különös stílusválasztásnak találtam, de a kép témáját még inkább. Egy jelenetet láthattunk, amin az édesanya vérző gyerekét tartja a karjaiban romok között, miközben az előtérben egy fotós örökíti meg a pillanatot. Ez végtelenül feldühített. Nem értettem, hogy rakhattak egy ilyen sztereotip témájú képet egy borítóra. Nem gondolkodtam, egyszerűen csak billentyűzetet ragadtam és elkezdtem püfölni a betűket.

Tisztelt Főszerkesztő Úr!

Megkaptam az üzenetét a publikációval kapcsolatban. Természetesen állok a szerkesztőcsapat rendelkezésére a fénykép kiválasztásában. Fontosnak tartom, hogy eljuttassuk az embereknek ne csak képeket, de azok keletkezésének körülményeit, az átélt érzelmeket, amelyeket megtapasztalhattunk mi, fotósok.

Ugyanakkor mélyen elszomorít, hogy olyan időben, mikor a munkánk folyamatos kritikáknak van kitéve objektív magatartásunk miatt, egy olyan borítót választanak, amely még inkább a feltételezett empátiánk hiányát sulykolja az emberekbe. Kérem tehát a T. Főszerkesztő Urat, fontolják meg a borítókép témáját vagy a választott művész személyét.

Ráadásként kikerestem a kontaktok közül Olivia e-mail címét és betettem a címzettek közé, szerkesztő barátom, Steve e-mailjével együtt. Eleget kritizálta a munkásságomat, most végre én is elmondom a véleményemet az övéről. Nem telt bele tíz perc, hívott Steve. Azzal kezdte, hogy ezt lehet, hogy nem kellett volna.

Égtem a haragtól, lehordtam, amiért az ő pártjukra áll. Steve nemhiába lett szerkesztő, híres volt a végtelen türelméről. Csak annyit mondott, hogy nem úgy van, ahogy én látom. Nem érdekelt, letettem a telefont. Kimentem a városba, mikor láttam a mobilomon, hogy egy üzenetem jött Oliviától. „Beszélnünk kell", állt az üzenetben, és megadta a műtermének a címét. Leintettem egy taxit, és elmentem a megadott címre.

Lehet, hogy nem számított rá, hogy valóban el is fogok menni, mert látszott a döbbenet az arcán, mikor becsengettem hozzá. Megláttam a képet a teljes sorozattal. Hiába próbálta megmagyarázni, képtelenség volt érvelni dühöm ellen. Ezt a legaljasabb árulásnak tekintettem az újságom részéről, amihez Olivia volt az eszköz. Pár perces vita után faképnél hagytam.

Azonnal írtam néhány újságnak, hogy minél előbb mehessek vissza külföldre. Az egyik lapnál a kiküldeni tervezett tudósítójuk családi okok miatt lemondta a turnét, ezért pont kapóra jöttem nekik. Másnap egy repülőn ültem, és indultam tudósítani – ezúttal Dél-Amerikába. A főszerkesztőtől nem kaptam választ. Steve írt üzenetet, melyben kérte, hogy az ő megbízásukból utazzak ki, de nem voltam hajlandó. Nem tudtam elintézni, hogy Mindy is jöhessen velem, amiért ő persze dühös volt. Ha szeret, majd megbékél – gondoltam, de nem így lett. Elutazásom után egyből kipakolta a cuccomat régi lakásomba. Utólag belegondolva, ez még jól is jött. Nem kellett a fájdalmas szakítás procedúráján végigmennem.

Nyár végére értem haza. Az ilyen utakra külön e-mail címet használtam, amit csak kevesen ismertek. Ezért nem láthattam azt az üzenet sem, amit a főszerkesztő küldött hónapokkal ezelőtti dühös levelemre.

Kedves Daniel!

Figyelembe véve az Ön heves reakcióját a publikált könyv borítója kapcsán, illetve a művész személyét illetően, úgy gondoltam, Önt csak a kész könyv tudja meggyőzni afelől, hogy szándékunk nem bántó vagy ellenséges, mint ahogyan azt Ön állítja. Ajánlom figyelmébe a könyv bevezetőjét, amelynek megírására a borító megalkotóját kértük fel. Eredetileg csak egy megjegyzést írt volna a képhez. Remélem, ezzel minden tisztázódik, és a jövőben is számíthatunk az Ön odaadó és kiemelkedő munkásságára lapunk hasábjai között.

Erős szkepticizmussal nyitottam meg a könyv digitális verzióját. A borító ugyanaz, ahogy az a tavaszi vázlatban is szerepelt. **A pokol krónikásai**, olvastam a címet. Alatta az alcím szerepelt: **Láthatatlanok, mégis átélik a szenvedést**. Görgettem tovább, és három oldallal később meg is jelent előttem a bevezető, amit Olivia írt. Éreztem, hogy hevesen ver a szívem, ahogy kezdtem olvasni.

Kedves Olvasó!

Sokan úgy tartják a kezükben ezt a könyvet, mint egy újabb lenyomatot a terrorról, a polgárháborúról és a szűnni nem akaró konfliktusról. Egy harc, amelyet sokan nem értenek; egy térség, amely a nagyhatalmak erődemonstrációs tere lett. A hely, ahol nem hozhatunk döntést aszerint, hogy az jó vagy rossz, csupán a legkisebb rosszat választhatjuk ki, ha szerencsések vagyunk. Ha belelapoznak a könyvbe, valóban ezt láthatják. Azonban ez csak a felszín. A kép melletti leírások mind az azt dokumentáló személyektől valók. Ők azok, akik odamennek, ahonnan mi elfutnánk. Ők azok, akik megörökítik a fájdalmat, a halált és a gyászt. Ők azok, akik olyan szívszorító pillanatokat is megörökítenek, amelyek sokakban felháborodást keltenek. Sokakban felmerül a kérdés, hogy emberek-e egyáltalán? Hiába segítenek a romeltakarításban egy bombázás után, vagy mossák le a vért a sérültekről, mégis az alapján ítélik meg őket, milyen képeket készítenek.

A magunk részéről nem tudjuk elképzelni, milyen egy sajtófényképész, aki megjárta a Közel-Keletet. Én a szerencsés kivételek közé tartozom, ugyanis egy fotó gálaesten volt lehetőségem találkozni egyikükkel. Egy sarokban üldögéltem egymagamban, ihletet keresve e festményhez, mikor megszólított egy szakállas, rongyos-koszos ruhában álldogáló, a személyes higiéniát kerülő férfi. Eszembe sem jutott, hogy így néz ki egy fényképész, mikor a terepen van. Később tudtam meg, hogy az ő képeit figyeltem ott, a kiállításon. Amit akkor – már szégyellem – színészi játéknak hittem, a mögött egy valós érzésekkel küszködő, sokat látott férfi állt.

Kérek tehát minden olvasót, hogy ezúttal ne csak a képekre koncentráljon, hanem a körülötte úszó leírásokra is. A leírásokra, amelyek könnyeket, küzdelmeket és bátorságot hordoznak magukban. Mert bár láthatatlanok, mégis átélik a szenvedést.

Hátradőltem a székemben. Ennyire pokolian nem éreztem magam mostanában. Tovább görgettem a dokumentumban, és a fejezetek fotósonként voltak lebontva. Mindegyikről írt az újság egy bevezetőt. Rólunk pedig egy képet raktak be, de nem hivatalos fényképet, hanem egy olyan képet, amin épp dolgozunk. A saját fejezetemhez lapoztam. A gálán készült rólam egy fotó teljes harci felszerelésben, szakállal, csupa öltönyös alak között. Itt megálltam és csak néztem, vagyis inkább bámultam a képet. Továbblapoztam, a leírásokra voltam kíváncsi, ilyeneket ugyanis külön nem írtam a könyvhöz. Mégis az én írásaim voltak, egy kissé vulgáris megfogalmazásban, amiket Steve-nek küldtem a turnék során. Ezekből az e-mailekből válogatták ki az én részemet. Ehhez idő kellett.

Elmentem a Central Parkba, ahol leültem egy padra és csak néztem a járókelőket, kocogókat, bicikliseket. Erőt vettem magamon, és írtam egy pár soros üzenetet a főszerkesztőmnek, amiben elnézést kértem korábbi viselkedésemért és megköszöntem a munkát, amit a könyvvel végeztek. Steve-et beraktam a címzettek közé.

Hamar jött a válasz, amiben ők köszönik meg az én munkámat, és várnak újabb útitervekkel. Szinte meg se érdemeltem. Oliviával mi lesz? – tettem fel magamnak a költői kérdést. Nem volt bátorságom felkeresni. Valószínűleg nem is akar látni azok után, amiket mondtam neki. Egyszerűen csak annyiban hagytam. Így ért véget a nyár, és így köszöntött ránk az ősz. Közben a könyv nagy sikert aratott, hívtak többször is interjúkra, de én lemondtam őket. Folyton szembe jött velem a borító, és Oliviára gondoltam.

Ez így nem mehetett tovább, szembe kellett néznem a tetteimmel. Csalódottan láttam, hogy a telefonomban az utolsó és egyetlen üzenet tőle a „beszélnünk kell", ami után veszekedtünk. Rendeltem egy taxit, hogy elmenjek a műtermébe. Az autóban vettem észre, hogy szórakozottságomban a táskámból elfelejtettem kivenni a filmes fényképezőgépemet. Mikor odaértem, csalódottan nyugtáztam, hogy a műteremnek nyoma sincs. Szerencsére találkoztam egy ott lakóval, aki elmondta, hogy pár hónapja kiköltözött.

– Azt nem mondta, hova? – próbáltam megtudakolni az új címét.

– Queensbe. Talán. – Megköszöntem, és egyből nyúltam a telefonomért. „Ha ráérsz, találkozzunk a Flushing Meadows-ban egy óra múlva." Rendeltem egy újabb taxit, közben folyamatosan a telefonomat néztem, hogy jön-e válasz, de semmi. A manhattani forgalomból egy kiadós út vezetett át az East River túloldalára. Sofőröm a Queensboro hídon hajtott át, amelyet pár éve neveztek el New York egykori polgármesteréről, Ed Kochról. A híd, amelyről F. Scott Fitzgerald is írt híres regényében. Kezdett a nap egy sajátos élményt felvenni, és ezt a hídon átutazva éreztem meg. Folyamatosan zakatolt az agyam, hogy vajon jó ötlet volt-e az üzenet. Miért nem érdeklődtem utána Steve-nél, ő biztos tudná az új címét. Már nem számított. Rápillantottam az órámra, de még időben voltam.

A taxis jobban ismerhette Queenst, mivel magabiztosabban vezetett, mint Manhattanben. Ha jól láttam, még egy piros lámpán is átment. Lehet, hogy felfigyelt rá, hogy sűrűn rápillantok az órámra. Sietve fizettem, majd kipattantam az autóból, de rögtön eszembe jutott, hogy nem írtam meg, hol találkozzunk. Körbenéztem és megláttam egy plakátot az 1964-es Világkiállításról. Tudtam, hova kell mennem. A délutáni hűvös napsütésben kevés járókelő időzött a parkban. A földgömb előtt egy nő állt. Csizmában és hosszú szövetkabátban a '64-es installációt figyelte. Közeledtem felé, mikor megfordult és körbenézett. Felismertük egymást. Ott volt, nem írt semmit, mégis eljött. Én megálltam és intettem neki. Ő egyik kezét kivette a zsebéből, és alacsonyan tartva kézfejét visszaintett. Mikor közelebb értem hozzá, akkor vettem észre, hogy ugyanaz a vörös rúzs van ajkain, mint a gálaesten. Kezdtem attól tartani, hogy megszólal az ébresztőm, és vége szakad ennek az álomnak. Reméltem, hogy ez nem fog megtörténni.

– Szia! – köszönt olyan hangon, amelyet még életemben nem hallottam, vagy csak nem akartam meghallani.

– Én… – kezdtem bele az improvizált bocsánatkérésembe anélkül, hogy köszöntem neki. Hiába a csizma a lábán, majd' egy fejjel alacsonyabb volt nálam. Csak mondtam és mondtam – néha dadogva – a beszédemet, ő pedig csak figyelt engem, a tekintetét szorosan rajtam tartva. A haragnak egy szikra jelét nem láttam rajta, csak egy apró mosoly ült az arcán, a szemei tágra nyílva, mint akit megbabonáznak szavaim. Ez kizökkentett, mivel azt vártam, hogy karba tett kézzel, a port rugdosva hallgatja végig a mondandómat, végül elvállnak útjaink. Helyette a lábaival egyre közelebb és közelebb lépett hozzám, így már megéreztem parfümjének virágos illatát. A kezemet folyamatosan gyűrtem, hogy ne lássa, mennyire remegnek. Végül nem jött tovább és anélkül, hogy levette volna rólam a figyelmét, kivette mindkét kezét a zsebéből és megfogta az enyémet. Megálltam, nem folytattam tovább. Eleget habogtam. Hosszan tartó béna szabadkozásomra válaszul megkaptam a mondatot, ami ha eszembe jut, a mai napig minden képzeletet túlszárnyaló boldogsággal tölt el.

– Hol voltál eddig? – E kérdést követően a csizma talpa alatt sercegő kavicsok moraját hallottam, ahogy enyhén lábujjhegyre állt és megcsókolt. Ez a pillanat, ha örökké tartott volna, számomra akkor sem lett volna elég. Csak álltunk egymás karjában, a Nap közben egyre lejjebb kúszott az őszi délutánon. Az égbolt kékből narancssárgába változott vöröses árnyalattal, hogy festői díszletet adjon e pillanatunknak.

Az idő múlását nem érzékeltük, egy padot sem kerestünk, amire leülhetnénk. Mikor magunkhoz tértünk, a földgömbre már a fák árnyékai vetültek. A táskámhoz nyúltam, eszembe jutott a fényképezőgép. Elővettem, amire Olive csak rábólintott. Megkértem hát egy járókelőt, hogy fényképezzen le minket. A kép, amely elvész, majd újra megkerül, hogy az otthonunk dísze legyen, megőrizve szerelmünk hajnalát.

Nem volt megállás! Nem beszéltünk róla sosem, mivel szükségtelen volt. Tudtuk, hogy megtaláltuk azt, akire egész életünkben vártunk. Ismerőseinket bámulatba ejtettük a szenvedéllyel, amellyel egymás iránt éreztünk. Szinte naponta találkoztunk, pár hét múlva összeköltöztünk. A lendület azonban nem állt meg, így újév után sebtében összeházasodtunk két tanú és az anyakönyvvezető jelenlétében, fittyet hányva a barátok és rokonok zúgolódására. Livi állásajánlatot kapott Arizonában, így ide, először a belvárosba költöztünk.

Az utolsó New York-i napunkon elmentünk a parkba, amolyan szentimentális búcsút venni a Nagy Almától. Kifelé menet vettünk egy plakátot a szuvenírboltban, ami az 53 évvel ezelőtti Világkiállítást reklámozta. Újabb emlék a parkból. Ezzel magunk mögött hagytuk New Yorkot.

Olive a történet végén nyomott egy puszit az arcomra. A két ifjú hölgyet egyszerűen magával ragadtuk történetünkkel. Csak bámultak minket és a „hűha, váó" kifejezéseket ismételték. Szavakkal, úgy tűnt, nem tudják kifejezni az áhítatot, amely ez a történet indukált bennük.

– Nem gondolkodtatok rajta, hogy a sztoritokból filmet, vagy ilyesmit készítsetek? – vetette fel az ötletet Stacy. Ezen mind elnevettük magunkat. Nem terveztük, ez a történet csak magunkra és néhány közeli barátra, rokonra tartozik. – Ó, Julie, a mi sztorink miért nem ilyen romantikus? – nézett lebiggyesztett szájjal barátnőjére.

– Mi a mindennapjainkat tesszük azzá, Stace – simogatta meg vigaszképpen társa vállát, majd nyomott egy puszit az ajkára. Ettől Stacy látszólag felvidult, ugyanakkor bizonyára csak megjátszotta az egészet.

Julie újra felvette az asztalról az időközben előkerült könyvet, amelyben elolvashatták Olive bevezetőjét. Utólag belegondolva kissé túlzásnak tűnt, hogy annak idején kinyomtattam a főszerkesztőmmel váltott üzeneteket, de most, hogy ezt a történetet elmeséltük, kapóra jött.

A történetünk végére bőven vacsoraidő felé haladtunk, így átmentünk a konyhába. A sütőbe bekerült a már korábban előkészített vacsora. Ők persze tiltakoztak, mondván, eleget raboltak az időnket, de Olive olyan agresszív házigazdatekintettel nézett rájuk, hogy inkább felajánlották segítségüket a terítésben.

– Azt megköszönöm – felelte nekik Olive. – Dan úgysem szokott a helyzet magaslatán lenni, ha evőeszközökről van szó – mire mindhárom nő kuncogott. Rajtam.

– Mintha nem lenne olyan mindegy, hogy a tányér melyik felére rakom a kést meg a villát! – duzzogtam.

Miután mindent elpusztítottunk az asztalról, ragaszkodtak hozzá, hogy ők mosogatnak el. Olive-ot, bár próbált tiltakozni, elhessegették a konyhából. Átmentünk hát ketten a nappaliba és vártuk őket. Úgy tűnt számunkra, hogy náluk a házimunka minden mozzanata kooperált tevékenység, ahogy kuncogtak és duruzsoltak mosogatás közben. Jó volt hallgatni őket, nem is szólaltunk meg közben.

– Mi az? Miért vagytok ilyen csöndben? – tűnődött el Julie.

– Semmi, csak jó volt hallgatni a munkaszellemeteket – felelte derűsen Livi, amire látszólag mindketten elpirultak. Lehuppantak velünk szemben a kanapéra. Az este borzalmaktól mentesen telt. A barátságunk, amely már sokkal mélyebbnek bizonyult, mint bármelyik más szomszéddal az utcában, tovább erősödött. Gyerekkori és egymással töltött élmények színesítették a beszélgetésünket, amelyekkel jobban megismerhettük egymást. Hangos nevetéseket produkáltunk, amiket akár az utca túlsó végéből is hallhattak az ott lakók. Ezen az estén semmi sem számított, ami odakint történt.

Késő este volt már, mikor indulni készültek. Ezek szerint jó házigazdák lehettünk a nap folyamán. Az ajtóban megálltak mindketten, és egy pillanatig csak néztük egymást. Egy gyönyörű monológgal zárták le a mai napot.

– Szóval, mi csak szeretnénk megköszönni, amiért így bíztok bennünk. Gondolok itt a fenti dologra, és a csodálatos történetetekre – vette át a szót Stacytől Julie.

– Igen, és ez nagyon sokat jelent nekünk, hogy bármikor számíthatunk rátok. Mi… – nyújtotta el hosszan az „i"-t. – … nagyon örülünk, hogy megismertünk titeket, és hogy a barátaitok lehetünk.

– Ó – nézett rám Olive. – Mi vagyunk a legboldogabbak Dannel, hogy így éreztek. Mi érezzük magunkat szerencsésnek, hogy itt vagytok nekünk. – Végül egyesével átöleltek, és puszit nyomtak az arcunkra. Egy tökéletes este véget ért.

VI. fejezet

Szélsőséges éghajlat előttünk

Kezdő fényképész koromban az első szerkesztőm a „mélyvízben tanulunk meg úszni" elv híve volt. Lezavart hát a hurrikánszezonban Jacksonville-be, Floridába. Kikötötte, hogy tapadjak a hírekre. Amint jön egy hurrikán, és tudják már, hol ér partot, üljek gépre, béreljek autót és azonnal hajtsak oda. Ha partot ér a vihar, húzódjak egy bunkerbe, őt nem érdekli, de én legyek az első, aki előjön és munkához lát a romok között. Elismerem, a fickónak volt egy lelkivilága.

Teltek a hetek, de úgy tűnt, hogy ez a szezon megkíméli az amerikai lakosságot a csapástól, aztán kezdtek szállingózni a hírek, hogy kialakulóban van egy vihar az Atlanti-óceánon. Egyelőre nem tudták megjósolni a trópusi vihar útvonalát – még abban sem voltak biztosak, hogy hurrikán lesz belőle. A floridai élet fotózásán kívül nem tehettem mást, mint vártam, ahogyan azt tettem az elmúlt két hónapban.

Szerkesztőmet egy hónap után kezdtem bombázni e-mailekkel, hogy ugyan adjon valami más feladatot, mert itt nem fog történni semmi. Akár a falnak is intézhettem volna leveleimet. Türelemre intett, mondván, azokból lesznek az igazán jó fotósok, akik „kellő alázattal viseltetnek a szerkesztőjük által rájuk rótt feladat iránt." Sosem felejtem el ezeket a szavakat. Lefogadom, hogy nem én voltam az első, akinek ezt írta. A mai napig érdekel, vajon hányan fogadták meg ezt az intelmet.

Idővel persze feltaláltam magam. Kijártam az óceánt fényképezni, vagy a félsziget belseje felé autóztam, és a floridai élővilágot fedeztem fel. Minden reggelemet az időjárás jelentéssel kezdtem. A végén már írhattam is volna az izobárokról, légnyomásról, felhőtípusokról.

A trópusi vihar mélán úszott a két kontinens között. Egyes jelentések arról szóltak, hogy hamarosan hurrikán lesz belőle, más jelentések szerint feloszlik, mielőtt elérné a karibi térséget. Nevet mindenesetre adtak neki: Penelope.

Egy tengerparti bárban szürcsöltem a *cuba libre* koktélomat, mikor az egyik helyi csatorna híradójában bemondták, hogy hurrikánná minősítették Penelopét. Azonnal rohantam haza, hogy megnézzem a legújabb jelentést. Azt jósolták, hogy a legnagyobb valószínűséggel Florida partjait fogja elérni néhány napon belül. Utaznom tehát nem kell sokat, gondoltam.

Nem számított, hogy az állam mely részén ér partot, az emberek nekiálltak a készletek felhalmozásának. Benzinkutakon, élelmiszerboltokban, gyógyszertárakban, de még a barkács szaküzletekben is sorban állás kezdődött. Mindenki üzemanyagot akart venni az áramfejlesztőjébe, vizet és konzerveket a spájzba, valamint sokan most döbbentek rá, hogy a spaletták is roszsz állapotban vannak a házon.

A lakosság másik fele készen állt, hogy startpisztolyra – amit a meteorológusok sütnek el – elhagyja az államot. A város relatíve nyugodt mindennapjai egyszeriben felbolydultak e hír hallatán. A további jelentések csak nagyobb sorokat eredményeztek. Penelope határozottan közelít az amerikai partokhoz. Legnagyobb eséllyel a délebbre fekvő Orlandót fogja eltalálni, de lehetséges, hogy Miami, vagy épp Jacksonville fogja a legtöbb kárt elszenvedni.

Egy nappal a hurrikán partot érése előtt bebizonyosodott, hogy felénk közelít. Szerkesztőm küldött egy utolsó instrukciót. „Ássa be magát, és hamar jöjjön elő!". A „beásás" előtt kimentem a partra, hogy megörökítsem a látványt. Eddig még sosem láttam teljes életnagyságban hurrikánt, így természetes volt, hogy ott legyek.

A szél meghajlította a pálmafákat, törmeléket reptetett. Néhány hozzám hasonló fanatikus – főleg fiatalok – még bámészkodott a parton, mielőtt biztonságos helyre húzódtak volna. Egy rendőrautó jelent meg mögöttünk, és azonnal beparancsolt minket a partról. Elraktam hát a gépem, és az egyik városi menedékre mentem. Nem hagytam abba a munkát. A rengeteg ember összezsúfolva a hurrikán idején. A tévé folyamatosan szólt – a hurrikánt négyes fokozatúvá minősítették.

Az éjszakai ostromot szerencsésen átvészeltük. A viharrendszer továbbhaladt Atlanta irányába, de a partot érés után jelentősen vesztett erejéből. A legsúlyosabb károkat egyértelműen mi szenvedtük. Ideje volt „hamar előjönni".

A mélyvíz, amelybe szerkesztőm bedobott, megtette a hatását. A pusztítás, amit korábban csak képeken láthattam, most elém tárult teljes életnagyságában. A félelem helyét, ami az éjszaka folyamán bennem lakozott, most átvette valami más. Valami új, eddig nem tapasztalt.

Nem tudhattam, melyik lépésem után fogok egy sebesültbe, netán egy holttestbe botlani. Először én is rohantam segíteni, ahogy mindenki más. Aztán rájöttem, hogy mi is a feladatom valójában. Egyedül voltam, ezúttal nem kellett gondoskodnom senkiről.

Első feladatom a dokumentálás, ahogy azzal a szerkesztőm megbízott. Hiába a rosszalló tekintetek, én először fényképeztem, és csak utána rohantam segítő kezet nyújtani. Bevonult a Nemzeti Gárda, hogy segítsenek a túlélők felkutatásában és a romeltakarításban. Egyre több segítő kéz érkezett a városba. Én pedig csak kóboroltam egész nap és fényképeztem. Nem egyszer jutottam olyan helyre, ahol korábban ember nem járt, és találtam túlélőt.

A munkámmal tényleg segítettem másoknak. A hurrikán után három hétig voltam még Jacksonville-ben, miután a szerkesztőm hazarendelt. A képeket folyamatosan küldtem neki elektronikusan, de egy szót nem szólt rá, mindig csak „folytassa" utasítást kaptam. Miután hazatértem, szerkesztőm a legőszintébb gratulációval fogadott. Még a veterán újságírók is elismerésükkel adóztak a kezdő fotósnak. Így kezdődött hát a karrierem. Megtanultam úszni a mélyben. Többet nem küldtek dolgozni a hurrikánszezonban, és szinte biztos voltam benne, hogy több vihart nem kell átvészelnem. Nem közép-nyugaton éltünk, hogy tornádók fenyegessenek, sem délen, hogy hurrikánok. Most valami mással álltunk szemben.

***

Stacy és Julie látogatása után jött pár szokatlanul nyugodt nap. A hőség kitartott, azonban más nem történt. Mintha az a megfoghatatlan dolog, ami mindezt okozta, visszament volna oda, ahonnan jött. Három nap következett, amikor az élet úgy zajlott, akár az összes többi kertvárosban. Az emberek integettek egymásnak, diskuráltak, pletykáltak. Olive-val bementünk a városba, mert elintéznivalója akadt munkaügyben. Úgy tűnt, hogy az új sorozatát ki fogják állítani. Részleteket nem tudtak még mondani. Livit bár kevésbé izgatta a dolog, engem annál inkább.

Ha már arra volt dolgunk, elmentünk ebédelni a lányokkal. Lelkesen újságoltam nekik a hírt, amitől ők is hamar izgalomba jöttek. Olive persze csak legyintett és témát terelt. Szinte már bosszantott a hozzáállása.

Csütörtök este előhozakodott a nyomozásunkkal. Az elmúlt három napban nem történt semmi, de Mr. Curtis és a lányok sem törődtek a korábbiakkal, ahogy mi sem. Nem ültünk össze megbeszélni, hogy hogyan tovább. Nem tudom, hogy vártunk-e valamire, vagy csak homokba dugtuk a fejünket. Tom Edwardsot alig láttuk. Vagy egyáltalán nem mozdult ki a házból, vagy pedig elment otthonról, hogy aztán késő este érjen haza. Tudtam, hogy ez így nem mehet sokáig, és Mr. Curtis kivárós terve ellenére rá kell kérdeznünk a feleségére. Kissé letörte a hangulatunkat ez a beszélgetés. Ezzel ért véget a három nyugodt nap.

Péntek délután volt, amit az emberek többsége hétfő reggel óta vár. Ezt azonban kevesen várhatták. A hátsó kertben voltam, de visszagondolva fogalmam sincs már, hogy mit csinálhattam ott. Halk szirénára lettem figyelmes, mintha valamiféle riadó lenne. Egyből rájöttem, hogy a katonai bázison szól. Olive-nak is szóltam, aki a nappaliban volt. Csak figyeltük a kertből a támaszpontot, repülőt keresve az égbolton. Ám ekkor olyasmi történt, amire itt nem számítottam. A polgári védelem szirénái először a belvárosban kezdtek el süvíteni, majd a hang egyre erősödött, míg végül pár utcával lentebb is megszólalt egy.

Felrohantunk az emeletre és bekapcsoltuk a tévét. Az összes adón csak sípszót lehetett hallani, és egy vörös sáv futott a képernyő alján. „Figyelem! Ez nem gyakorlat. Meteorológiai jelentések szerint ionizált töltésű homokvihar közelít a sivatag belseje felől, hurrikán erejű széllökésekkel."

– A redőnyöket! – szóltam Olive-nak anélkül, hogy levettem volna a szemem a tévéképernyőről. Ő az emeleten engedte le, én rohantam a földszintre. A hálószobánk előtti ablaknál találkoztunk, miután az összes redőnyt leengedtük.

Egy újabb látvány, amit nem fogunk egykönnyen kiverni a fejünkből. A gomolygó homok látványa, akár a Mad Maxben. Egyre csak közeledett-közeledett felénk.

– Dan! A telefonod. – Annyira elmerültem, hogy észre sem vettem a csörgést. Julie volt az.

– Szia, Ju...! – Eddig jutottam a mondatban. Egy zaklatott, szinte már zokogó hang jött odaátról.

– Stace kiment a tárolóhoz futni, de nem érem el, és most jön ez... – Itt megszakadt a vonal. Rápillantottam a telefonomra: nem volt térerő.

– Azt mondja, hogy a barátnője kiment a víztározóhoz futni. – Ki az, aki ilyen melegben megy futni? Ez is egy olyan kérdés, amire sosem fogok racionális választ kapni. Felkaptam a slusszkulcsomat és mentem a garázsba. Megegyeztünk, hogy Olive átmegy Julie-hoz, ha egyáltalán otthonról hívott. Ha minden jól megy, itthon találkozunk. Nem indulhattam el anélkül, hogy át ne ölelt volna. Meghagyta, hogy legyek nagyon óvatos, különben... majd fenyegetően felemelte mutatóujját.

– Igenis, asszonyom! – kontráztam rá, és becsuktam magam mögött az ajtót. A garázskapu hihetetlen lassúsággal nyílt ki. A Nap már kezdett elsötétedni, ahogy nyugati irányból a város felé közelített a vihar. Ahogy kikanyarodtam, láttam Olive-ot is kijönni a házból. Intettünk egymásnak.

Irány a víztározó! Akinél csak redőny volt az ablakon, mind leengedte. Sokan jöttek velem szembe a városból, a hír hallatán otthagyták munkahelyüket. Senki nem ment a belváros irányába, csak én. Néhány autós villantott és rám dudált, nyilván őrültnek néztek, amiért elmegyek otthonról ilyen időben. A sziréna folyamatosan szólt, nem tudta elnyomni a motor és a rádió zaját. A hírekben folyamatosan mondták, hogy mindenki maradjon zárt térben, ne maradjanak a szabadban.

– Nesze semmi, fogd meg jól! – nyilvánítottam ki hangosan véleményemet az imént elhangzott tanácsra. A szirénák hangja összemosódott, ugyanis a víztározó külön jelzőrendszerrel volt ellátva. A homok, amit a vihar hordozott magában, még nem ért ide, de a szél már felkavarta az út porát, amitől jócskán lecsökkent a látótávolság. Felkapcsoltam a fényszórómat és ráfeküdtem a dudára. Lassan gurultam be a tározó nyitott kerítésén, remélve, hogy Stacy tényleg itt van, és nem a víztükör túlsó felén. Hirtelen egy alak jelent meg az autóm mellett. Lehúztam az ablakot, de mikor közelebb ért, csalódottan vettem észre, hogy nem az, akiért jöttem. Egy idősebb férfi állt az autó mellett láthatósági mellényben, a víztározót üzemeltető cég egyenruhájában.

– Megőrült, ember? Mit keres itt? – kiáltotta oda a szélben.

– Nem látott erre egy lányt kocogni? – feleltem neki, kikapcsolva közben a rádiót.

– Stacyre gondol? – Ezek szerint gyakori vendége a tározónak. – Keleti irányba láttam futni, mikor kiadták a riasztást – mutatott kezével a homokködbe. – Elindult vissza, de a por miatt szem elől tévesztettem.

– Rendben van. Köszönöm, öregem! – Ő bólintott. – Nem száll be? Elvinném magát is.

– Figyelnem kell a gátra. Megleszek, ne aggódjon. Maga csak szedje össze a lányt! – Még egyszer megköszöntem az útbaigazítást, majd elkanyarodtam balra, keleti irányba. Tovább nyomtam a dudát, az utat hol láttam, hol nem. Vastag betonszegély választott el a tározó peremétől, legalább attól nem kellett tartanom, hogy belecsúszok a vízbe. A szegélyt figyeltem, mikor egy kéz csapódott a kocsi motorháztetőjére. Ijedtemben beletapostam a fékbe. Stacy egyből beszállt az autóba.

– Jaj, de jó, hogy erre jött! Attól féltem, hogy itt ragad... – Ekkor huppant le az ülésbe, és nézett rám. – JÓ ÉG, DAN! – Szinte kiabált, és rögtön a nyakamba ugrott. Miután leszállt rólam, rögtön megfordultam. Visszafelé már kicsit gyorsabban haladtam. – De hogy...? – Látszólag összezavarodott, hogy engem lát. – Mikor megszólalt a sziréna, Julie rögtön felhívott. Mondta, hogy kijöttél futni. De megszakadt a vonal, gondolom, a vihar miatt. Nem tudjuk, honnan telefonált, de Olive átment hozzátok. Ha minden jól megy, nálunk találkozunk.

– Dan... én... nem is tudom, hogy mit mondjak. – Folyamatosan engem figyelt, rá sem nézett a kint tomboló őrületre. Épp kanyarodtam ki a tározótól. A férfi ott állt a kapuban, készült becsukni a kerítést. Látta, hogy megtaláltam, akiért jöttem. Intett, mi visszaintettünk neki. – Köszönöm! – Megszorította a kezem.

– Ugyan már, Stacy. Ezért vannak a barátok. Gátőr barátunknak is köszönd meg, ő igazított útba engem.

– Igazán? – nézett hátra. – Joe rendes pasas. Gyakran futok a víztározónál, szóval ismerjük egymást már egy ideje. Mindig szokott mesélni valamit a munkájáról. – Úgy tűnt, kicsit elkalandozott.

A forgalom jócskán megcsappant hazafelé. Ideért a vihar. A homok áthatolhatatlan falat képezett körülöttünk. Stacy egy hangot sem adott, félelemmel teli arccal nézett ki az ablakon. Az úton időközben homokbuckák kezdtek megjelenni, melyek néha megdobták a gyorsan haladó autót.

A beépített számítógép kijelzője hol elmosódott, hol teljesen elsötétült. A vihar megteszi hatását a kütyükre, főleg a szabadban. Egy hatalmas robajra lettünk figyelmesek szinte a fejünk fölött. Dörgés, aminek a villámját nem láttuk. Mindketten összerezzedültünk a hirtelen hangtól. Jobban nyomtam a gázt, ideje volt már, hogy hazaérjünk.

Megjelentek a környékünk első házai. Ez némi megnyugvással töltött el, amit útitársamról látszólag nem mondhattam el. A legfurcsább azonban még ezután következett. Befordultunk az utcánkba, ekkor belenéztem a visszapillantó tükörbe, és egy alakot láttam az autó mögött állni az úton. Ez képtelenségnek tűnt, lévén az imént haladtam el ott az autóval. Jobban figyeltem a tükörbe, de ahogy távolodtam, az alak eltűnt a homokfalban. Megráztam a fejemet - bizonyára csak a képzeletem játszott velem.

- Küldetés teljesítve! - jelentettem ki fölényesen, mikor megnyomtam a kapunyitó gombot. Abban a pár percben, míg beálltam a garázsba, egy homokozónyi adagot hordott be a szél. Annyi baj legyen. A küldetés sikerét az egymás nyakába ugró párok koronázták meg. Nekem, mint a megválasztott „nap hősének", kettő is járt. Julie alig győzte a könnyeit letörölni az arcáról. Titkon felkészültem erre a jelenetre. Legalábbis bíztam benne, hogy Olive otthon éri Julie-t.

A ház, az utca, de talán az egész város ostrom alatt állt. Mikor azt hittük, hogy pár óra alatt elvonul a vihar, nem is tévedhettünk volna nagyobbat. A tombolás egész éjszaka tartott. Az áram persze pillanatok alatt elment. Öröm az ürömben, hogy a levegő ezúttal lehűlt annyira, hogy nem főttünk meg elevenen az áram nélküli házban. Amíg volt mobilinternet, annyit megtudtunk, hogy a kormányzó szükségállapotot hirdetett. Amint elvonul a vihar, a Nemzeti Gárda kivonul.

Újra Jacksonville-ben voltam, annyi különbséggel, hogy most víz helyett homokkal kellett megküzdenie a lakosságnak és a hadseregnek. Víz, eső ugyanis egy csepp sem esett. A villámok úgy cikáztak, hogy átvilágítottak a redőny rései között. A szél pedig, nos, a házunk kibírta, hála annak, hogy újépítésű volt. Az utcánkban nem mindenki volt ilyen szerencsés - sokakat ért kár e napon. Valakit nem csak anyagi.

Arról szó sem lehetett, hogy hazaengedjük Stacyt és Julie-t ilyen időben, még ha mindössze néhány házzal odébb laktak is tőlünk. Megágyaztunk nekik a vendégszobánkban - amit ekkor neveztünk ki vendégszobává, lévén csak egy szoba volt néhány régi bútorral, köztük egy ággyal, aminek most hasznát tudtuk venni. A mennydörgésekhez, amiket mi robbanásoknak éltünk meg, illetve a süvítő szélhez egy idő után hozzászoktunk, ezért az este egyfajta romantikus hangulatot vett fel a néhány gyertya és zseblámpa fényével. Mint az eljövendő apokalipszis krónikásai, kibontottunk két üveg bort. Az időzítés talán nem is lehetett volna jobb. Az alkohol ugyanis - a városi mítoszokat megerősítve - kitűnő feszültségoldónak bizonyult. Amire - lássuk be - nagy szükségünk volt, még nekem is.

Miután egy kint felejtett kerti szerszám harmadszor vágódott neki a földszinti redőnynek, kénytelen voltam kimenni. Pár pohár bor után ez gyerekjátéknak tűnt, ám csupán addig, míg ki nem léptem az ajtón. Az alkohol indukálta bátorságot a fejem összes nyílásába beáramló homok egy csapásra szétfoszlatta. A szél feldöntött, így négykézláb kerestem meg a zaj forrását, amit gondosan eltettem. Szintén négykézláb másztam vissza az ajtóig, hogy aztán homályos látásommal vezessenek el egy mosdóig. A redőny mögött iszogatva az égvilágon senki nem gondolná, hogy milyen elemek tombolnak a falon túl. Egyszeriben hiányozni kezdett New York. Aztán eszembe jutottak a hóviharok, mikor be szokott állni az egész város. Az időjárás elől sehol nem bújhatunk el.

Lefekvéshez készültünk. A kinti túrám józanító hatása miatt rossz érzés lett rajtam úrrá. A fenti ablakon, amin a megelevenedő horizontot néztük délután, elfelejtettük lehúzni a redőnyt. Most megint ott álltam, kezemben a zsinórral, készültem leengedni, de a látvány felkavart, akár a szél a homokot. A sötétség, amelyet a villámok fénye borít be, mint sok apró atomvillanás. A kavargó homok, amely nekicsapódik az ablak üvegének és tehetetlenül sodródik tovább a szélben céltalanul, míg valahol meg nem akad.

Egy hurrikánt átvészeltem sokadmagammal együtt, de ez most más volt. Olvastam homokviharokról, amelyek végigsöpörtek több megyén, de olyanról még nem hallottam, ami így kitartott volna. Se sziréna, se kutyaugatás, csupán a vihar zaja.

Stacy lépett oda mellém, szinte neszteleníl. Később lettem rá figyelmes, hogy melltartóban és bugyiban van. Őt nem vádolhatja meg senki azzal, hogy szégyellős, engem pedig azzal nem, hogy prűd lennék.

- A természet megmutatja foga fehérjét - jelentette ki közömbösen.

- Mi lakozhat a bestia gyomrában? - válaszoltam. Ő is csak bámulta a vihart, mintha megbabonázott volna minket. Leengedtem a redőnyt, ezzel visszatértünk a valóságba. Nem sokat aludt egyikünk sem. Hajnalban elvonult a fergeteg, de addig szerintem mindannyian a plafont bámultuk, várva, hogy elrepüljön a fejünk fölül.

Fogalmam sem volt, mennyi idő lehetett, mikor felébredtem. Mindhárom hölgy aludt még, de én lebotorkáltam a földszintre. A nappaliban felhúztam a redőnyöket, sütött a nap. Nem tudom, mit is vártam valójában... Talán hogy sötétség lesz, és áthatolhatatlan homokköd lepi be az utcát. Helyette minden ház nyugati oldalán kisebb homokkupacok feküdtek, ahogy a szél összehordta őket. Ezen kívül a járdán és az aszfalton szintén homoktócsákat láttam.

A növényeket is megviselte az ítéletidő. Egy-két ház tetejére is ráfért a tatarozás. Kerestem egy órát, hogy megtudjam, mennyi az idő: 5:18. Nagyon korán volt, aludt az egész utca. Érthetetlen, hogy én ilyen korán felébredtem. Kiléptem a bejárati ajtón, ahol egy szag csapta meg az orromat. A verandán álltam, mikor egy ismerős arc közelített felém.

– Na, fiam, túlélték az éjszakát?

– Sikeresen, seriff – emeltem meg képzeletbeli kalapom tisztelgés gyanánt Mr. Curtis előtt. – És maga rendben van? – érdeklődtem felőle.

– Van egy törött ablakom, meg némi homok a konyhában, de semmi komoly. – Végignézett rajtam, ahogy alsónadrágban és egy trikóban álltam előtte. – Ki keltette fel ilyen késő reggel? – Körbenéztem, de tényleg nem volt senki más az utcában.

– Magam is meglepődtem ezen, de mit lehet tenni? – tártam szét a kezem.

– Na, kapjon magára valamit, aztán jöjjön velem. Teszünk egy kört. – Valóban elkélt egy rendes ruházat, mert a közel ötven fokos hőség után ez a tizenvalahány szinte fagynak érződött. Behívtam Mr. Curtist a házba, kínáltam, de nem fogadott el semmit. Felmentem az emeletre felöltözni, ahol továbbra is aludt mindenki. Mikor leértem, Mr. Curtis zsebre tett kézzel Stacy és Julie cipőjére bökött. Fogalmam sincs, hogyan szúrta ki, elkönyveltem a zsaruösztöneinek.

- Otthon túl magányos volt a két kislány? - Először nem is értettem, mire gondol, hisz' nem mondtam neki, hogy itt vannak.
- Szeretne mondani valamit? - Kérdésére nem voltam hajlandó elmesélni neki a történteket, mert csak olajat öntöttem volna a gúnytüzére.
- Dehogy, Isten ments! - Kinyitotta az ajtót, ekkor megint megcsapta az orromat az a szag.
- Maga is érzi? - csuktam be magam mögött az ajtót.
- Ühüm - jobban beleszimatolt a levegőbe, mint egy vadászkopó. - Épp ezért megyünk egy kört. Szerintem hozza a gépét!
- Komolyan beszél? Maga szerint megint...
- Pontosan.

Visszamentem a fényképezőgépemért. Bár ne lett volna rá szükségem! Útközben csináltam pár képet a vihar pusztításáról, bár engem ez nem érdekelt. A szag egyre csak erősödött, ahogy haladtunk előre, északi irányba. Tudtuk, hogy valami várni fog ránk. Mikor befordultunk egy utcasarkon, ott is volt, amit kerestünk. Az émelyítő bűz ereje két lépéssel hátrébb kényszerített bennünket.

A test egy lámpaoszlopon csüngött mezítelenül. Hasából lógtak a zsigerei, akár korábban a kutyáknál. Közelebb léptünk, hogy jobban szemügyre vegyük. Az összes belső szerve vagy kilógott a testéből, vagy a földön hevert, a máját kivéve. A legbrutálisabb az egészben a módszer volt, ahogyan felakasztották, ugyanis gyilkosa a saját belét tekerte a nyaka köré, úgy lógatta fel a búrára. A szemei nyitva voltak és teljesen bevéreztek. A nyelve kilógott a szájából, mint akit megfojtottak. És természetesen a fekete anyag, amely a belső szervein telepedett meg, akár a parazita. A földön egy tócsában szintén ott volt, úgy, ahogy a lámpaoszlopon is, de teljesen elkülönült a homoktól. Nem kedveltem Ed Johnsont, de ezt nem érdemelte meg. Ezt senki nem érdemelte volna meg.

- Ide figyeljen, Dan! - Abba nem hagytam volna a fényképezést. Mintha ezzel fel tudnám őt támasztani. - FIGYELJEN RÁM! - Ez kizökkentett. - Helyes. Most hazamegy, lementi a képeket, amilyen gyorsan csak tudja. A fényképezőgépet elrakja valahova. A dossziék, amiket adtam, el vannak zárva?

– I-i-igen – dadogtam.

– Jó, akkor tegye azt, amit mondtam. Utána ébressze fel a nejét, ha még aludna. Mondja el neki, mi történt. Utána kérje meg, hogy ébressze fel a vendégeket, de ezt egyikőjük sem láthatja, érti? Ez nagyon fontos. Nem jöhetnek ide! – Ezt szinte tagolva mondta. – Maga viszont, amint végzett, iderohan. Nem kocog, hanem rohan!

– Megértettem – mondtam, és bólintottam hozzá megerősítésként.

– Helyes, akkor menjen! – mutatott a házunk irányába.

Fehér furgon ide, lövöldöző katonaság oda, ezt már képtelenségnek tűnt eltitkolni a világ elől. Ők azért tettek egy próbát, mikor karantén alá helyezték az utcát. Igaz, eltartott nekik legalább félóráig, amíg észbe kaptak. Addigra ideért a rendőrség, és néhány újságíró, riporter is látni akarta a horrort. A hatóságok lezárták az oda vezető utat, így a pórul járt sajtómunkatársak a sárga szalagon kívül háborogtak.

Elizabeth-hez Mr. Curtis ment be még a rendőrök megérkezése előtt, közölni vele a történteket. A lányoknak Olive mondta el, miközben gondosan hazakísérte őket és meghagyta nekik, hogy ne jöjjenek ki az utcára. Olive hazajött, ő se jött ki a házból. Akit tudtam az utcában, figyelmeztettem: a gyerekeket véletlenül se engedjék még ablak közelébe se. Az emberek persze kíváncsiak voltak, a „hiszem, ha látom" ösztönt nem lehetett elnyomni olyan figyelmeztetéssel, hogy *el fogod hányni magad*. Sikítások, zokogások, és nyilvánvalóan öklendezések – jobb esetben. Ezen kívül más hangot nem lehetett hallani az utcában. A rendőrök tétlensége szinte már idegtépő volt. Amire korábban nem volt precedens, azzal nem tudtak mit kezdeni. Hiába, egyik lecke sem írt a tananyagban olyat, hogy „ha az áldozatot saját belével akasztották fel egy póznára, ezt és ezt csináld." Mr. Curtis kijött Liztől. Nem kérdeztem meg tőle, hogy van, felesleges volt. Előbb-utóbb mind szembe kerülünk a veszteség okozta fájdalommal.

– Itt mi a helyzet? – suttogta Mr. Curtis a nyomrögzítési tevékenységre utalva.

- Figyeljen és tanuljon! - Rám nézett dühösen, mintha szándékosan szórakoznék vele. Én csak bólogattam neki, mikor elkezdte tekintetével követni őket. A száját is eltátotta az előtte lezajló jeleneten.

- Mi a büdös rossebet akar csinálni azzal a létrával, fiam? LEVÁGNI? Megőrült!? És mit gondol, mi fog utána történni? - Rám nézett, és normál beszédhangon folytatta. - Ezt nem hiszem el. Le akarta vágni szerencsétlent a póznáról. - Megjelent a rangidős tiszt. - Azt a hétszázát a töketlen holtkóros bandátoknak! - Ilyen dühösnek még sosem láttam. Hatalmas léptekkel odarohant a főnökük elé, és lehordta őt is. A tisztet láthatóan nem érdekelte a tekintélye, ugyanis meghunyászkodott Mr. Curtis előtt. Már-már azt vártam, hogy szalutálni fog szomszédomnak, de ez elmaradt. Trappolt vissza hozzám. - Megáll az eszem. Talán most hívnak egy darus kocsit. Addigra megjön a halottkém is, már ha hívtak egyáltalán.

Nem volt szükség se darus kocsira, se halottkémre. Kormányautók gördültek be az utcába, melyekből férfiak és nők szálltak ki hivatali öltözetben. Hazmatos furgon, ami akár jöhetett a katonai támaszpontról is, mivel a vegyvédelmi felszerelésük passzolt a képeken látottakéhoz.

A bámészkodók közül két ember nem lepődött meg ezen. Mr. Curtis és jómagam. A rendőrök szedhették sátorfájukat, úgy, ahogy a lakók is. Mindenkit hazaküldtek, és további tájékoztatásig kijárási tilalmat vezettek be. A sajtó persze felkapta a dolgot. Karantén egy kertvárosi utcában? Bomba sztori, gondolhatták ők. Azonban a hadsereg - mivel ők vonultak ki valójában - elintézte annyival, hogy „nincs itt semmi látnivaló, ez gyakran megesik". A számtalan inger között, ami éri az embereket a mindennapos információáradatban, könnyen eltörpülhet egy ilyen apró esemény, amely csupán néhány ember életét befolyásolja. Az utcánkban egyetlen híresség, politikus, celeb sem élt, így nincs olyan, aki országos hírré dagasztaná a történteket. Ez mind kapóra jött nekik.

A karantén már bő egy órája tartott. Nem volt értelme az ablakon át bámulni az utcát, ahogy azt szinte mindenki tette, mert gondosan figyeltek a látszatra.

A rövid éjszaka hatása egy pillanat alatt ledöntött a lábamról. Elterültem a nappaliban, és mintha minden a legnagyobb rendben volna, elaludtam. Közben fel-felébredtem, láttam Olive-ot, ahogy keres valamit a könyvek között. Nem értettem, ő hogyan képes ébren maradni, nem alhatott sokkal többet nálam. Távolról a nevemet hallottam, majd dobogást szinte a fejem mellett. Lejött az emeletről és felkeltett.

– Gyere fel egy kicsit! – Túl álmos voltam ahhoz, hogy megállapítsam a hangjáról, miért is hívhat fel. Nyöszörögtem és az indulás halvány jeleit mutathattam csak, mikor újra rám szólt. – Igyekezz! – Elindultam hát egy csiga tempójával. Mire felértem, eltűnt a szemem elől.

– Merre menjek? – Nem volt kedvem a bújócskához.

– Ide! – jött a hang a hálószobánkból. Az ablak előtt állt, és a sivatagot bámulta. – Nézd ezt meg! – bökött rá az ablakra.

A sivatag, ahol állatokat is szinte alig látunk az ablakunkból, most megelevenedett. Valami történhetett a vihar során, mert a hadsereg sivatagi terepruhás katonái, akár a hangyák nyüzsögtek a házunktól nem messze. – Tudod, mi van ott? – nézett rám olyan tekintettel, mintha csak azt kérdezte volna, hogy milyen nap van ma. Megcsóváltam a fejem, fogalmam sem volt. – Igazán? Pedig tegnap mi is ott voltunk. – Ettől szinte beleolvadtam a hálószobánk fehér tisztaságába, úgy elsápadtam. Rohantam a fényképezőgépemért, távcső híján megfelelt a teleobjektív is. Látni akartam, mi maradt a tűz után, ami most felkeltette az érdeklődésüket.

Bementem a dolgozószobánkba, de nem találtam a gépet. Bámultam az asztalomat azon töprengve, hogy hova tehettem le. Lementem a földszintre, de sem a konyhában, sem a nappaliban nem találtam. Újra felmentem, ekkor kattogást hallottam – a fényképezőgép zárhangját. Olive fényképezett vele. Megálltam az ajtóban és értelenül néztem rá. Hogyan került a gép hozzá? Ismét olvasott a gondolataimban, mert ezt felelte: – Mi az? Itt volt az asztalon. Nem értem, miért rohantál el – majd folytatta a fotózást.

Úgy éreztem, kezd az agyamra menni ez a nap. Megkapaszkodtam az ajtókeretben, annyira elszédültem. A zárhang mintha a fejemben kattant volna százszoros hangerővel, ami aztán egyszersmind fegyverropogássá változott. Üvegcsörömpölés és vér, Olive vére a falon és az ágyon. - Jól vagy, édesem? - hagyta abba a fényképezést. Abbamaradt a fegyverropogás.

— Persze. — Nem voltam jól. — Én csak... — Nem vagyok jól. — Nem érdekes. — Talán elmúlik. — Mit látsz a képeken? — indultam oda hozzá, minden lépésemet gondosan megtervezve. Féltem, hogy rálépek egy üvegdarabra, netán megcsúszom a vérben és hanyatt vágódok. Felém fordította a kamerát. — Mi az? Az egy...? — Képtelenségnek tartottam.

— Szerintem is, igen. Egy hasadék. Bár elképzelésem sincs, hogyan keletkezhetett ott.

— Én tudom. — Mezítelen talpammal beleléptem az üvegbe, a hirtelen jött fájdalomtól lerogytam az ágyra. A csillogó szilánkokat egyszeriben kezdte átitatni a lábamból szivárgó vér. Összekeveredett Livi vérével, akár a tengerbe zúduló folyó.

— Mi okoztuk. — Mindkettőnk vére kezdett megvadni.

— Az a fekete váladék. — Negyvenhat éve nem a vízfolyás, de még csak nem is a szellő mozdított el pár követ a hasadék elől, amibe aztán a fiú beleesett. Ez a valami hozta létre, akárcsak itt. De miért? Feltettem a lábamat a másik térdemre, hogy kivegyem talpamból az üvegszilánkot.

— Hogy érted? Az csinálta mindezt? — mutatott az ablakon túlra, ki a pusztaságba. Kerestem a talpamon a sebet, de nem volt ott semmi, pedig éreztem a fájdalmat, a nedvességet a talpamon.

— Dan! Olyan furcsán viselkedsz. Tényleg minden rendben van? — Leült mellém az ágyra és megfogta a kezem. Ahogy ránéztem az arcára, a háttér mintha ezermérföldnyire lett volna, úgy elhomályosodott mögötte minden. Hideg kezeinek tapintása, akár egy halott érintése.

Itt maradtam e világban, hol rothadó testek bűze terjeng a házak között. Mindenki áldozatul esett a tébolynak. A kezdetben baráti üdvözlések, könnyed csevejek és rosszalló tekintetek uralta környéket meghódították a sikolyok, melyek elnyomták a hangtalan kutyák ugatását. A félelem és a rémálom üvöltése elhallatszott a néma sivatag minden zugába. A hangok felkavarták a forró sivatagi homokot, viharrá kovácsolva azt. A rettegés tovább fokozódott.

Azt hittük, hogy a házak falai biztonságot nyújtanak számunkra, de ennél nagyobbat nem is tévedhettünk volna. A tomboló homokszemek között ott volt a halál és figyelt minket. Nem tudhatták, honnan fog jönni, könnyen elragadhatta áldozatait. A testek élettelenül hevertek otthonaikban. Nincs, ki eltemesse őket, nincs, ki emlékezzen rájuk. A természet sem gondoskodhat a holtakról: a sötét massza munkához látott és bevégezte, amit a halál félbehagyott. A vihar elmúltával nem maradt semmi, ami élet. Csupán a csend maradt nekem, mely társam lesz magányomban.

Most élettelen kezei eleresztik az enyéimet, melyeket első csókunk óta fogott. A nedves vértől kicsúszott, hiába próbáltam megtartani. Az arc egyre távolodik, halad a homályos messzeség felé. A fájdalom egyre erősödik a lábamban, pulzál, és kihat az egész testemre. Nem haltam meg, erre bizonyíték a mindenemet átjáró fájdalom. Amíg érzem a kínt, tudom, hogy képes vagyok lélegezni. Ezt ők is látják odakint a sivatagban. Mozdulatlanul figyelnek és várják, mikor hagyom abba. Akkor ők eltakaríthatják, amit magunk mögött hagytunk. Meg nem történté teszik az egészet, anélkül, hogy a világ tudomást szerzett volna lelkünk szenvedéseiről. Jelentés leszünk csupán egy elzárt fiókban, melyet mindenki elfelejtett. Otthonainkat, hol testünk elmállott, a sivatag fogja átvenni. Sírjainkat szúrós kaktuszok fogják díszíteni. Mennem kell hát, ne várassam őket soká. Hadd végezzék be feladatukat.

Szememből egy könnycsepp tör elő. Ebben ott van minden közös emlékünk, szerelmem. Próbálom elkapni kezemmel, megőrizve magamnak, de hiába. Lehullik a földre, melyet homoktakaró fed, beszívva magába mindent és mindenkit. Nem maradt hát semmi, mi hozzád kötne többé.

– Ez a nap... – szólaltam meg végül. Kis szünetet tartottam. – ... úgy érzem, sok volt. De te nagyon jól viseled, életem – fogtam meg az arcát.

– Olyan sötét volt a tekinteted. Megijesztettél – fogta meg a másik kezemet is. – Mi járt a fejedben?

- Nem hiszem, hogy akarod tudni. - Féltem, hogy őrültnek nézne.
- De igenis akarom tudni. - A makacs Olive. - Ezért vagyunk itt egymásnak, hogy levegyük a másikról a terhet, elfelejtetted? - Nagy volt rajtam ma a nyomás, és ez csapódhatott le az imént. - Tényleg nem akartam elmondani neki, mit éreztem. Észre sem vettem, hogy újra tördelem a kezeimet. Mindig ezt csinálom, mikor ideges vagyok. Újra rátette a kezeit. Ez mindig egy jel volt kettőnk között. A bizalom jele. - Ed halála... Livi, annyira szörnyű volt az a látvány - pottyant rá az első könnycseppem a kezére. - Én szóltam mindenkinek, hogy ne jöjjenek ki, de ők kijöttek! - Egyre csak potyogtak a könnyeim. - A sikítás, meg a hányás bűze... - Az orrom is nekiállt csöpögni. - Ez bármelyikünkkel megtörténhet, és nem tudunk ellene semmit se tenni! - Zihálva borultam rá Olive-ra, aki átölelt. Így voltunk néhány percig, amíg megnyugodtam. Mindkét kezével megfogta az arcomat és felemelte a fejem. Homlokát nekiszorította az enyémnek.

- Mikor olvastam az első leveled, amit „A pokol krónikásai" főszerkesztőjének küldtél, nem értettem, hogy miért reagáltál ilyen hevesen a festményemre. Mindenki más jónak találta a könyvhöz, te voltál az egyetlen, aki nemtetszését fejezte ki. Ezért is hívtalak át, hogy megértsem az álláspontodat, és megmagyarázzam az enyémet. Helyette egy teljesen más dolog történt, amire a legkevésbé sem számítottam. A vitánk közben beléd szerettem, Daniel. - Elvette a homlokát és a szemembe nézett. - Rájöttem, hogy azért nem értetted meg a képemet, mert kimagasló, ahogy másokat féltesz. Legyen az egy áldozat valamelyik képeden, vagy egy kollégád, akit bírálat ér egy képe miatt. Ha valakit sérelem ér, őt te minden áron meg akarod óvni. Ezért is mentél a Közel-Keletre fényképezni. A bombákat nem tudod puszta kézzel megállítani, de mégis találtál rá módot, hogy felhívd a figyelmet a bombázások okozta pusztításra. Dan, te nem ettől a valamitől félsz, hanem attól, hogy cserbenhagysz. - Mély levegőt vett. - Most nagyon figyelj rám! Az elnöki bunkerben sem érezném magam nagyobb biztonságban, mint akárhol veled. Biztos vagyok benne, hogy évek múlva úgy fogunk ezekre a napokra emlékezni, mint a háborúra, amit együtt nyertünk meg. Történjék bármi, te és én győzni fogunk e káosz felett, érted?

Hevesen bólogattam.

Ez a beszélgetés úgy mosta el minden fájdalmamat, mint a keresztvíz a bűnöket. Nem akartam megszólalni, mert tudtam, csak lerombolnám habogásommal szavai varázsát. Az ablaküveg épen feküdt tokjában, a vérnek már nyoma sem volt a szobánkban.

– Gyere, együnk valamit! – mosolygott rám, majd kézen fogva vezetett le a konyhába. Gondosan elhúzta a függönyöket, hogy ne láthassuk a kinti tébolyt. Ugyanezt tette a nappaliban is. Ismét a nyugalom szigete alakult ki a tomboló vihar közepén.

Vacsora közben alig szólaltunk meg. A látványt kint tartották a függönyök, de a hangok így is bejöttek. A vihar pereme elérte a szigetünket. Olive elmerengett valamin.

– Min tűnődsz, bogaram? – kérdeztem rá.

– Azon töprengtem, hogy jövő héten elmehetnénk kikapcsolódni kicsit a városba. Csak mi ketten.

Méltányoltam az ötletét.

– Konkrétan?

– Hát, valami vacsorára gondoltam, utána meg bulizhatnánk. – Egy rég nem látott ismerős tért vissza közénk: a Vad Olive. Érkezését egy kacsintással erősítette meg felém.

Vacsoránk végzetével segítettem elpakolni. A hangulatunkat jól illusztrálta, hogy mosogatásunk valóságos ovis vízi csatává változott. Ezt segítette az időközben bekapcsolt tomboló zene is. Feladatunk végeztével nekiállhattunk a konyhát is feltörölni, persze ez sem ment egykönnyen.

VII. fejezet

Az utca első lakói

A hangulatunkat a késő este elvonuló hadsereg törte meg, mikor hangosbemondókkal bejelentették, hogy feloldották a karantént. Stacy hívott telefonon, hálásak voltak mindketten a tegnapiért, a szállásért és megköszönték, hogy nem engedtük őket a helyszín közelébe. Tudták, mi történt, nem volt szükség vizuális illusztrációra. Mr. Curtis is felkeresett, elmondta, hogy annyit mondott neki Mrs. Johnson, hogy a férje éjszaka kiment valamiért, de már nem emlékezett, hogy miért. Ébren volt, mikor kiment, de visszaaludt és fel sem ébredt reggelig. Lehet, hogy így volt a legjobb, hogy nem ment utána. Éreztem, hogy közeledik egy beszélgetés, amit nem kívántam. Valakinek szembesítenie kell Tomot az eseményekkel. Egyértelmű, hogy a feleségének is ugyanaz okozta a sérüléseit, ami most Ed életét követelte.

A katonák végigmasíroztak az úton, közölni velünk, hogy már kijöhetünk, „elmúlt a veszély". Az ablakból figyeltem Edwardsot. Láttam, ahogy kinéz egy pillanatra. Fények nem égtek nála, az ember azt hihette, hogy otthon sincs. Ám ő mégis ott volt, akár tudhatja is, mi folyik itt, mégsem figyelmeztetett bennünket. Valakinek tennie kell valamit, nem várhatjuk meg, amíg egyesével elhullik az egész szomszédság. Nem véd meg bennünket senki, csak magunkra számíthatunk.

– Hova mész, szívem? – jött egy távoli hang mögülem. Kinyitottam az ajtót és rohantam át az úttesten, egyenesen titokzatos szomszédom házához.

– EDWARDS! – ütöttem ököllel az ajtaját.

– Gyere vissza, Dan! – Újra egy távoli hang, melyet alig hallottam. Mondott még valamit, de azt már nem értettem.

– Nyisd ki az ajtót, Edwards! – Ahogy megpillantottam, hogy nyílik az ajtó, nyomban rálöktem Tomra, aki ettől hátrazuhant. Beléptem, és becsuktam magam mögött a bejárati ajtót.
– Megőrült, Daniel? – sziszegte a földön fekvő szomszéd. Megragadtam, és a nappaliba hurcoltam. – Eresszen el, maga féleszű! – Minden hiába, válaszokat akartam. Meguntam az örökös fényképezést, hogy titokban dokumentáljak mindent, attól rettegve, hogy elvisznek engem, vagy valami történik Livivel. A hatóságok látszólag tehetetlenek, vagy csak kísérleteznek rajtunk. Tom Edwards lehet a kulcs ehhez az átkozott rejtélyhez.

Az igazamat a következő jelenet erősítette meg. Miközben próbáltam leszorítani a foteljében, megragadott, és egy pillanat alatt a földre rántott. Egy ilyen mozdulatsor nem passzolt a kertvárosi ingatlanügynök szerepéhez.

– Mi az, fiam? Csak nem lenyomta egy puhány irodista? – Tom ebben a pillanatban eleresztett és felpattant. – Ejnye, Tom. Csak nem készül valahová? – Mr. Curtis állt vele szemben, kezében a kesztyűtartóból való .357-es Colttal. – Na, pattanjon fel, fiam, mert el kell búcsúznunk Mr. Edwardstól.

– Csak nem le akarja lőni? – tápászkodtam fel a földről. Sajgott mindenem, ahogy lerántott a padlóra.

– Ugyan, miket beszél! Nézzen csak körbe! A szomszédunk épp indulni készült. – Két utazóbőrönd, az egyik bezárva, a másik félig bepakolva hevert a földön.

– Nézzék, fogalmuk sincs... – kezdett volna bele egy monológba, ám ex-rendőr társam látszólag nem ma kezdte.

– Ugyan-ugyan, Tom! Semmi szükség a magyarázkodásra. Hisz' ezer éve ismerjük egymást! Ti már rég itt laktatok Henriette-tel, mikor én ideköltöztem. Meleg szívvel üdvözöltetek, emlékszem is a napra. – Drámai visszaemlékezését a jobb kezében ringatózó revolver tette abszurddá. Akár egy jelenet a Broadway egyik színpadán. – Talán ti voltatok az elsők, akik átjöttetek üdvözölni a szomszédságban. – Rám nézett. – És Dan? Hát együtt ittatok sört néhány napja Johnsonék udvarán. Ismered Johnsonékat, ugye? – Közelebb lépett hozzá. – Az egyikőjük egy utcai lámpán lógott néhány órája, a feleségének meg én mondtam el, hogy a férje halott. – Tom meg sem bírt szólalni. – Megértem a barátomat – mutatott felém bal kezével. – Nemrég költözött ide, családot szeretne alapítani, gondolom. És nagyon nem szeretné, ha valamelyik szerette egy kibelezett mókusba, orrszarvúba vagy jegesmedvébe botlana a hátsó kertben, ugye megérted? – mosolygott rá olyan szelíden, ahogyan másra még talán soha.

– Én… én… megértem, de akkor sincs joguk hozzá, hogy rám rúgják az ajtót – próbált ingerült hangot megütni, de Mr. Curtis jelenlététől ez lehetetlen vállalkozásnak tűnt.

– Talán üljünk le mindannyian! – javasolta Mr. Curtis, majd elment becsukni a bejárati ajtót, amelyen néhány perce osont be. Tom leült a kanapéra, Mr. Curtis pedig közvetlen melléje. Látszódott a feszültség Edwardson. – Tom, meg kell értenie a helyzetünket. Tegyük fel, hogy a sok különös dolog után, ami a környéken történt, maga azt látja, hogy Daniel nejét karanténban teszi fel négy Hazmatos alak egy katonai repülőgépre. – Tomból mintha egy pillanat alatt eltűnt volna a megmaradt életerő, olyan fehérré változott.

– Ugyan már, Tom! Csak nem érzi rosszul magát? Hozzak talán egy pohár vizet? – érdeklődtem tőle, de nem kaptam választ.

– Na már most, ha maga ilyet látna, nem tűnne gyanúsnak Daniel? – mutatott rám Mr. Curtis. – Még szép, hogy annak tűnne! Szóval… – megköszörülte a torkát. – Nekem hozhatna egy pohár vizet, fiam. – Engedelmesen kimentem a konyhába vízért. Közben hallgattam a folytatást. – Szóval, ha úgy érzi, hogy el akar mondani nekünk valamit, csak bátran. Egyikünk sem álmos, ugye? – Már jöttem a pohár vízzel. – Köszönöm.

– De nem ám, épp kávét ittam, mikor elindultam otthonról.

– Látja! – Nagyot kortyolt a pohár vízből. – Hosszú még az este.

Olive aggódva kopogott be az ajtón. Természetesen ő szólt Mr. Curtisnek, hogy jöjjön át, szerencsémre. Tom nemhiába tudott olyan könnyen leteríteni. Munkáltatójától, a hadseregtől kellő kiképzést kapott. Megnyugtattam Livit, hogy – enyhe túlzással – minden a legnagyobb rendben van. Látszott rajta, hogy dühös rám, de egyszerűen már nem bírtam tovább. Az a sanda tekintet, amit az ablakból láttam – a nyakamat tettem volna rá, hogy többet tud, mint bármelyikünk az utcában. Tom Edwards, akinek nem ez az igazi neve, és nem is házas. „Neje", akit láttunk a karanténban, valójában a munkatársa. Elmondtunk Tomnak mindent, amit eddig tudtunk. Ő némán, bólogatva végighallgatta, majd Mr. Curtis erős érveinek hála megosztott velünk nem kevés részletet.

– A részlegemtől azt a feladatot kaptuk, hogy kövessük *Jurijt*.

– Jurijt? – Szokatlan névválasztásnak tartottam.

– Pontosan. Így nevezték el a hatvanas években ezt a jelenséget, később megérti, miért. Az ügyet a Pentagon egy pöcegödör osztályára bízták. Ez amolyan süllyesztő a megmagyarázhatatlan jelenségekre, az esetek nagy részében eredménytelen a nyomozások kimenetele. Nagyjából a városi legendák kétharmadán dolgoznunk kell. Ufók, Nagyláb, bármi, ami nem földhözragadt, hozzánk kerül. Vannak azonban olyan esetek, amelyek a nyilvánosság előtt történnek. A feladatunk ilyenkor az, hogy a bizonyítékokat minél előbb eltüntessük, és a sajtót „visszafogjuk". Ez amúgy könnyen megy, hála egy elnöki rendeletnek. Ha valamelyik sajtóorgánum pert indít, ahogy azt próbálta nemrég az Arisonian Desert Times is, egy különleges bíróhoz kerül az ügy, amely rendre elutasítja az ilyen kérelmet. Amin mi dolgozunk, arról nem lehet írni vagy riportot készíteni.

– És erre még büszke is? Mi lett a sajtószabadsággal? – Éreztem a keserű ízt a számban.

– Ugyan, Daniel, ezt maga sem gondolhatja komolyan! – fanyalodott el a kérdésemtől. – Nézzen csak körbe! Maguk ketten nem estek pánikba, nem hányták el magukat, nem bőgtek, nem sikítottak. De ez elmondható a többiekről is? – Olyan szívesen megütöttem volna. – Láttam, ahogy járja a házakat, szólni az embereknek, hogy ne jöjjenek ki. Ők mégis kimentek, hogy aztán agonizáljanak a látványtól. Maga szerint mi lenne, ha ezt mindenki láthatná? Ha lehozná a lapja, hogy valami szörnyű történik, de képtelenség megállítani. Hova vezetne mindez?

– Mielőtt a barátom tettlegességhez folyamodna a maga álláspontja miatt, inkább térjünk vissza „Jurijhoz", rendben? – Mr. Curtis időben szólt közbe.

- Texasban kezdődött. Egy kisvárostól nem messze egy farmer a jószágait döglötten találta meg a búzamezőben. Több tucat marha pusztult el, egy éjszaka alatt rothadásnak indultak. *Fekete-Jurij* borította mindegyiket. – Úgy látszik, akkoriban az emberek hiányt szenvedtek kreativitásból. – Így került az eset a Pentagonhoz, amely kirendelte a részlegemet. Lángszóróval felperzselték az egész mezőt, a farmert kártalanították. Egy nappal később egy iszonyatos vihar után a helyi gimnázium 15 éves tanulóját, Jessica Spencert holtan találták az iskola alagsorában. Az eljárás nem sokat változott az évtizedek során, hasonlóan zajlott, mint ma. A lány brutális megcsonkítása példátlan volt abban az időben. Szükség volt egy magyarázatra, ha az egész nyomozás halálra is volt ítélve a kezdetektől. A hatvanas években jártunk, a hidegháború csúcspontján, ezért a legkézenfekvőbb magyarázat a komcsi vegyi fegyver teória lett, amit még a zárt szenátusi meghallgatásokon is előszeretettel hallgattak a honatyák. A jelentést gépelő írnok Jurijnak nevezte el az esetet, innen a név. Több haláleset nem történt, de még döglött állatokat sem találtak később. Mindenki abban hitt, hogy ez csupán egy elszigetelt eset volt. Egészen 1971-ig, mikor Új-Mexikóban – aminek maga is tanúja volt – újra feltűnt Jurij.

– A srác rendbejött utána. Azon kívül történt más is, amit elhallgattak előlünk? – tette fel a kérdést gyanakodva Mr. Curtis.

– Nem. Az üregben rengeteg Fekete-Jurijt találtunk. Egy folyékony nitrogénes tartályt helyzetek el ott, majd a nyílás lebetonozása után kiengedték az egészet. Ellenben ezúttal többet is megtudtunk Jurijról, vagyis a környezetre gyakorolt hatásáról. Béta-sugárzást mértek, nagyon gyengét, de még észrevehetőt. A vett mintákat megvizsgálva, állatkísérletek után arra jutottak, hogy a Fekete-Jurij önmagában kevés béta-sugárzást bocsájt ki magából, de ha szerves anyaggal érintkezik, ez a radioaktív sugárzás fokozódik, továbbá az anyag rövid időn belül égési sérüléseket okoz, ahogy azt maga is láthatta a gyermeken. Ha tovább érintkezik a szerves anyaggal, akkor… – fájdalom ült ki az arcára.

– Sajnáljuk, ami a társával történt – mutatott némi jogos empátiát Mr. Curtis. Tom is megtapasztalhatja, mit érezhetnek az áldozatok szerettei. Nem voltak házasok, de látszott rajta, hogy közel álltak egymáshoz. Évekig együtt kellett élniük, a kötődés kialakult.

– A sugárzás. Ezzel próbáltuk nyomon követni. – Nem nézett ránk, a földet bámulta. – Rájöttünk, hogy nem mindig aktív. Volt úgy, hogy évek teltek el aközött, hogy felbukkant volna. Állatok pusztultak el, de emberi áldozat a '71-es eset és a mostani között csupán egyszer volt, még 1992-ben, szintén Új-Mexikóban. Ekkor jöttünk rá, hogy a sugárzás olyan számunkra, mint a nyomkövető: minél aktívabb Jurij, annál erősebb mérési eredményeket kapunk. A sivatag különböző, egymástól távol eső pontjain elpusztult állatokat a sugárzás monitorozásával találtunk meg utólag. Egyszer mértünk kiugró értéket, akkor ember esett áldozatul Jurijnak. Szerencsénkre nem lakott területen történt.

– Szerencséjükre? Így könnyebben el tudták tussolni a dolgot, ugye? – Edwards dühösen nézett rám. – Értem én a maguk érvelését: „áldozzuk fel néhányukat, hogy megmenthessük a többséget". Az áldozatok, akik a jelentéseikben gondolom csak „alanyként" szerepelnek, egy ismeretlen helyre kerülnek, hogy aztán a hadsereg legjobbjai megvizsgálhassák a maradványokat, jól mondom? – ugrottam fel a fotelből ingerülten.

– Az áldozatot a legközelebbi kórházba vitték, ahol ellátásban részesült.

– Hogy? Nem halt meg? – csodálkoztam.

– Ráhibázott, Daniel! – gúnyolódott. – Ő volt az első áldozat, aki túlélte Jurijt. Egy férfi, aki hajléktalan volt, és stoppal próbált eljutni a legközelebbi városba. Az éjszakai sivatagban gyalogolt, mikor megtámadták. Bizsergést érzett a bőrén, majd iszonyatos hőt az egyik lábán. Ekkor eszméletét vesztette, ezért nem láthatta Jurijt. Szerencséjére épp arra haladt el egy kamion, ami elijesztette a férfi támadóját. A sofőr rádudált, ekkor elmondása szerint az árny hirtelen eltűnt. A kamionos felvette és bevitte a kórházba. Az orvosok eltávolították róla Fekete-Jurijt, de a lába annyira szétroncsolódott, hogy amputálni kellett. Még így is olcsón megúszta.

- Lefogadom, hogy az egyik helyi lapban annyi jelent meg az esetről, hogy egy állat megtámadott egy hajléktalant – vetettem oda Tomnak.
- Egész jó érzéke van ehhez, nem akar nekünk dolgozni? – A gúnyolódása savként mart engem. – Olyannyira jól hallgattuk el az incidenst, hogy nem is kérdeztek rá felső körökben a dologra. A hidegháborúnak vége lett, már nem mondhattuk azt a szenátoroknak, képviselőknek, hogy szovjet vegyi fegyverrel van dolgunk. Huszonegy év telt el a két Jurij-támadás között. Azóta a részlegünk gárdája teljesen lecserélődött. Azok, akik egykor ezen dolgoztak, már rég visszavonultak vagy halottak. Korszerűbb eszközökkel rendelkeztünk, mint a hetvenes évek elején, ezért tudtuk a sugárzás helyzetét viszonylag pontosan behatárolni. Újra nyomozni kezdtünk az ügyben. Megpróbáltuk modellezni az útvonalát, és az apróbb sugárzásból, ami mind nyugat felé vezetett, megtudtuk, hogy hamarosan Arizonában fogja felütni a fejét. Négy éve a közeli támaszpont több béta-sugárzást mért a sivatagban. Az elsők között költöztünk az újonnan épített városrészbe, azzal a céllal, hogy vizsgáljuk a sivatagot, remélve, hogy találunk bármi használható nyomot az elhullott állatokon kívül. Figyeltük a sivatagot, a környéket, vártuk, hogy elkezdődjön. Tíz nappal ezelőtt megkaptuk a jelentést az egyre erősödő sugárzásról, amiről már a lakosságot is tájékoztatni kellett. Tudtuk, hogy Jurij újra köztünk van.
- És mégsem szóltak senkinek! – robbant rá a dühöm Tomra.
- Maguk szerint ezeket a döntéseket én hozom?
- Értjük, Tom. Daniel nem gondolta komolyan, hogy ön a felelőse mindennek – csitította a kedélyeket Mr. Curtis.
- Próbáljuk megtudni, hogy mi okozza mindezt, de fél évszázad után sem kerültünk közelebb Jurijhoz. Jelen állás szerint úgy hisszük, hogy eddig még nem látott genetikai mutáción átesett ember vagy állat okozza mindezt, amely a természetben jött létre, vagy előidézték.
- Előidézték? – kérdezett rá Mr. Curtis. – Ezt hogy érti?
- Nézze, attól még, hogy nem a DARPA laborjából szabadult el egy szörny, még lehetséges, hogy valakik ezt megalkották.

Nem állítom, hogy egy külföldi ország vegyi fegyvere okozza mindezt lassan ötven éve, de valami olyannak kell lennie, amivel eddig még nem találkoztunk. Arra maguk is rájöttek, hogy Fekete-Jurij a kulcsa mindennek. Az okozza az akcelerációs bomlást, valamint a radioaktív sugárzást is. Az anyagot próbáltuk elemezni, de mindeddig nem jártunk sikerrel. Fagyasztva kell tárolnunk, mert hő hatására reprodukálja önmagát, ezért is használtak folyékony nitrogént '71-ben. Azt a barlangszerűséget is valószínűleg Fekete-Jurij okozta, úgy, ahogy most kint a sivatagban. Akkor egy villámcsapás idézhette elő a terjedést, ezúttal pedig maguk is rásegítettek a házi napalmjukkal. Annyi különbség van, hogy most egy grammnyi masszát sem találtunk odalent. Egyelőre nem temetjük be a gödröt, de a környékét lezártuk. Ami a gazdatestet illeti, évekig is elél, hála Fekete-Jurijnak. A hatvanas években kezdte, de még mindig köztünk van. Az évek nagy részében inaktív, de benne lakozik, és közben előjön, hogy ezt okozza. Az éghajlat is fontos számára: Fekete-Jurij nem bírja a hideget, egyszerűen elpusztul tőle. Ezért is mozog Jurij sivatagi államokban. Texas is napsütéses déli állam, de az 1965-ös első feltűnése után nem sokkal Új-Mexikóba mozgott, ahol még a kilencvenes években is otthonosan érezte magát, majd csak az ezredforduló után jött át ebbe az államba. Ha itt nem tudjuk megállítani, legközelebb valószínűleg Nevadába, netán Kaliforniába megy. A lényeg, hogy sivatagban maradjon. Ezért is alakult ki Texasban az a vihar, mivel lángszóróval égették fel a tetemeket. Johnsonék szomszédjában először folyékony nitrogénnel elpusztították Fekete-Jurijt, utána gyújtották fel az ólat, eltüntetve az ottmaradt nyomokat.

– Szóval azt mondja, hogy ha erős hő éri „Fekete-Jurijt", akkor az olyan vihart okoz, mint a tegnapi? – Mr. Curtis elgondolkodhatott felelősségén. Lehet, hogy ő okozta a vihart?

– Igen, ezt mondom, bár nem állítom teljes bizonyossággal. Texasban hasonló vihar pusztított, mint nálunk tegnap, köszönhető a lángszórós akciónak. Új-Mexikóban azonban nem érte semmilyen ember okozta ráhatás Fekete-Jurijt. Ezt elvégezte a sivatagban nem szokatlan tartós hőség. Érti már? Valamelyest befolyásolhatta a vihar erejét a maga napalmja, de az extrém kánikula, ami az utóbbi héten tombolt, inkább rásegített a vihar kialakulására. – Mr. Curtis megkönnyebbülve dőlt hátra a kanapén. – Fekete-Jurij, bár nem ilyen néven, de szerepel a Járványügyi Hivatal hivatalos útmutatójában, amit a kórházaknak is kiküldtek. Ezért is tudták a hasadékba esett gyermekről és a hajléktalan férfiról eltávolítani az anyagot. Szerepelt az útmutatóban az anyag leírása, és hogy folyékony nitrogénnel vagy szárazjéggel sikeresen el lehet távolítani az emberről Fekete-Jurijt. Ez lehet a kulcs az elpusztításához.

Nem hittem a fülemnek. Napok óta ez az első jó hír, amit hallok. A sok halál és tétlenség után legalább annyit tudunk, hogy ez a valami, amit Jurijnak hívnak, elpusztítható. Nem egy lidérc, amely a Hold árnyékából vagy a sziklák repedéseiből bújik elő éjszaka, hogy rémálmokkal összezavarjon minket, vagy egy védtelen pillanatunkban elragadjon.

A hozzáállásuk azonban továbbra is felháborított. Képtelen voltam felfogni, hogy egy olyan költségvetéssel rendelkező hadsereg, mint az Egyesült Államoké, képtelen elkapni ezt a valamit. Helyette csak kármentesítést végeznek, és minden eszközzel elhallgatják az állampolgárok elől a valóságot, mert álláspontjuk szerint ellentétes esetben tömeges pánik törne ki. Ezek szerint szélmalom-harcot vív a bíróságon az Arizonian Desert Times is.

Gyűjthettem én a bizonyítékokat, ha azok publikálása a lejáratásomat vonná maga után – egyben a karrierem végét. Bár belőlük azt is kinézem, hogy Kubába zsuppolnak. A lényeg, hogy hiába hozzuk nyilvánosságra, ők tennének róla, hogy azt senki ne higgye el. Ráadásul a közösségi média világában az ő felükre lejt a pálya. Már egy tizenéves is tud számítógépen olyan képeket hamisítani, amelyeken gyíkemberek vagy szörnyek vannak.

Esetleg New York-i munkáltatóimnál bepróbálkozhatok, bár lehet, hogy ők is őrültnek néznének, ha ezt a sztorit megkapnák. Be kell látnom, hogy ez egy olyan harc, amelyet nem nyerhetek meg. A többfrontos háborúkból amúgy sem tudnak sokan győztesen kijönni, ezt történelemből megtanultuk. Márpedig én sem folytathatok harcot egyszerre a sztori publikálásáért, illetve a saját, de legfőképpen Olive biztonságáért. Ha szerencsénk van, Jurij továbbáll, mi pedig élhetjük tovább kertvárosi életünket. Ugyanakkor fel kell készülnünk minden lehetséges szcenárióra, így arra is, hogy veszélybe kerülünk. Edwardsnak – vagy hívják akárhogy is – köszönhetően már többet tudunk, mint tegnap.

Mr. Curtis arcán nyugtalanság ült. Megjárta Vietnamot, ahol elvesztette társát. Hazajött, seriff-helyettes lett egy kisvárosban, ahol valami furcsa történt. Miután elkezdett nyomozni az eset után, félreállították. Felesége halála után kiköltözött egy csendes kertvárosba, ahol az unokáinak élhetne. Most pedig, 46 évvel a különös esetet követően, megkapott szinte minden választ, amit rendőrkarrierje hajnalától keresett. Vajon mit érezhetett? Magát okolta, amiért nem rúgott be ajtót úgy, mint én? Lehet, hogy megtette, csak rossz ajtókkal. Most azonban kimért higgadtságának köszönhettük a válaszokat. Én berúgtam az ajtót, de ezzel a stratégiával sehol sem lennénk. Ezt el kellett mondanom neki. Ő az, aki kirántott bennünket a szorult helyzetekből, és ezért én végtelenül hálás voltam neki.

– A társával mi a helyzet? Túléli? – Lehet, hogy ez egy olyan kérdés volt tőlem, amire nem szívesen válaszolt, ám ideje volt szembenézznie a valósággal.

– Elszállították Nevadába. – Hát persze, hogy oda, hisz' arra tartott a repülőgép azon az estén. – A legjobb szakemberek fogják kezelni. Korai még bármit mondani. Elég rendesen elkapta a rohadék. A karját annyira szétroncsolta, hogy azt még itt a bázison amputálták, csak azért, hogy a Fekete-Jurij ne fertőzze meg az egész testét. Mesterséges kómába helyezték, és lehűtötték a testét. Nem tudhatjuk, hogy jutott-e a véráramába az anyagból. Egyelőre még vizsgálják, később döntik el, hogy milyen beavatkozásra lenne szüksége. Már ha egyáltalán segíthet rajta valami.

– Hogyhogy egyedül volt, mikor megtámadták? – Mr. Curtis még nálam is tapintatlanabbnak tűnt kérdésével. Igen, Tom, miért nem voltál ott vele, hogy megvédd a társadat? Végül is ez a te hibád, Tom!

– A parti utáni este újabb radioaktív sugárzást regisztráltunk. Nem konstans sugárzás volt, csupán néhány pillanatra erősödött meg, mintha pulzálna. A kertvárosban több helyen is mértük, ezért ő kiment utánanézni. Én itt maradtam a gépnél és figyeltem, merre halad Jurij. Folyamatosan rádiókapcsolatban voltunk, mikor elment az áram. Többet nem válaszolt. Abban az utcában történt, ahol a légkábelek leolvadtak. Mire odaértem, már eszméletlenül feküdt. A karja teljesen szétroncsolódott, de a testén is több helyen égési sérülések voltak. Azonnal elvittük a támaszpontra, másnap jött érte a repülőgép. Még aznap eltüntettük a nyomokat. Különös módon csak a rézkábelek olvadtak meg, a többi fém az utcában nem. Úgy hisszük, hogy mivel elektromos áram folyt benne, Jurij így olvasztotta meg csak a légkábeleket. Ezért láthatta, hogy közben ki-kimaradnak a lámpák fényei. Arra mozgott Jurij, de mikor megtámadta a társamat, olyan energia szabadult fel, ami már megolvasztotta a kábeleket. Persze ez csupán egy elmélet, de nem találtunk jobb magyarázatot a történtekre.

– És most hogyan tovább? – Ez az, ami legjobban érdekelt, nem pedig a megolvadó vezetékek áltudományos magyarázata.

– Ami engem illet, kivonnak innen. Elszabadult a pokol, az én feladatom pedig a megfigyelés, nem a kármentesítés. Utazom Nevadába a társam után, onnan folytatom a nyomozást. A közeli támaszpontra biztos ki fognak rendelni valakit a részlegemtől, aki folytatja a munkát.

– Ennyi? És ha mások is meghalnak? – vágtam rá indulatosan.

– Nézze, ez a protokoll. Elhiheti, hogy minden lehetséges eszközzel próbáljuk megállítani Jurijt, és megvédeni a polgári lakosságot. – Mintha csak a tankönyvet idézte volna. Most jön a „de"... – De meg kell érteniük, hogy mivel állunk szemben. Ha odaállna elénk, és nem mozdulna, valószínűleg egy 9 mm-es pisztollyal is le tudnánk lőni, lévén a gazdatest feltételezésünk szerint védtelen. – Túl sok volt a bizonytalanság ebben a mondatban: valószínűleg, feltételezésünk szerint. Mi az, amit biztosra tudnak? – Ám ha egy Abrams harckocsival lőnénk is ki, az is annyit érne, mint egy pisztolylövés, köszönhetően Fekete-Jurijnak, ami hő hatására inkább megerősödik.

– Ó, csak ilyen egyszerű? Hát hívjuk ide dr. Victor Friest! – gúnyolódtam, utalva a DC Comics egyik gonosztevőjére, akinek szakterülete a kriogenika.

– Megértem a szarkazmusát, ugyanakkor pont rá van szükségünk! Ugyanis mint korábban mondtam, folyékony nitrogénnel el lehet pusztítani. Csak ugye az a probléma, hogy Jurijt eddig még sosem láttuk, és aligha leszünk olyan szerencsések, hogy ha odaáll elénk, élve megússzuk a dolgot. Próbáljuk a sugárzás alapján bemérni, hogy merre halad, és hogy legközelebb hol bukkanhat fel, de ezidáig mindig késve értünk oda, ha volt ilyen alkalom. – Ergo nincs remény.

– Nesze semmi, fogd meg jól – foglalta össze az estét Mr. Curtis.

– Megadom maguknak az elérhetőségemet. Ha bármi történik, kérem, nekem szóljanak. Láthatták ma, hogy a helyi hatóságok képtelenek mindezzel megbirkózni. – Ez amúgy igaz. – Mi elintézzük, bármi történjék is. – Pont ettől félünk. – Ja, és még valami. Nagyon kérem, hogy működjenek együtt. Semmi szükség a pánikkeltésre. – Ez bizonyára nekem szólt.

Végül Mr. Curtis elnézést kért a fegyver miatt, amire Edwards közönyösen csak annyit mondott, hogy „már megszoktam". Mindenesetre figyelemre méltó volt tőle, amiért ennyi mindent elmondott nekünk. Bizonyára nem alacsony beosztásban lehet annál a részlegnél.

Otthagytuk hát szomszédunkat. Egyszer még beszélek vele telefonon, de többet már nem fogom látni. Az ő feladata itt ezzel véget ért. Ő is, mint ahogy korábban sok más kollégája, kudarcot vallott. Hiába próbálta mindezt egy lehetetlen feladatnak beállítani, ez mégis kudarc maradt. Kiléptünk a házából, és elindultunk az otthonaink felé.

– Köszönöm.

– Ugyan mit? – Mintha nem is emlékezett volna rá, hogy kihúzott a csávából.

– Az időzítést.

– Ne nekem köszönje, inkább a nejének. – Milyen igaz. Szinte biztos, hogy ő többször ment meg engem, mint ahányszor én szeretném megóvni őt.

– Ne okolja magát, amiért erre nem jött rá.
– Ugyan miből gondolja, hogy magamat okolom?
– Ennyire már ismerem. – Nem szólt rá semmit, ezért folytattam. – Én rúgtam be az ajtót, de maga nélkül nem lettem volna okosabb.
– Erre mérget vehet, fiam. – Többet nem is vártam tőle.
Kora hajnal volt már, mikor felértem az emeletre. Szólt a tévé, Olive bizonyára meg akart várni. Halkan léptem be, de legnagyobb meglepetésemre még ébren volt.
– Nem akarok még egy ilyet látni tőled, Daniel! – szegezte felém haragját abban a pillanatban, ahogy átléptem a hálószoba küszöbét. Sóhaj után sajnálkozásokba és ígéretekbe kezdtem volna, de leállított és ágyba parancsolt. Kikapcsolta a tévét, utána némán feküdtünk az ágyban, míg végül meg nem szólalt. – Mit tudtatok meg? – A racionalitás felülírja a haragot.
– Jurijnak hívják a gazdatestet, a fekete váladékot pedig Fekete-Jurijnak – kezdtem bele a történetbe, amit Olive közben félbeszakított, hisz' ő sem akart hinni a fülének, ahogy mi pár órával ezelőtt. Már az elnevezésen is fennakadtunk pár percre: azt hitte, hogy szórakozom vele. Elmondtam a teljes történetet röviden összefoglalva, mivel már kezdtem álmos lenni, de csak záporoztak a szűnni nem akaró kérdések. A történet végén érthető csalódottságot hallottam a hangjában, ezért elmondtam neki az egyetlen „jó" hírt, a folyékony nitrogént. – Szóval akkor szóljunk Mr. Freeze-nek? – utalt az általam is emlegetett képregény-karakterre.
– Jó is lenne, de sajnos nem ilyen egyszerű a dolog. – Miért is lenne, akkor már elintézték volna Jurijt, nem igaz?
– Akkor most…? – Tudta a választ a kérdésére, de tőlem akarta hallani.
– Semmi nem változott. Mi mindenképp tehetetlenek vagyunk. – Erre már nem szólt semmit. Vártuk, hogy megszálljon minket az álom, mikor olyan helyeken járhatunk, ahol egyedül vagyunk elménk menedékében. Ha találkozunk is szörnyekkel utunk során, azokat a biztos ébredés szerte foszlatja. Álmunkban lehetünk hősök és áldozatok egyaránt, bármi történjék is,

az ott is marad. Ez azonban nem egy álom. Itt a halál konstans marad, nincs ébresztő, se társ, aki kirántana a sötétségből. Akár a képzeletünkben járunk, akár a valóságban, ha tétlenséget látunk, ösztönösen tenni akarunk valamit, ám ezúttal ki kell ábrándítsuk magunkat. Ez az, ami nyomaszt bennünket és a többi itt ragadt lakót egyaránt. Úgy álomra hajtani a fejünket, hogy a veszély ott les ránk a házunk falain kívül. Figyel minket, várva az alkalmat, hogy lecsaphasson ránk vagy szeretteinkre. Az egyetlen fegyver, amit bevethetünk ellene, nem a kilőtt golyók, de még csak nem is az abszolút nulla fokhoz konvergáló folyékony nitrogén. Hanem a törődés és szeretet, mellyel egymás iránt viseltetünk. E fegyverrel képesek leszünk megállítani őt, ha szembe jön velünk. Egy kérdés maradt csupán: elegen maradunk-e, hogy összefoghassunk ellene?

VIII. fejezet

Tempus fugit...

Szégyen a futás, de hasznos – tartja magát a mondás, és ez a jelen körülmények között hatványozottan érvényesül. Ekképp döntött néhány szomszéd, mikor másnap egy rögtönzött utcai gyűlés keretében az ideiglenes távozás mellett döntöttek. „Ami sok, az sok!" – jelentették ki felháborodottan. Ez a lakógyűlés is amolyan formalitás volt csupán. Akik a távozás mellett voksoltak, már éjszaka bepakolhattak, ugyanis miután kiháborogták magukat, már gördültek is le a családi autók a kocsifelhajtókról.

Valakik szülőkhöz mentek, mások egy rögtönzött nyaralást iktattak be. A lényeg, hogy minél messzebb innen, legalább addig, míg ennek a horrorsorozatnak vége nem szakad. A gyűlés során közvetlenül kipattant az emberekből az évek során felgyülemlett szomszédi nézeteltérések sora. Ha nem is a házi kedvencek okozta kellemetlenségek vagy a virágokra szórt büdös trágya lett a viták témája, de látszott az embereken, hogy érveiket ezek nagyban befolyásolták egymással szemben.

A vita csúcspontján eljutottunk a politikai hovatartozásig. A republikánus kormány eltussolja az egész ügyet, nem tesz értünk semmit – jött az egyik érv. Valójában a korábbi demokrata kormány hozta létre a borzalmat, és ők is irányítják az eseményeket – reagált az ellentábor. Ha csapás éri a közösséget, hirtelen mindenki levetkőzi korábbi civilizált énjét, és előjön *cro-magnoni* mivoltunk, ahol észérvekkel nem lehet meggyőzni a másikat, csupán a hangerővel próbálunk érvényt szerezni magunknak.

Az utcából öt család utazott el aznap, köztük az O'Neill és a Watson család. Miközben pakoltak az autóba, odamentem Greg O'Neillhez. A gyűlés során ő egy mérsékelt tábort képviselt. Kijelentette, hogy elutaznak, de nem vádaskodott, vagy ment bele értelmetlen vitába.

– Szevasz, Dan. – A hangjában csalódottságot éreztem. Bizonyára nem volt betervezve ez a kiruccanás, főleg nem ilyen körülmények között.

– Greg – biccentettem neki. Közben felesége kijött egy táskával, amit gondosan elpakolt a csomagtartóba. – Szia, Kate – köszöntem oda neki.

– Szia, Dan. – A hangja nem volt különb férjéénél. – Mit szólsz a mi kis közösségünkhöz? – rendezkedett a táskák között.

– Szerintem jobban viselik itt az emberek a történteket, mint máshol – feleltem.

– Ezt hogy érted? – fordult felém Greg.

– Hát, fegyvereket még nem ragadtunk – próbáltam elsütni egy viccet, sikertelenül.

– Látod, Dan. Mi pont ezért utazunk el – ezzel Kate lecsukta a csomagtartó tetejét és bement a házba. Greg közelebb lépett hozzám.

– Aggódik, hogy ha még egy ilyen történik, az emberek tényleg fegyvert ragadnak és egymásnak esnek. – Körbenézett az utcában, mintha attól tartana, hogy valaki figyel minket. – Kicsit túlzásnak hangzik, de ami azt illeti, egyetértek vele. A kórházban láttam elég lőtt sérülést, aminek közel egésze értelmetlenül, barbár természetünk miatt keletkezett.

– Ez súlyos, Greg, nem gondolod? – komorodtam el az érvelésén. – Attól még, hogy lelövik egymást az emberek, nem jelenti azt, hogy a szomszédok is neki fognak esni egymásnak.

– Bizalmatlanságnak tűnik, és valószínűleg az is. De lefogadom, hogy neked is van valamilyen lőfegyvered otthon, nem igaz? – Ráhibázott.

– Van, de nem a sajátom. – Nem éreztem, hogy ez a tényen változtatna.

– Nem a sajátod. Gondolom, nemrég kaptad. Ha jól sejtem, az önkéntes polgárőr szomszédunktól. – Nem szóltam semmit. – Sejtettem. Láttam, ahogy üvöltve rohantál tegnap Edwardsékhoz, majd utána a feleségedet, ahogy rohan Mr. Curtisért. Nem ítélkezem, Dan, ugyanakkor be kell látnod, hogy ez mentálisan mindnyájunkra hat, akár akarjuk, akár nem.

– Jó okom volt átmenni Tomhoz.

– Biztos vagyok benne. – Rövid szünet után folytatta. – Figyelj, nekem tényleg nem áll szándékomban, hogy bíráljak másokat. Gondolom, hogy te többet tudsz az elmúlt napokról, mint én. Próbálod kideríteni, hogy mi folyik itt, hogy mivel állunk szemben. Ha ez így van, minden tiszteletem a tiéd. Ugyanakkor én neurológus vagyok, Kate pedig családjogi ügyvéd. Nem hiszem, hogy sok hasznunkat vennétek ebben a harcban. – Ez ellen nem tudtam érvelni.

– Igazad lehet, Dan – ragadtam meg a vállát.

– Bátornak tartom azokat, akik itt maradnak. Vigyázzatok egymásra nagyon. Tudod a számunkat, ha tudsz valami jó hírrel szolgálni, kérlek, ne feledkezz meg rólunk.

– Nem fogok, Greg. – Közben Kate jött ki valószínűleg az utolsó holmijukkal, ezt a hátsó ülésre rakta be.

– Mindent kihúztál, szívem? – Milyen óvatosak. Mi sosem húzunk ki semmit, mikor elutazunk. Persze a tegnapelőtti vihar után ezt a szokást jobb lesz átértékelni.

– Azt hiszem, igen. – Odajött hozzám. – Ti biztos maradtok? – Aggódó tekintete szívbe markolt.

– Igen, Kate. Maradnunk kell. Most költöztünk be, nem mehetünk el máris. Úgy döntöttünk, ez lesz az otthonunk, most teszünk róla, hogy azzá váljon. Nem hagyjuk magára. – Olybá tűnt, nevetség tárgya leszek ezzel a szentimentális monológommal, de Kate átölelt és megsimogatta a hátam.

– Irigylésre méltóak vagytok. – Adott egy puszit, majd elment bezárni az ajtót.

– Ti hová utaztok amúgy? – Most jutott eszembe, hogy ezt meg sem kérdeztem.

– Bostonba – mosolyodott el Greg. Úgy tűnt, hogy örül az úti célnak. – Egyik gyerek az MIT-n tanul, a másik a Harvardon. – Említette, hogy Ivy Leauge-egyetemeken tanulnak, de azért ez nem semmi. – Nyári szünidőre nagyon haza sem jöttek, szóval most meglátogatjuk őket.

– Mennyire fognak örülni nektek? – mosolyodtam el én is, mire Greg harsány nevetésben tört ki.

– Valószínűleg mi leszünk az utolsók, akiket szívesen vendégül látnának. Így van ez, ha kirepülnek a fészekből. Egyre ritkábban hívnak fel, a végén már csak üzeneteket küldenek. Lassan már csak a tweetjeikből tudjuk meg, mi van velük. Indulhatunk, drágám? – Kate még gondosan körbejárta a házat, hogy minden ablakot becsukott-e. Nagyon alapos asszony.

– Igen. – Beszállt az autóba.

– Minden jót, Dan. Vigyázzatok egymásra. És sok szerencsét! – markolta meg erősen a kezemet.

– Jó utat nektek. És üdvözlöm az egyetemistákat!

– Köszönjük szépen. – Beült az ajtó volánja mögé. – Ja, és még valami.

– Figyelünk a házra, ne aggódj! – Ilyenkor mindig ez szokott lenni a kérés a szomszédtól. Greg elnevette magát, bizonyára nem lepte meg, hogy kitaláltam, mit szeretne kérni.

– Köszönünk mindent. – Utoljára elbúcsúztak mindketten. Álltam a házuk felhajtóján, amíg befordultak az utca végén, és eltűntek a házak között.

Micsoda nap, és még csak nemrég múlt dél. Indultam haza, mikor összefutottam Mr. Curtisszel. Éppen Elizabeth-hez ment. Jó érzés volt látni, hogy valaki gondoskodik róla Ed halála után. Erre azonban nagyon senki nem csodálkozott rá, hisz' korábban már láthattuk, milyen jól kijönnek egymással. Kezében egy kis kosarat vitt, benne ételes dobozokkal. Megható jelenet.

– Mrs. Johnsonhoz tart? – érdeklődtem, bár tudtam a választ.

– Igen. Délelőtt voltam nála, nem evett tegnap óta semmit. Készítettem neki egy kis levest raguval, hátha megkóstolja. Nem akarom, hogy nagyon elhagyja magát.

– Kedves öntől, Mr. Curtis. – Reméltem, hogy nem egy „ja, tudom" választ kapok majd tőle.

– Ez a legkevesebb – nézett rá a dobozokra.

– Mit szól hozzá, hogy a szomszédok ilyen hamar leléptek? – A tekintete egyszeriben megváltozott.

– Mit szóljak? – rántotta meg hozzá a vállát. – Aki fél, az elmegy. – Hezitálva hozzátette: – Bár annyi tartás lehetett volna bennük, hogy legalább végső búcsút vegyenek szomszédjuktól. De hát ki vagyok én, hogy beleszóljak a döntésükbe, nem igaz?
– Tudja már, hogy mikor lesz a temetés? – Igyekeztem nem válaszolni a kérdésére. Részben egyetértettem vele, ugyanakkor megértettem azok álláspontját is, akik ma elutaztak.
– Kedden, ha sikerül megszervezni. A hadsereg azt ígérte, hogy hétfőn átadják a maradványokat. Hamvasztva, persze, tekintettel a „fertőzésveszélyre". – Megvetően húzta hátra ajkait. – Nem vennék rá mérget, hogy biztosan a néhai Edward Johnson maradványai lesznek abban az urnában, amit az özvegye készhez kap a hadseregtől.
– Ezt hogy érti? – Sejtettem, mire gondol.
– Jaj, Daniel, tudja azt maga is. Majd talán nem tartják meg a testet további vizsgálatokra? És pont a hadsereg adja vissza két nap után a földi maradványokat? Ugyan már! – sóhajtott egy nagyot. – Akárhogy is, ma hívjuk fel a rokonokat, hogy kedden lesz a temetés. Nehéz délután vár ránk, úgy érzem – merengett el a távolba. – Kicsit korainak érzem a keddi szertartást, de Liz ragaszkodik hozzá. Minél előbb túl akar lenni rajta, hogy elutazhasson ő is.
– El fog utazni? – Melyikünk akarna itt maradni, ha pár száz méterre brutálisan megölnék a házastársát?
– Igen, vissza északra, a családjához. Azt mondta, kell neki egy kis távollét ettől a... szóval tudja – felelte egykedvűen.
– Értem. – Kis szünetet tartottam. – Ha bármiben segíthetünk, tudja, hol talál minket.
– Köszönöm, Daniel – ezzel továbbindult az útján. Léptei kevésbé tűntek határozottnak, mint amit korábban láttam. Ha szereti Elizabethet, nehéz lehet most neki, látva, ahogy szenved a veszteség okozta fájdalomtól. Ráadásul a lelkiismeretével is el kell számolnia, ha intim viszonyuk is volt egymással. Most pedig még el is utazik, ami persze érthető, azonban a bennünk rejlő önzés mégis azt akarja, hogy maradjon, akit szeretünk. Ezért nem lehet okolni senkit. Mr. Curtis azonban elég bölcs ah-

hoz, hogy ne magával törődjön. Segít Liznek mindenben, amiben csak tud. Nem engedi, hogy elhagyja magát, gondoskodik róla. Figyeltem, ahogy benyit Johnsonék házába. A ház, amely ideköltözésünk másnapján annyi örömmel és vidámsággal volt megtöltve, most a gyásznak adott otthont.

Otthon Olive lázasan telefonált. Amint meglátott, titokzatoskodva elvonult. A nappaliban vártam, hogy elmondja, mit intézett, már ha egyáltalán elárulja nekem. Bejött a szobába, kezeit hátul összekulcsolva, csípőjét jobbra-balra forgatva. Látszott rajta, hogy nem biztos benne, hogy jól cselekedett-e, és most tőlem fog megerősítést várni – amit rendszerint meg is szokott kapni.

– Mi az, mit csináltál? – mosolyogtam rá.

– Hát, lehet, hogy nem fogsz neki örülni – mindig így szokott kezdődni –, de holnapra foglaltam magunknak asztalt egy étteremben. – Sejtettem, miért aggódott. Még el sem temették szerencsétlen Ed maradványait, de ő már szórakozni akar. Jobban belegondolva, nem voltunk érzéketlenebbek, mint néhány szomszédunk, aki ma elutazott. Az élet nem áll meg, mi pedig tényleg régen voltunk el itthonról egyet kikapcsolódni. Ki tudja, lehet, hogy a holnapi lesz az utolsó lehetőség, hogy kimozduljunk a házból, utána újra elkezdődik a téboly. Utólag belátom, hogy Olive tökéletesen kihasználta a kínálkozó lehetőséget.

– Hűha, te aztán nem vesztegeted az időt, kicsim! – feleltem neki derűsen. Összeráncolta homlokát és elpirulva, szinte szégyenkező tekintettel nézett rám.

– Nem kellett volna, ugye? Túl korai.

Tenyeremmel rápaskoltam a kanapéra magam mellett, jelezve neki, hogy üljön le. Lehuppant, mire karommal átöleltem.

– Amiatt aggódsz, hogy mikor ilyen tragédia történt az utcánkban, mi szórakozni megyünk, jól mondom? – Ő egy halk „ühümmel" válaszolt. – Nézz csak ki az ablakon! A szomszédság közel fele nyúlcipőt húzott és lelépett. Ők biztos nem lesznek ott a temetésen. Akkor vajon ők mennyire kegyeletsértők?

– De mi nem ők vagyunk, Dan! – A lelkiismeretével kellett most vitatkoznom. Az asztalt lefoglalta, mégis nekem kell utólag meggyőznöm, hogy helyesen cselekedett.

- Szerintem te is érzed, hogy ennek odakint még nincs vége. Megbeszéltük, hogy a héten elmegyünk szórakozni, hát menjünk! Lehet, hogy mások is elmennek, de ha mégsem, nem kell róla tudniuk, hogy mi bulizunk egyet. – Vártam a reakciót. Vajon ennyi elég volt, vagy még folytatnom kell az érvelést? Reméltem, hogy ezzel meggyőztem, mert nem nagyon tudtam már mit kitalálni.

– Igen. Azt hiszem, igazad van – mondta szomorkás hangon. Mondhatni, fél siker.

– Több lelkesedéssel, különben nem megyek – ráztam meg egy kicsit a kezemmel.

A lelkesedését sikerült fokoznom, mert pár pillanat múlva újabb ötlettel állt elő, mégpedig a bevásárlással. Hát persze! Mindent gondosan eltervezett. Ebéd közben folyamatosan mászkált a lakásban, hogy szinte beleszédültem. Írt egy hosszú bevásárlólistát, amit aztán ünnepélyesen átnyújtott nekem. Éreztem, hogy megint olyan polcok előtt kell állnom, ahol nem akartam. Olive hajthatatlan volt, így pakolás-mosogatás nélkül indulnunk kellett a belvárosba. Nem volt elég a közeli szupermarketbe menni, ez most „nagybevásárlás" lesz, ezért beljebb kell hatolnunk a városba. Valami más is van a dolog mögött, csak nem mondja el nekem.

A víztározó bejáratához közeledtünk az úton, mikor figyelmes lettem egy narancssárga láthatósági mellényes alakra a nyitott kapuk közelében. Bizonyára Joe lehetett az, akivel már volt szerencsém összefutni. Gondoltam, odaköszönök neki, ezért kitettem az irányjelzőt és befordultam.

– Mi az, hova mész?

– Hamarosan meglátod – feleltem titokzatosan. Valóban Joe volt az, aki kíváncsian fürkészte az autónkat. Ismerősnek tűnt neki, de látszott rajta, hogy nem emlékezett rá pontosan. Lehúztam az ablakot, ekkor odajött hozzám, egyből felismert.

– Á, maga az! Azóta nem járt itt Stacy, már kezdtem aggódni miatta. Épségben hazaértek? – érdeklődött egykori kalauzom.

– Így igaz, hála magának. Szerencsénk volt, hogy útba igazított akkor, különben biztos itt ragadtunk volna. Maga átvészelte a vihart?

- De még mennyire! Masszív konstrukción állunk, ezt a kis sivatagi szellőt meg sem érezte – felelte büszkén, „sivatagi szellőként" hivatkozva a viharra.

– Meghiszem azt! Na, akkor minden jót kívánok! – búcsúztam el tőle.

– Maguknak is! Stacynek adják át üdvözletem! – Kikanyarodtam, és mentünk tovább úti célunk felé. Az autók ezúttal nem dudáltak rám őrülten, mint legutóbb. Érthető volt reakciójuk, hisz' szerintük rossz irányba haladtam. Livi némán ült és csak a tározót figyelte, ahogy én az ideköltözésünk napján. A víztükör sima felülete megbabonázza az embert. Mintha nem lenne horizont, csupán egy kiterjesztett égbolt az elhaladó autók mellett. Se egy fodrozódás, se egy hullám, a tározó felszínét mintha szándékosan feszítették volna ki.

Ahogy elhaladtunk mellette, Olive követte tekintetével, végül már szinte teljesen hátat fordított nekem. Nagyot sóhajtott és visszafordult, hogy a belváros kontúrjait figyelje. Eltöprengtem, hogy vajon jó döntés volt-e kiköltözni a kertvárosba. A környezet és maga a kertes ház volt a legnagyobb erő, amely kivonzott bennünket a harmadik emeleti lakásunkból. És most hol tartunk? Hiányzik-e a régi otthonunk?

Kezdetben a környezet képes volt ellensúlyozni a történteket, de most, hogy két nap múlva egy szomszédunk temetésére leszünk hivatalosak, kétlem, hogy bármi képes lenne ezt az érzést kompenzálni. Gyönyörű beszédet tartottam O'Neilléknek délelőtt, amiért meg is dicsértek. Azonban ideje lenne megkérdeznem magamtól, hogy komolyan is gondoltam-e? Rendben van, hogy ma nem pakolunk el innen, de mi lesz később? New York biztosan visszavár bennünket, ahogy a régi barátok, munkatársak is. A választ az idő fogja megadni. Én készen állok, hogy továbblépjek, ha még rosszabbra fordulna itt minden.

Sikeresen elértük a célt. Kerestem egy parkolóhelyet, profi sofőr nejem közben fél tucat alkalommal rám szólt, hogy miért nem ide vagy oda állok be. Csak markoltam a kormányt, úgy éreztem magam, mint mikor vezetni tanultam, és egy családtag ült mellettem az anyósülésen. „Lassabban menj, ne előzd meg, tedd ki az irányjelzőt", nagyjából ekkor utáltam meg vezetést. A sors keze talán, hogy egy olyan párt találtam magamnak, aki fényévekkel jobban tud vezetni nálam. Persze az olyan alkalmakkor, mikor én ültem a volán mögött, az áldás inkább átokká változott. Hiába kértem meg már számtalanszor, hogy ne szóljon bele a vezetésembe, én sem kritizálom az övét, mintha egy önvezető autónak mondtam volna. Ám az igazi tarkón csapás még csak ezután következett. Mikor beértünk a bevásárlóközpont előterébe, ő hatalmas mosollyal az arcán kijelentette, hogy elmegy ruhát venni, én addig csak menjek, és húzzak le mindent a bevásárlólistájáról. Egy gyenge próbálkozásom még volt, hogy lebeszéljem erről a képtelen ötletéről.

– De... de minek, szívem? – néztem rá olyan tekintettel, mint egy egyetemista az első szemináriumán.

– Hát a holnap estére! – Én voltam az ostoba, amiért egyáltalán feltettem ezt a kérdést. Mondhattam én akármit, hogy milyen szép ruhái vannak a gardróbban, néma szavaim süket fülekre találtak. Adott egy kislányos puszit az arcomra, még az egyik lábát is felemelte hozzá. Majd elillant, mintha ott sem lett volna.

Ahogy álltam ott az előtér közepén, eszembe jutott az a hír, miszerint egy kínai plázában férjmegőrzőt nyitottak a vásárlóknak. A szexista ötlettel hirtelen szimpatizálnom kellett. Elindultam hát küldetésemre. A mozgólépcsőn állva úgy éreztem, hogy valaki az ingemet ráncigálja hátulról. Hátranéztem, de nem állt mögöttem senki.

– Szia, Dan! – jött a gyermeki hang mögülem. A kis Lucy Scott mosolygott rám üde arcával a lábam mellől.

– Szia, nagylány! – fogtam meg és vettem fel az ölembe. – Hát téged itt felejtettek? – Lucy szájába vette az egyik ujját, úgy mosolygott.

– Nem! Mozgózni akartam, amíg apa vásárol. Azt mondta, ha nem kódorgok el, kapok áfonyás nyalókát.

– Nocsak. Téged ilyen könnyű megvesztegetni? – Lucy elkomolyodott.

– Mit jelent az, hogy megvesztegetni? – Okos lány. Ha nem tudja, mit jelent, inkább megkérdezi.

– A megvesztegetni azt jelenti, hogy apa ad neked valamit, amiért cserébe te jó leszel. – Látszott rajta, hogy gondolkodik rajta, mit is jelent, amit mondtam neki.
– Nem mennék el, szeretek mozgózni. – Újra eltöprengett valamin. – Olivia is itt van?
– Ő is itt van, de elment magának ruhát vásárolni. Később megkeressük, jó?
– Jó. – Közben felértünk a lépcsőn, letettem Lucyt. – Én nem szeretek ruhát venni. Mindig próbálni kell. Nem szeretek boltban próbálni, de anya szerint muszáj – jelentette ki szomorkás tekintettel.
– Hát igen, azt tényleg muszáj. Tudod mit? Elárulok neked egy titkot. De csak akkor, ha nem árulod el Olive-nak, rendben? – Lucy hevesen bólogatott. Lehajoltam hozzá, és halkan odasúgtam neki: – Én sem szeretek ruhát venni boltban.
– Tényleg? – Elkerekedtek a szemei a csodálkozástól.
– Bizony! De ez maradjon kettőnk között, oké? – Ő nagy mosollyal bólogatott. – Helyes. – tettem hozzá. Lucy átment a másik mozgólépcsőhöz és elindult lefelé. Figyeltem, amíg leér, átszáll a másik lépcsőre és elindul felfelé. Intettünk egymásnak, majd indultam tovább, teljesíteni a rám rótt feladatot.

Körülöttem a nők folyamatosan kerülgettek. Én csak álltam a polc előtt, és kerestem azt a női borotvát, amit Olive felírt a listámra. Pontosan felírta a márkát, melléje odabiggyesztette, hogy „ilyet hozz!!!". Már-már szalutálnom kellett a bevásárlólistámnak. Párszor odébb taszajtottak, mert rossz helyen álltam. Nem illettem oda, ezt éreztem a tekintetükből. Végignéztem kétszer, de nem találtam. Elmentem egy másik polchoz, kihúzni még néhány elemet a listáról, aztán visszatértem a borotvákhoz.
Ezt az iterációt addig folytattam, amíg minden a kosaramban nem volt, kivéve a lábszőrtelenítő eszközt. Már láttam, ahogy mindenki megfeledkezik rólam, lehúzzák a rácsot és bezárnak éjszakára. Ezt igyekeztem elkerülni, szóval immár sokadszorra újra végigjártam a sort. Teljesen kikapcsolt az agyam, kizár-

ta a külvilágot körülöttem. Akár tűzriadó is lehetett, én azt se vettem volna észre.

– SZOMSZÉD! – jött egy harsány hang olyan erővel, hogy azt még a pláza földszintjén is hallhatták az emberek. Egy csapásra kikerültem a polc bűvöletéből.

– Szevasz, Earl! – feleltem neki hasonló jókedvvel, de csupán feleolyan hangerővel, mint ő. Odalépett hozzám, és erősen megragadta a markom.

– Ide figyelj, ilyen érzékeny az arcod? – Sanda mosolyt vetett rám.

– Nagyon vicces – ironizáltam. – Minden megvan a listámról, kivéve a borotva. Körülbelül háromezerszer végignéztem, de nem találom. – Earl elkérte a listámat, hogy végigtanulmányozza. Hümmögve elgondolkodott.

– Ez a fajta nem ezen a soron van. A másik oldalra, a férfiborotvákhoz tették. – Mi a...? Oké, Earl barátom nyilván egy televíziós vetélkedőre készülhetett. Úgy gondolta, az lesz a sokezer dolláros kérdés, hogy ezt a fajta borotvát melyik soron keresné az áruházban. Más épeszű magyarázatot nem találtam arra, honnan tudhatta. – Miért nézel így rám? – nevetett hangosan. – Nyugi, nem te vagy az egyetlen férj, akinek ezt kell vennie. – Hát hogyne, Earl, nyilván nem.

– Most lebuktál, öregem! Mondhatsz nekem bármit, ebből nem tudod kimagyarázni magad – fenyegettem meg az ujjammal. – Még hogy az asszonynak kell. Jó duma! – törtem ki hangos kacagásban. Earl próbált csitítani.

– Sss! Jó-jó, de ne mondd el senkinek! – Elkerekedtek a szemeim. Egy pillanatig csak néztük egymást, majd mindketten elnevettük magunkat. Körülöttünk mindenki a két félnótás pasit bámulta, akik a női pipererészlegen mesélnek egymásnak disznó vicceket.

– Odébb mennének? – szólt ránk egy középkorú hölgy erélyesen.

– Ó, ne haragudjon, asszonyom, már itt sem vagyunk – szabadkozott Earl, szinte már meghajolt neki. Átmentünk a polc túlsó felére, és valóban ott volt a listám hiányzó darabja. Egy percig sem kételkedtem Earl magabiztosságában. Hála neki, megúsztam egy élcelődést Olive-tól, feltéve, ha minden más jó, amit vettem. Earl kosara is meg volt pakolva, láttam az áfonyás nyalókát, amit Lucy fog kapni helyénvaló magatartásáért cserébe.

– Találkoztam a kisasszonnyal. Mondta, hogy kap nyalókát, ha nem mászkál el.

– Lefogadom, hogy a kisasszony azt is megjegyezte, hogy neki aztán nem kell nyalóka, ő akkor is ott maradna, igazam van? – Meglepő alapossággal ismerte a lánya szokásait. Egy bólintással megerősítettem kérdését. – Gondoltam. Nagyon ravasz ám. Barbara mindig lehord, amiért nyalókát veszek neki. Lucy makacsul állítja, hogy neki aztán nem kell nyalóka, ő akkor is jól viselkedne. De arra mérget vehetsz, hogy nem mozgólépcsőzni látnád, ha most nem vinnék neki édességet. – Ahogy korábban gondoltam, Lucy nagyon okos lány. Az apja által elmondottak csak nyomatékosították megállapításomat.

– Imádni való kislány – mosolyodtam el a történeten.

Kijöttünk a boltból. Lucy egyből rohant oda hozzánk, bizonyára sejtette, mi lapul a bevásárlószatyorban. Hevesen kutakodott benne, ekkor az apja a másik kezével előhúzta. Lucy szemei szinte felcsillantak. Illedelmesen megköszönte, majd kikapta Earl kezéből és elvonult vele a mozgólépcsőkhöz. Earllel odébb álltunk az emelet üvegkorlátjához, hogy szemmel tudjuk tartani a kislányt.

– Mit szólsz az elmúlt napokhoz? – merengett el komoran Earl a pláza hatalmas terében.

Mit lehetne szólni hozzá a nyilvánvalón kívül? Scották is azok közé a családok közé tartoztak, akik inkább a maradás mellett tették le voksukat. Nehéz döntés lehetett, kiváltképp két gyerekkel otthon.

– Szinte fel sem bírom fogni, hogy alig néhány nap leforgása alatt ennyi minden történt. Öregem, nem azért mondom, de iszonyú rossz időben költöztetek be a környékre – ragadta meg a vállamat. Egy vehemensebb szomszéd már azt is mondhatná, hogy mi hoztuk rájuk a bajt. Amiben tulajdonképpen igaza is lehetett, hisz' akkor kezdődött el minden, mikor mi beköltöztünk. Igyekeztem erre nem gondolni. – Mr. Curtis nem említette véletlenül, hogy mikor lesz a temetés?

– Ha minden terv szerint alakul – gondoltam itt a földi maradványok visszaszolgáltatására –, akkor holnapután. – Earl ezen meglepődött. – Liz hamar túl akar lenni rajta. A rokonokkal valószínűleg elutazik. – Lesütötte a szemét és a fejét csóválta. Bizonyára ő jobban ismerte Edet, mint mi, közelebb állhattak egymáshoz. Az évek barátsága után most végleg el kell búcsúznia tőle.

Earl némán bámulta a földet. Ekkor arra lettem figyelmes, hogy Lucy elrohan a mozgólépcsőktől a földszinten. Meglátta a feleségemet, aki két táskával a kezében jött ki egy márkaboltból. Ezek után már végképp kíváncsi voltam rá, hogy mit vehetett. Olive eldobta mindkét táskáját, hogy felkaphassa az ölébe Lucyt, majd szabad kezével megfogta a táskákat és elindult felénk. Észrevettek minket, ezért odaintettem nekik. Earl visszatért közénk gyászos hangulatából, és ő is mosolyogva intett oda a hölgyeknek. A lépcsőn haladva Lucy megkínálta Livit a nyalókájából.

– Nocsak. Úgy látszik, megtaláltuk az új babysittereket! Eddig Watsonékhoz szoktuk beadni őket, ha valami dolgunk volt, úgy, ahogy ők is a két gyereküket hozzánk. Most, hogy elutaztak, ez a lehetőség kilőve, de ezt látva úgy érzem, hogy nem kell messze mennünk új felvigyázókért – csapott egyet a felkaromra Earl.

– Ó, mi nagyon szívesen vigyázunk rájuk – feleltem neki. Earl rám sandított, és halkan megkérdezte.

– Gyerek lesz?

– Tervben van, igen – feleltem neki az igazat. Már csak egy alkalmat kellett találnom, de talán holnap. Közben felértek a lépcsőn, és Olive letette Lucyt, aki rohant oda az apjához. Livi büszkén széttárta karjait, kezében a két táskával. Én annál nagyobb büszkeséggel emeltem a fejem fölé a műanyag reklámtáskát, melyben a vadászatom áldozatai hevertek.

– Úgy látom, a magukra hagyott férfiak egymásra találtak – lépett oda hozzánk.

– De még mennyire! A férjed ráadásul végtelenül hálás nekem, amiért segítettem mindent kihúzni a listájáról. – Nejem először Earlre nézett, utána rám, végül megemelte állát.

- Igazán? Pedig kitettem magamért, remélve, hogy valami nem jön össze neki. De hát látom, a bajba jutott szomszéd hamar segítőtársra talált - nézett vissza ugyanolyan megemelt fejjel Earlre.
- De még mennyire! - tettem kezem Earl vállára. Lucy közben ismét elillant tőlünk anélkül, hogy észrevettük volna.
- És te hogy viseled a napokat? - váltott témát Earl, érdeklődve Olive hogyléte felől.
- Hát tudod, ahogy mindenki más - nézett mélyen a szemembe. - Nem mondhatnám, hogy nekem könnyebb, mint bárki másnak az utcában. De én bízom benne, hogy ezt a valamit meg tudjuk állítani - lépett oda mellém. - Jobban hiszek ebben, mint Dan - mosolyodott el és ölelt át. Earl akart még mondani valamit, de közben megjelent Barbara a két gyerekkel. Úgy tűnt, fodrásznál voltak, amíg férje szintén egy bevásárlólistát kapott. Barbara csodálkozva nézte Olive táskáit. A márkajelzés rajtuk virított, így nem titkolhatta el, hol vette a ruhákat.
- Csak nem szórakozni készültök? - érdeklődött abban a pillanatban, hogy odaért hozzánk, mintha csak partiruhákat lehetne venni abban az üzletben. Livin látszott a feszültség, ezért inkább én válaszoltam.
- Dehogy, Barbara! Ha ennek az őrületnek vége lesz, akkor talán. - Valaki megkönnyebbült mellettem. Hazudni én mindig könnyebben tudtam, ő túl lelkiismeretes volt hozzá.
Lucy az anyja nadrágját húzkodta, aki rászólt, hogy maradjon nyugton. - Mi az, Lucy, mi a baj? - kérdeztem rá én, mivel az anyját látszólag nem érdekelte. Lucy nagy szemekkel nézett rám, az ujját megint a szájába vette.
- Szeretnék veletek hazamenni. - Az anyja kivette a kezét a szájából.
- Mondtam már, kicsim, hogy szó sem lehet róla. Danieléknek biztos van más dolguk is a városban. - Lucynak lebiggyedt a szája a csalódottságtól.
- Ó, nem. Mi is indulunk haza. Ha megengeditek, nyugodtan eljöhet velünk - kontrázott rá Olive Barbarára, amitől a kislány szája a fülig szaladt. A szülők ezek után nem mondhattak nemet a lányuknak, aki velünk jött haza.

Mögöttünk a szülők jöttek az úton, a hátsó ülésen ülő Lucy még integethetett is a család többi tagjának. Szerencsémre Olive-ot lefoglalta Lucy folyamatos duruzsolása, így azt is megérhettem, hogy anélkül értünk haza, hogy egyszer is beleszólt volna „mesteri" vezetésembe.

Mivel Lucy nagy érdeklődést mutatott szinte minden iránt, folyamatosan bombázva minket kérdésekkel, ezért jó ötletnek találtuk, hogy barkochbát játsszunk a hazaúton. A kislány még sosem hallott a játékról, de hamar belejött, és egész ügyesen kitalálta az egyszerű feladványokat. Még én is beszálltam a játékba, hogy kisegítsem Lucyt a nehezebbeknél. Olyan jól szórakoztunk, hogy szinte azonnal hazaértünk. Scották még egyszer megköszönték, hogy eljöhetett velünk – elnézve Lucy lelkesedését nem maradt sok választásuk, miután Olive kijelentette, mi is jövünk haza.

Mindent elpakoltunk a helyére. Livi tényleg nem hitte, hogy megtalálom a borotvát, azt meg főleg nem hitte el, hogy Earl segített a felkutatásában. Felmentem a hálószobánkba, hogy az ottani közös gépen megnézzem az e-mailjeimet. Azonban jött Olive, és elkezdett toporzékolni a hátam mögött.

– Kellene a gép, kicsim? – fordultam hátra a székből.

– Nem – harapott bele az alsó ajkába. – Át kéne menned a másik szobába. Fel szeretném próbálni a ruhákat. – Érthetetlen, hogy miért nem lehetek jelen.

– Inkább nem kérdezek semmit – sóhajtottam.

– Köszönöm! – dalolta, majd egy puszit nyomott az arcomra. Amint kiléptem, még az ajtót is bezárta mögöttem. Ilyennek még sosem láttam. Ekkora felhajtást csinálni egy ruha miatt! Még szerencse, hogy nem az egész emeletről zavart le, így átballaghattam a dolgozószobánkba, talán ott sikerrel járok. Öt olvasatlan üzenet fogadott, de csak egyet nyitottam meg, New York-i szerkesztőm, Steve levelét. Régen beszéltem már vele, rendes tőle, hogy rám írt.

Üdv!

Gondoltam, gépelek pár sort és megérdeklődöm, mi újság veletek. Ha jól emlékszem, már túl vagytok a beköltözésen. Milyen az új környék, a szomszédok?
Azt rebesgetik az arizonai irodánkból, hogy a városotokban a minap karantént rendelt el a katonaság. Mi lett a nagy fogadalmaddal, hogy semmi veszélyes munka? Látod, nem tudsz elmenekülni előle, megtalál az téged! A viccet félretéve, remélem, rendben vagytok, és nem felétek van a balhé. Ha tudsz valamit, írd meg kérlek, mert lehet, hogy a kollégák átvágnak minket.

Üdvözlöm Oliviát!

Szegény Steve, ha tudná, hogy mi folyik itt, az összes városi tudósítóját iderendelné a környékre. Döntés előtt álltam: elmondjam-e neki, hogy az a karantén pont a mi utcánkban volt, megannyi más eseménnyel együtt, vagy sem. Nem akarok paranoiás lenni, de Snowden óta nem vagyok benne biztos, hogy az a levél, amiben leírok neki mindent, eljutna szerkesztő barátomhoz. Steve, pajtás, egyszer talán elmondom, de most egyelőre nem erősítek meg semmit a helyi irodátok pletykáiból. Az etikát ezúttal felülírja a józan ész, úgy hiszem.

Szia, Steve!
Minden okés velünk. Két hete sikeresen beköltöztünk. A környék szuper, a szomszédok nagyon kedvesek. Másnap már kerti partin kellett részt vennünk, amit elmondásuk szerint nekünk tartottak. Nagyon összetartó közösség! Aztán jött a kánikula, de azt is átvészeltük – főleg légkondival.
Sajnos én nem hallottam ilyesmiről, haver. A helyi lapokban, tévében semmiről nem beszéltek. Lehet, hogy pár túlbuzgó gyakornok találta ki az egészet a nyári uborkaszezon csilla-

pításaként. Ilyenkor legfeljebb az időjárás lehet szalagcím, megértem őket, ha valamit kitalálnak.

Átadom, most épp ruhát próbál, ezért kizavart a hálószobából. Nagyon titokzatos!

Lehet, hogy kicsit elvetettem a sulykot, mikor azt írtam, „nagyon összetartó közösség". Féligazságnak elmegy, hiszen vannak összetartó emberek. Sajnos a többség nem annyira az, de ha felborul a napi rutin, akkor vele együtt a korábbi elvek is eltűnnek. Ez a társadalom nulladik szabálya, amit közismertebb nevén túlélésnek hívnak. Kikapcsoltam a gépet és elosontam a szobánkhoz, hogy meglessem a ruhapróbát. Próbáltam kinyitni az ajtót, de a paranoiás hölgy még be is zárta az ajtót.

– Majd holnap, szívem! Addig ki kell bírnod – jött a válasz az ajtó túlsó feléről. Legvadabb álmaimban sem bírtam elképzelni, hogy mi lehet az, amit ennyire el kell titkolni előlem. Vállat vonva odébbálltam. Ha nem, hát nem, a kíváncsiságom bír várni egy napot.

Ami hamar el is érkezett. Délután Mr. Curtis csengetett be hozzánk, tudatni, hogy „azok a szarrágók" – ahogy ő fogalmazott – nem adták még ki Ed hamvait, tehát a másnapra tervezett szertartás elmarad. Ezúttal szerdára ígérték, szóval a temetés most csütörtökön lesz esedékes.

– Liz már alig várja, hogy itt hagyhassa ezt a környéket egy kis időre, erre még rátesznek egy lapáttal és húzzák az időt! – panaszkodott Mr. Curtis. Némán hallgattuk végig a monológját, a dühe szinte zivatarként ért bennünket. A törődés, mellyel Liz iránt viseltetett, szinte tapintható volt a levegőben. Mondandóját egy nagy sóhajjal zárta. – Elég belőle. Magukkal minden rendben, fiatalok? Egyiküket sem rabolták még el, vagy ilyesmi? – A fekete humorán ezúttal nem csodálkoztam el.

– Velünk minden rendben van, Mr. Curtis. Úgy érzem, a karantén óta csend van a környéken. – Erre az ex-rendőr csak hümmögött egyet.

- Valóban. Lehet, hogy azoknak a rohadékoknak sikerült elijeszteniük azt a pokolfajzatot ezzel a nagy csinnadrattával. - Bárcsak így lenne! De úgy éreztem, hogy ebben sem én, sem a jelenlévő másik két személy nem hisz.

- Magának legyen igaza! - felelte rá Olive szomorkás hangon. Nem hitt benne.

Mr. Curtis látogatása újra elbizonytalanította Livit az estével kapcsolatban. Más stratégiát választottam és hagytam, hogy maga döntse el, vajon helyes-e ilyen időben elmenni szórakozni, vagy sem. Másnak - többek közt nekem - ez nem okozott erkölcsi válságot. De mint tudjuk, Olive közel sem olyan, mint bárki más.

Fel-alá mászkált, nekiállt port törölgetni, leszedte a sarokban lévő pókhálókat, amelyek talán ott sem voltak. Ivott egy pohár vizet, ezt követően nagy odaadással elmosogatta a poharat. A viaskodás önnönmagával a takarításban csapódott le. Nem sejtettem, hogy végül igent fog mondani az estére. Mr. Curtis valóban elbizonytalanította, ez nyilvánvaló volt, de beláthatta, hogy erre az estére legalább olyan nagy szükségünk van, nekem és neki egyaránt.

A nappaliban ültem és egy magazint olvastam, mikor beállított és közölte, hogy rendelt egy Ubert, háromnegyedóra múlva itt lesz, addig készülődjünk. Egy bólintással nyugtáztam a kijelentését. Soká tartott, de végül helyesen döntött. Elindult felfelé, de visszafordult.

- Azt hiszem, előbb neked kéne elkészülnöd. - Persze, a teátrális titokzatosság, hogy én lássam meg utoljára az új kosztümjét. Felpattantam hát, és borotválkozással kezdtem. Olive mostanában nem szólt rám, hogy borotválkozzak meg, pedig a másnapos borosta állapotán már bőven túl voltam. Igyekeztem nem megvágni az arcom. Kevés arcszesz, amit tőle kaptam születésnapomra még tavaly. Hiányzott vagy fél cent az üvegből. Hiába, azzal senki nem vádolhat meg, hogy pazarló lennék.

Olive újra ott toporzékolt a fürdőszobaajtóban. Nagyvonalúan előreengedett, mégis, igyekezzek az ügyes-bajos dolgaimmal. Miután kijöttem, természetesen becsukta mögöttem az ajtót.

Elbizonytalanodtam, hogy milyen ruhát is kellene felvennem. Az sem tudtam, hogy melyik étterembe megyünk.
– Mit kéne felvennem? – szóltam be hozzá a fürdőbe.
– Öltönyt! – Hűha, puccos helyre megyünk. Előkerestem a sötétkék öltönyömet, egy fehér inget és egy vörös nyakkendőt. Sminkkel nem kellett bajlódnom, hamar elkészültem. – Ha kész vagy, menj ki és csukd be az ajtót! – Már azon sem lepődtem volna meg, ha külön autóval megyünk, hogy csak az étteremben lássam meg először.

Félóra elteltével elérkezett a pillanat. Az elmúlt huszonnégy órában mesterien fokozta bennem a vágyat, hogy végre láthassam, ezért – érthetően – az ingem vonalán látni véltem szívem erőteljes dobogását. Elérkezett a belépő ideje, és rá kellett jönnöm, hogy nem hiába várakoztatott erre a pillanatra. Akár egy festmény, amely a gazdasági világválság előtt készült, úgy jelent meg Olive előttem.

Fekete magassarkú cipőben, amihez fekete mintás harisnyát húzott. Egyberészes ruhájának szoknyája a combja közepéig ért. Fordult egyet függőleges tengelye körül, hogy minden szögből szemügyre vehessem. A ruha felső részén egy V-kivágás helyezkedett el a hátrészen, így gerincének finom ívét is láthattam. A ruha bíborvörös színe kitűnően passzolt vörös rúzsához. A tőlem kapott fülbevaló volt az egyetlen ékszer, amit a jegygyűrűn kívül viselt. Haját jobb oldalon egy csattal fogta össze. Amíg figyeltem, levegőt sem bírtam venni, egyszerűen megfojtott a látvány. Lejött a lépcsőn, megállt előttem, majd egy „ugye megmondtam" tekintettel nézett rám.

– Nos, uram? – Mit is lehetne erre mondani néhány szuperlatívuszon kívül? Letérdeltem hát előtte.

– Hozzám jön, hölgyem? – Mire hangos nevetésben tört ki. – Úgy érzem, ezek után nem tudnék másfelé nézni, csupán önre, kisasszony – tettem hozzá. A nevetést mosollyá redukálta.

– Kérdésére válaszolva: az az estétől függ, uram. De úgy érzem, jók az esélyei. – Felálltam és ajtót nyitottam neki. Időközben megérkezett a fuvarunk. A jobb hátsó ajtót kinyitottam neki, utána hátulról megkerültem az autót, ahogy azt az illem előírja, és beszálltam én is. Elkezdődött az esténk.

IX. fejezet

Van benne valami csodálatos

2. rész

Fények között utaztunk. A kertváros halvány világításából suhantunk át a belváros színes fénykavalkádjába. A kettő között a sötétség, melyből elénk tárult az égbolt végtelensége. Utoljára talán a dombon láttam a csillagos égboltot. Fejemet az ablaknak szorítottam, hogy minél többet lássak a Tejútból. A csillagok fényei, amelyek a múltat mutatják, vajon mit mesélnének, ha beszélni tudnának?

Egyre halványabb lett a látvány a fényszennyezés miatt. Közeledtünk a városhoz. Uber-sofőrünk nyugodtan vezetett, láthatta rajtunk, hogy különleges estére készülődünk. Nem akarta elrontani az utunkat vad előzésekkel és kormányrántásokkal. Csak bámultam a fényeket, mikor Olive megfogta a kezem. Odafordultam hozzá. Az autóba bevilágító fények csupán az arca egy részét fedték fel, így csak gyengéd mosolyát láthattam.

Útközben kitettük az autóból az elmúlt napokat. Odaadtuk Joe-nak a tározónál, hogy addig őrizze meg a víztömeg mélyén, amíg távol vagyunk. Visszafelé beugrunk érte, nem hagyhatjuk ott. Egy este, ahol nem mi, hanem a téboly fuldoklik a víz alatt.

Továbbra is meglepetés volt számomra, hogy melyik étteremhez érkezünk. Nem tudtam szóhoz jutni, amíg ki nem szálltam az autóból. Az ajtónyitással nem kellett törődnöm, arra ott volt az étterem személyzete. Végül kikászálódtam az autóból és megszólaltam:

– Livi! Azt elfelejtetted közölni, hogy az e havi hitelkártya keretünket ma este le fogjuk nullázni. – Próbáltam viccel leplezni a döbbenetemet, de a hangom és az arckifejezésem nem passzolt hozzá, maradt kétségbeesett. Nejem megragadta a kezem és húzott maga után, akár anya a gyermekét.

Egy hostesslány az asztalunkhoz kísért minket. Olive látványa nem csak engem ejtett rabul. Körbenéztem, és valamennyi vendég tekintete rá szegeződött. Kissé elmaradtam tőle, de ettől szorosan felzárkóztam mellé. Ne bámuljatok, oktondik. Vele vagyok! – gondoltam. Mi sem állt tőlem távolabb, mint hogy az alfahím szerepet magamra öltsem, ám Olive kivételes tündöklése okán megragadtam az alkalmat. Az vesse rám az első követ, aki még sosem viselkedett hozzám hasonlóan a párja jelenlétében.

A jelenet annyira szürreális volt, hogy az asztalhoz érve már nyúltam a kalapomért, mikor rájöttem, hogy milyen évet is írunk valójában. A zakóm alatti gyöngyházas Coltot sem kellett elrejtenem a kíváncsi szemek elől.

Ilyen lenne egy normális randi? Nálunk ez végül is kimaradt. Tudtuk, hogy nincs szükség közhelyes udvarlásra, sem szenvedélyes vallomásokra egymás felé, hiszen kapcsolatunkat ezzel indítottuk. Ezért is éreztem magam mindig szerencsésnek. A tiszta őszinteségünknek hála elkerültük azt a hosszas folyamatot, amivel párok kerülik egymást akár éveken át, mivel nem merik bevallani egymásnak érzelmeiket. Végül aztán eltávolodnak egymástól és a kapcsolat, amely egy gyönyörű virágot adott volna, egyszerűen elszárad.

Szép étterem, elegáns ruha, bókok, pirulások, gyertyafény. Most végre megtapasztalhatjuk. Nekünk annyi előnyünk van más leendő párokhoz képest, hogy már házasok vagyunk. Egy tökéletes világban úgy indulna minden kapcsolat, mint a miénk. Leszámítva a kezdeti hosszas nézeteltérést, de utólag úgy érzem, szükségünk volt rá, hogy aztán minden képzeletet felülmúlva megtaláljuk egymást.

Leültünk az asztalhoz. Rég volt már, hogy hasznát vehettem az evőeszköz-használati tudományomnak, most itt volt az ideje, hogy leporoljam azt. Utoljára New Yorkban, az esküvőnk után ettünk ilyen étteremben. Egy átlagos téli napnak indult a Nagy Almában. Tél tábornok eddig szokatlanul kesztyűs kézzel bánt a városlakóval és a városvezetéssel, távol tartva mindenkit a hó okozta káosztól.

Az esküvőnk napjára azonban tél tábornok hadüzenetet küldött a Keleti-partnak. Délelőtt tíz órára volt jelenésünk az anyakönyvvezetőnél a Városi Ügyintéző Irodában, ami a megyei bíróság épületében volt. Mindkettőnk tanúja egyetemi jóbarátunk volt. Markkal és Sarah-val úgy beszéltük meg, hogy fél tízkor találkozunk a Foley Squere-nél, a bíróság előtt. A felhők gyülekeztek, de talán ha egy hópelyhet láttam lehullani Olive kabátjára. Fél tíz után pár perccel megérkezett a két tanú. Feltették az utolsó kérdést az „akarod-e..." előtt.

– Tényleg ezt szeretnétek? – Én egy sima öltönyben álltam ott, se csokornyakkendő, se bérelt szmoking. Olive szintén egy kosztümöt viselt – az egyetlent, ami volt neki otthon –, nem pedig hófehér esküvői ruhát. Rajtuk kívül senki nem tudott róla, hogy mire készülünk. Meghagytuk nekik, hogy el ne árulják valakinek. Ha egy apró repedés keletkezik ezen a gáton, a ránk zúduló harag elmosna bennünket és a minimalista esküvőnket is. Elkezdhetnénk az esküvő tervezését, mint ahogy a párok 99%-a teszi. Keres egy olyan napot, ami az egész rokonságnak jó, megszervezi az útjukat, szobákat foglal, étterem után kutat, virágokat, étkészletet, evőeszközt, zenekart, italt választ.

Szó sem lehetett róla, ebben egyetértettünk. Igent mondtunk nekik próba gyanánt a benti ceremóniára. Ezt akartuk, még talán sosem voltunk ennyire biztosak valamiben. Felmentünk a lépcsőn, amely életünk egy új fejezetébe vezetett. A cipőm orrát néztem, és figyeltem minden egyes lépcsőfokot. Fogalmam sem volt róla, mikor érek fel az ajtóig.

A hivatalban az ügyintéző még a barátainknál is aggódóbb hangnemet ütött meg, mikor meglátott bennünket az eseményhez mérten slampos megjelenésünkkel. Várakozó pályára terelt minket. Valóban kilógtunk a csarnokban sürgő-forgó tömegből, többen végig is mértek bennünket, ahogy egy sarokban kuporogtunk. Öt perc elteltével, ami nekem egy órának tűnt, szólítottak bennünket – mintha csak az orvoshoz jöttünk volna. Az anyakönyvvezetőtől már nem kaptunk sem verbális, sem nonverbális kritikát a kinézetünkre. A hivatásához hűen mosolygott ránk, hisz' tudta, ez minden pár számára fontos pillanat az életben.

Olivia szemeiben ott volt minden, amire vágytam. Tekintetének tüze nem halványodik. Ugyanazt láttam benne a parkban, az esküvőnk napján és most is, mikor az étteremben velem szemben ül.

Nem hallottam semmit: sem a város szűnni nem akaró moraját, sem az előtérben ünneplő párok kacaját, sem az anyakönyvvezető szavait. A lágy mosoly egyszeriben eltűnt, és ajkai mozogni kezdtek. Majd kijött egy szó: „akarom". A kérdést nem hallottam, de Olive szemei enyhén kinyíltak, ebből tudtam, hogy most rajtam a sor, így megismételtem én is: „akarom". A hallásomat a két tanú, Mark és Sarah tapsolása kezdte visszaadni. Fejemet feléjük fordítottam, mikor Olive odahajolt hozzám, várva, hogy megcsókoljam végre. Ennyi baki belefér. A pillanatot az adminisztrációs teendők szakították félbe. Kár, hogy ezt nem lehet előtte lebonyolítani.

Talán félórát voltunk az épületben, de mire kiértünk, szakadt a hó. Sarah csinált rólunk néhány képet, jobb fényképészt keresve sem találtunk volna. Ragaszkodtam hozzá, hogy legyen egy kép, amin rajta vagyunk mind a négyen. Sarah-nak azonban ez komoly problémát jelentett, ugyanis a járókelők közül kellett kiválasztania egy ránézésre megbízható személyt, akinek a kezébe adhatja méregdrága Leica kameráját. Átmentünk a szemközti térre, ahol találkoztunk velük a ceremónia előtt.

– Ugyan, válassz már ki valakit, mielőtt belep minket a hó – noszogatta őt Mark. Álltunk még fél percet, mikor végre megszólalt.

– Na, ő kockának tűnik. Talán tudja, mit adok a kezébe. – Mindhárman nagyot sóhajtottunk, mikor végre leszólított egy szemüveges fiatal férfit. Nem értettem, hogy miért gondolta őt „kockának", de ez legyen az ő dolga. A képek elkészülte után elindultunk az ünnepi ebédünkre. Asztalfoglalásunk volt egy kifejezetten drága manhattani étteremben, ami pár utcával volt fentebb tőlünk. Egyedül Mark jött a saját autójával, ezért ő lett a friss házasok sofőrje. Gyakorlott New York-i autósnak tűnt, aki nem riad vissza a hózáportól. Ami engem illet, a városban inkább taxit vagy földalattit használtam, próbáltam minél kevesebbszer elővenni az autót. Télvíz idején szó nem lehetett róla, hogy kimenjek az utakra a saját kocsimmal.

Mark egy szempillantás alatt az étteremhez fuvarozott minket. Azon kevés éttermek közé tartozott a belvárosban, amely saját parkolóval rendelkezett. A szűk helyen két autó állt öszszesen. Talán az időpont miatt, vagy az időjárásnak köszönhetően, hogy ilyen kevés vendég ebédelt itt. Rajtunk kívül talán csak egy – ránézésre Wall Street-i – üzletemberekből álló társaság ült odabent. A személyzet az alkalomhoz illően gratulációval fogadott bennünket, amire a négy középkorú, öltönyös úr is felfigyelt. Egy darabig csak néztek bennünket, diskuráltak egymás között, nem tudták eldönteni, hogy milyen alkalom lehet a miénk. A szemem sarkából láttam, ahogy leintenek egy pincért, hogy aztán poharukat megemelve odaszóljanak hozzánk és ők is gratuláljanak. Keresve sem találhattunk volna ideálisabb napot a esküvőnkre. Még az étteremben sem volt az a nagy tolakodás, amire számítottunk.

Miután megettük az ünnepi ebédünket, diszkréten elvonultam kifizetni a számlát. Valószínűleg a pincérek most láthattak először ilyen sovány násznépet.

– Nem veszi tolakodásnak, ha megkérdezem, hogyhogy ilyen kevesen vannak? – Nagyon illedelmes volt, bizonyára nem szabadott volna neki ilyesmit kérdeznie tőlem, de a kíváncsiság vezérel mindnyájunkat.

– Szervezés, beszédek, kézfogások, ölelések, ajándékok, köszönetnyilvánítások. Tegye fel magának a kérdést: egy esküvő kinek a napja? A páré vagy a násznépé? – Látszott rajta, hogy nem érti az érvelésem.

– Persze, hogy a páré, de... – Mielőtt folytathatta volna, hogy „ez akkor is önzőség", közbevágtam.

– Nézzen ránk! Nem lát rajtunk feszültséget, ami az ültetésrendből, családi viszályokból eredne. Nem lát rajtunk félelmet, azt várva, hogy mikor esik egymásnak két rokon az elmaradt tartozásán. Nem lát rajtunk fáradtságot, amit egy ilyen esemény megszervezése indukálna. Mi az, amit lát rajtunk, mondja el, kérem! – Kihajolt a pult mögül, hogy rálásson Olive-ra és a két tanúnkra. Láthatta, ahogy nevetnek valamin, ahogy Sarah vállon üti Markot valamiért. Csak figyeltük őket mindketten, amit Livi észrevett, és odaintegetett felénk.

– Már értem, mire gondol – nyújtotta felém jobbját, és kezet ráztunk. – Sok boldogságot az elkövetkezendő évekre is. – Valóban megértette.

Mire kiléptünk az ajtón Mark autóját már néhány centis hótakaró lepte. Közös erővel letakarítottuk, hogy hamarabb indulhassunk. Olive tanúja volt olyan szíves, és hazafuvarozott mindenkit. A vihar egyre erősödött, de a java még csak hátra volt. Főleg, hogy felénk még egy másik vihar is közeledett.

Mikor kint a hófúvás kezdte megbénítani a várost, mi nekiláttunk felhívni szüleinket. Megkértük őket, üljenek le számítógépjeik elé, hogy közösen mondhassuk el nekik a hírt. A reakciójuk érzelmi hullámvasút volt. Meglepetés, majd öröm és végül – mikor rájöttek, hogy ők nem lehettek ott – a düh, ami aztán a szülői szeretetnek köszönhetően gyorsan átcsapott beletörődésbe.

Nem vagyunk gyerekek, ez a mi döntésünk volt, amit másoknak kénytelen-kelletlen el kellett fogadniuk. A hír ezek után úgy terjedt a családban, mint a futótűz a kiszáradt kaliforniai erdőben. Az első félórában még fogadtam az ingerült hívásokat, majd egyszerűen kikapcsoltam a telefonomat, amit Olive is követett néhány perccel később.

Péntek este volt New Yorkban. Kint hóvihar tombolt, a lakásunkban pedig a rokonok, barátok csalódottsága és dühe okozta hurrikán pusztított.

Akiket nem zavar a mi elvonult esküvőnk, és tényleg osztozni akarnak örömünkben, azok végül megtalálnak minket. Most csak azok a családtagok keresnek meg, akiket utoljára a gyerekkori karácsonyok alkalmával láthattunk, vagy azok az ismerősök, akik egykoron segítséget kértek tőlünk iskolai feladatok során, de a ballagásokat követően szép lassan feledésbe merült barátságunk.

Az újév utáni uborkaszezonban, mikor már mindenki kitombolta magát, és messze volt a következő évforduló, születésnap, ami okot adhatna a bulizásra, felháborodva konstatálták, hogy elszalasztottak egy lehetőséget. Ugyanakkor ez nyomós ok volt arra, hogy nemtetszésüknek adjanak hangot ahelyett, hogy belátnák, ez a mi boldog pillanatunk.

Tombol, süvít, belepi az ablakot a hó. A város fényei a pelyhek közt nyugalommal töltöttek el. Csak ültünk az ablakpárkányon egymással szemben, és bámultuk a várost. Emberek dacoltak a hóval, ami közben vízszintesen esett az arcukba. A bátor autósok kimért óvatossággal haladtak a pár méteres látótávolságban. Rendőrök, tűzoltók, mentők villogó fényei – ki tudja, mihez sietnek. Velem szemben Livi, aki egy új festmény témáját látja kibontakozni maga előtt, vagy talán ránk gondol, és a mai napra.

***

– Dan! Ennyire nem ízlik, amit rendeltél? – Felpillantottam a tányéromból. Olybá tűnik, elkalandoztam vacsora közben, pedig csak az evőeszközökre néztem. Kinéztem az ablakon, de hónak semmi nyoma nem volt. Itt aligha esne, helyette kaptunk homokot. Körbenéztem és azt vettem észre, hogy az egyik pincérnő le sem veszi tekintetét Olive-ról, úgy törölgeti megszállottan a kezében lévő poharat. Egyik szemöldökömet felvonva elkezdtem bámulni őt, ekkor észrevett, és hirtelen odébbállt. Hiába, Livi mindenkit megbabonázott ezen az estén. – Visszaküldjük? – Még mindig nem válaszoltam a kérdésére.

– Jaj, ne haragudj. Dehogy is! Finom, csak elkalandoztam – tettem be egy nagy falatot a számba, majd kortyoltam rá egy kevés bort.

– Igazán? Megtudhatom, min?

– Utoljára az esküvőnk után ettünk ilyen étteremben. – Olive letette a villát, majd körbenézett, mint aki észre sem vette, milyen helyre jöttünk vacsorázni. Hümmögés után csak ennyit mondott:

– Igazad lehet.

– Már ideje volt, hogy eljöjjünk egy ilyen helyre, nem igaz? – Ő csak mosolyogva bólogatott. Én sem voltam valami bőbeszédű az este folyamán, de ő még rám tett egy lapáttal. Vacsora után nem kispályáztunk, és desszertet is rendeltünk. Idáig kellett várnom, hogy kibújjon a szög a zsákból.

– El kell mondanom valamit – sütötte le a szemét, és szelt egy darabot süteményéből. Komolynak hangzott a dolog.

– Éspedig? – Nem folytatta, kénytelen voltam rákérdezni.

– Sajnos nem tudják itt kiállítani a képeimet. – Hirtelen nem tudtam eldönteni, hogy csalódott vagy dühös legyek. Hasonló érzés kavaroghatott a rokonainkban is, mikor nem szóltunk nekik az esküvőnkről. Beláttam, hogy azzal nem segítek Olive-on, ha elkezdem szidni a galériát, amellyel pár napja tárgyalt. A képei gyönyörűek, az ő veszteségük, ha nem állítják ki.

– Sajnálom, bogaram. – Folytattam volna azzal, hogy keresünk egy másik galériát, de katartikus mosoly kezdett kirajzolódni az arcán, ami összezavart. Örül annak, hogy nem állítják ki a városban a képeit? – Min mosolyogsz? – Minden oka megvolt rá, hogy örüljön.

– Itt nem fogják kiállítani, de New Yorkban igen! – A titkolózás nagymestere. Rólam egyből lerí, ha valami jó vagy rossz történik, róla soha. Képes lett volna rá, hogy a kiállítás napjáig ne árulja el nekem. Felpattantam és egy komikus, de annál boldogabb jelenet következett: az asztal fölött átöleltem. Mikor csillapodott egy kicsit a nevetésem, amit ez a kellemes meglepetés okozott, sikerült végre megszólalnom, hogy kérdésekkel árasszam el őt.

– De... de hogyan? Mikor lesz? És miért nem szóltál eddig? – Sorolhatnám még azzal, hogy *mikor tudtad meg, melyik galériában lesz*, de reméltem, hogy most mindent elmond nekem.

– Nyugodj meg, szívem – próbálta a heves izgalmamat csillapítani. – Úgy számoltak, hogy a képeimre olyan nagy lenne az érdeklődés itt, hogy inkább New Yorkban kellene kiállítani. Ezért az itteni galéria felvette a kapcsolatot egy New York-ival, ők meg egyből igent mondtak. Nekem is tegnapelőtt szóltak, ezért vetettem fel este a mai nap ötletét, gondoltam, nem a karantén közben kellene elújságolnom mindezt. Karácsony előtt pár nappal nyílik, szóval... – Sejtettem, mire gondol.

– Ott tölthetnénk az ünnepeket. – Hevesen bólogatott. Ami engem illet, nem bántam a dolgot. Valahogy a karácsony nem lenne az igazi egy sivatagban. Meg hát, mi tagadás, velem együtt neki is hiányozhatott egy kicsit a Nagy Alma.

Hihetetlen büszkeség járta át a testem, ami szinte megrészegített. Kissé esetlen voltam érzelmeim kifejezésében, ha szavakkal kellett elmondanom, mit érzek, de Olive látta rajtam, ahogy ránéztem. Jól tette, hogy várt ezzel a hírrel, mert ehhez tényleg kellett egy közeg, hogy fel tudjam dolgozni. Az esti szórakozásunk egyszeriben átváltott ünneplésbe, amire Livi már előre felkészült. További meglepetések értek, és nem is sokat kellett várnom a következőre. Az étteremből kilépve ugyanaz az Uber-sofőr várt minket a bejárt előtt.

– Nocsak, öregem. Ma egyedül van szolgálatban a városban? – érdeklődtem a sofőrtől, miután beszálltam az autóba.

– A hölgyet kérdezze! – közölte monoton hangon.

– Tim lesz a sofőrünk ma este, drágám. Megbeszéltem vele még tegnap. – Mindent eltervezett.

– Vagy úgy. Nagyon örülök, Tim. Dan vagyok – nyújtottam oda a kezem, amit ő erősen megmarkolva rázott meg.

– A megbeszélt helyre, hölgyem? – Helyben vagyunk. Olive csak bólintott egyet, és Tim elindult.

– Mi is a megbeszélt hely? – Gondoltam, nem titok…

– Majd meglátod! – … de tévedtem.

Az autó egy **Pre-90's** nevű szórakozóhelyre vitt minket. Hallottam a helyről korábban, amolyan retro bár szerűség. Sokat írtak róla a helyi lapokban, mikor elérték, hogy csak 1990 előtt született vendégek mehessenek be. Exkluzív helynek számít a városban, ahova a fiatalok előszeretettel próbálnak bejutni hamis igazolványokkal.

A járdán álldogáló vendégek láttán olyan érzésem támadt, mintha csak egy Los Angeles-i klubba mennénk, ahova azért akar mindenki bejutni, hogy láthasson néhány bulizó hollywoodi celebet. Miután kinyitottam Olive-nak az ajtót, ő magabiztosan a sort feltartó két szabadnapos smasszerhez lépett. Elkérte az igazolványomat, amit átadott a sajátjával együtt a két jó kondícióban lévő férfinak. Ők walkie-talkie-n mondtak valamit, amit nem értettem, majd a procedúra végén kinyílt az ajtó előttünk. Partnerem lendületesen haladt tovább, mintha csak minden hétvégén ide járna szórakozni. Én pedig úgy totyogtam mögötte, mint egy első éves egyetemista, akit most engedtek be először a három görög betűs hallgatói szektába. Odabent a '70-es, '80-as évek diszkószlágerei szóltak, melyekhez egy táncparkett biztosított kibontakozási lehetőséget a vendégek számára.

Olive eltűnt előttem, majd megjelent egy hostess-szel, aki az asztalunkhoz kísért minket. Mert ugye itt még asztalfoglalás is van.

Ami a személyzetet illeti, autentikusan öltözködtek, így évek után újra láthattam trapézszárú nadrágot és hosszú gallérú inget. Mexikóval szomszédos állam lévén a fő ital a tequila volt, így két *margarita* koktélt rendeltünk. Itt nem a romantikáé volt a főszerep, ezért nem szemben, hanem egymás mellett foglaltunk helyet, főleg azért, hogy halljuk a másik szavát.

Az első pohár után felkértem Livit táncolni, vagyis legalább háromszor kellett felkérnem, mert azt hitte, hogy viccelek. Ez az ő napja, megérdemelte a bulizást, az ünneplést. Nem mellesleg ideje, hogy nevén szólítsuk a gyereket: Livi kifejezetten dögösen festett, főleg ebben a ruhában. Néha mindenkinek jólesik, ha az összes szem rá szegeződik. Elindultunk hát a szűk, kör alakú táncparkett felé, ahol néhány pár fért csak el. A hangszóró egy Roxette-számról most ELO-ra váltott.

– Még mindig jól táncolsz! – kiabálta a fülembe. Sosem tudtam magamról megállapítani, hogy jó táncos vagyok-e. Valahogy mindig igyekeztem kerülni a lehetőséget, mikor táncról volt szó. Vele persze már táncoltam korábban is, innen tudja, hogy nincs tragikus ritmusérzékem. Mire a szám véget ért, már mi álltunk a parkett közepén. Ezután jött a Cream együttes száma. Ahogy együtt mozogtunk, Olive becsukta a szemét és belém kapaszkodott. Kezdtem érteni, hogy miért a korhatár. Melyik korunkbeli menne fel táncparkettre és táncolna tizen-huszonévesek előtt, hogy aztán levideózzanak minket és felrakjanak valamelyik közösségi oldalra? Ehelyett harmincas-negyvenes nyugodtan táncolhatott egymás mellett, ahogy azt tették iskolai bulik alkalmával, évekkel ezelőtt. A szám az utolsó versszakához ért, és egyszerre megelevenedett a dal.

Dance floor is like the sea
Ceiling is the sky
You're the sun and as you shine on me
I feel free...[4]

Az elmúlt napok során ránk nehezedő nyomást ez az este enyhítette. A feszültséget, ami összegyűlt bennünk, e tánc során leráztuk magunkról. Ha egy tucat tini tört volna be ebben a pillanatban, engem az sem érdekelt volna, táncoltam volna tovább, mert ahogy Jack Bruce is énekelte: szabadnak érzem magam! És ezt nem a táncnak vagy az italnak köszönhettem, hanem a Napnak, aki itt állt előttem és mozgásával, tekintetével, érintésével rám ragyogott.

Annyi minden vár még ránk az elkövetkezendő napokban. Lesznek boldog és tragikus pillanatok egyaránt. A túlélésünket a másiknak fogjuk köszönni. Most azonban, ezen az éjszakán egymásnak élünk.

A dal után óvatosan kioldalaztunk a táncoló párok közül és visszamentünk az asztalunkhoz, ahol két újabb pohár ital várt minket és egy üzenet: *„Jól mozogtak, erre a vendégeim!"* Aláírás nem volt rajta, bárki küldhette nekünk a két pohár italt. Megkockáztatva, hogy bedrogoznak és kirabolnak minket, felhajtottuk a két italt. Kis idő múlva meg is tette a hatását, mármint nem a drog (az nem volt benne), hanem az alkohol. Egyikünk sem volt hozzászokva ennyi piához, ez a két pohár már meglátszott rajtunk.

A hosszas beszélgetésünket időközben újabb tánccal szakítottuk félbe. Hol ketten mentünk, hol Olive hagyott egyma-

---

[4] Táncparkett akár a tenger / Mennyezet akár az ég / Te vagy a Nap, és ahogy sütsz le rám / Szabadnak érzem magam

gamban, és rohant fel egy-egy számnál őrjöngeni. Én a második pohár után áttértem a sörre, bár lehet, hogy rosszul tettem. Állítólag alkohol fokszám szerint fölfelé kell haladni a fogyasztásban, kezdve a sörrel, és bezárva egy tömény itallal.

Néztem, ahogy Livi az ABBA győztes slágerére mozog ritmusosan, mellette két – hasonlóan, de nem annyira tündöklően öltözött – korabeli, harmincas hölgy mozog. Kezük közben hol egymáson, hol Olive csípőjén landol, hogy aztán a fenekén fejezze be a mozdulatsort. Mosolyogtam, és nagyot kortyoltam a sörömből. Olive nem zavartatta magát. Hiába, a táncban mindent szabad. Véget ért a szám és elindult felém.

– Milyen dögös táncpartnereket találtál, kicsim – vigyorogtam.

– Le sem vetted rólunk a szemed, ugye? – nevetett.

– Ilyen vonzó látványról képtelenség lett volna – koccintottunk az italunkkal.

Hajnali két óra felé döntöttünk úgy, hogy ideje távoznunk. Tim, a sofőrünk közben hazamehetett, vagy az autójában aludt, fogalmam sem volt. Olive üzent neki és mire kiértünk, már ott állt az autójával. A sor időközben felszívódott – ember nincs a talpán, aki ennyire be szeretne jutni ide. Már így is eléggé figyelemre méltó, hogy sor állt a klub előtt.

Tim udvariasan üdvözölt bennünket, megérdeklődte, hogy jól telt-e az este, amit mi őszintén megerősítettünk neki. Lehet, hogy aludt néhány órát, mert fáradtságnak nyoma sem volt az arcán. Elindultunk haza. Az utcák kihaltak voltak, már csak legfeljebb az éjszakai munkába igyekvőkkel, vagy a hozzánk hasonló „fiatalokkal" találkozhattunk az utakon. Egy három, látszólag tizenéves fiúból álló társaság mellett haladtunk el. Nekik is véget ért az este, de nem úgy, ahogy szerették volna. Jelen állapotukért lehet, hogy kapni fognak még a szüleiktől.

A gyorsforgalmi úton haladtunk az otthonunk felé. Azt vártam, hogy mikor beérünk a kertvárosba, elszáll minden öröm, amit ma este összegyűjtöttem, de nem ez történt. Tán a hangulat tehet róla, vagy az alkohol miatt, de ugyanolyan gondtalannak tűnt minden, mint egy órával ezelőtt, vagy mikor ideköltöztünk.

Kifizettem Timet, megígértem neki, hogy öt csillaggal fogom értékelni a szolgálatait és garantálom, hogy máskor is igénybe vesszük. Más Uber-sofőrnél néha hazudnom kellett, ha rákérdeztek, mennyire fogom értékelni. Két csillagot adtam, de nem árultam el neki, elkerülendő az ebből fakadó magyarázkodást: nézd, haver, jól vezetsz, de igazán rakhatnál egy autóillatosítót a műszerfalra, és te is használhatnál dezodort, ha negyven fok meleg van. Timmel azonban maximálisan meg voltam elégedve. Kezet fogtam vele, és végre ő is hazatérhetett.

Olive próbálta kinyitni az ajtót, de ő később váltott sörre, ezért jobban az alkohol hatása alatt állt. A jegyzőkönyv kedvéért: egyikünk sem volt részeg aznap éjszaka. Káromkodott egyet, és az ajtó egyszeriben kinyílt, mintha csak az lett volna a jelszó. Livi rám sem hederített, egyből indult fel a lépcsőn. Félúton annyit mondott, hogy menjek utána. Jól van, szívem, semmi gond. Bezárom az ajtót, leveszem a cipőmet és megyek is – gondoltam.

Felértem az emeletre, és a hálószobánkban találtam rá. Az ágy mellett állt, velem szemben, akár egy kísértet. Az utcai lámpák halvány fényénél testének sziluettjénél többet is ki tudtam venni. A cipőt félúton valahol ledobhatta magáról, de a vörös ruha még rajta volt. Fejét szép lassan balra billentette, majd kezeivel egy mozdulattal megszabadult a tegnapelőtt vásárolt ruhától. Újabb titok tárult fel előttem: nem csak ezt a ruhát vette ehhez az estéhez, hanem hozzá illő fehérneműt is. Jobb lábával előrelépett, lábujjhegyre állt, és hátat fordított nekem.

– Segítenél? – Odaléptem és kicsatoltam melltartóját, mely a ruhához illő színben pompázott. Megcsókoltam a nyakát, miközben igyekeztem én is megszabadulni az öltönyömtől. Megfogta a kezem, és elindult az ágy felé. Lefeküdt, majd óvatosan én is, vele szemben. Arcunkat csupán néhány centi levegő választotta el, amit Olive eltüntetett, mikor megragadta az arcom és megcsókolt. Egy este a szerelmünkkel válik a legtökéletesebbé.

Ajkaim közé vettem mellét, amit Olive annyira szeretett. Ezt halk hümmögéssel jelezte nekem. Újra lefelé indultam, megálltam köldökénél, amire adtam egy puszit, amíg lehúztam róla bugyiját. Nyelvemet aztán lábai közé dugtam, hogy a kezdeti halk hümmögés megerősödjön, és nyöszörgésbe váltson át. Kezével közben hol belemarkolt a hajamba, hol a combjait szorította neki arcomnak. A hasa egyszeriben elkezdett hullámozni, ahogy egyre jobban élvezte, amit csinálok. Pár perc után újra csókolóztunk, miközben beléhatoltam. Testünk teljesen összeért, éreztem heves szívverését a mellkasomon. Arcomat az övé mellé tettem, hogy hallgathassam levegővételeit. Körmeit a hátamba nyomta, majd végighúzta rajta – ezt rendszerint meg szoktam tőle kapni együttlétünk alkalmával. Éreztem, hogy hamarosan vége szakad a szerelmeskedésünknek, ezért megfogtam Olive hátát és felültem vele. A fejét hátrahajtotta, miközben elmentem, verejtékes mellét szorosan a nyakamhoz szorítva. Végül lehajolt hozzám és hosszan megcsókolt. Lefeküdtünk az ágyra, egymás mellé háttal, izzadt kezünket szorosan fogva. Csak néztük egymást szótlanul, ki tudja meddig, amíg el nem aludtunk. A leggyönyörűbb álmunk sem képes visszaadni ezt az estét.

Délelőtt szorosan Olive mellett ébredtem. Lehet, hogy egész éjszaka ott bújtam mellette, ki tudja. Nem mozdultam meg, féltem, hogy felébresztem. Hallgattam halk szuszogását, figyeltem mellkasának egyenletes mozgását, ami hajnalban még heves zilálás volt. Közben kinyitotta a szemét, de ő sem mozdult meg, lehet, hogy félálomban feküdt mellettem. Nem bírtam tovább magammal, és óvatosan elkezdtem a haját a füle mögé igazgatni. Az ártatlan tekintet, amellyel ott feküdt mellettem, egyszeriben ihletet adott.

Halkan elosontam fényképezőgépemért. Reméltem, hogy mikor visszaérek az ágyhoz, Livi ugyanúgy fog ott feküdni. Közben ránéztem az órára és láttam, hogy már lassan tizenegy lesz. Idejét sem tudom, mikor keltünk fel ilyen későn, bár a tegnap este után talán megérdemeltünk egy nagyobb pihenőt. Mindenesetre ha a gépem zárhangja fel is ébreszti őt, nem lesz bűntudatom. Ideje felkelni. Ugyanúgy feküdt ott. Egyik kezét a lába között szorította, kezében a takaróval. A másik a feje alatt volt. Békés arca szemet gyönyörködtetően tárult elém. Odaléptem hát hozzá, leguggoltam, és óvatosan megkerestem a megfelelő szöget a képhez. Beállítottam a fókuszt, majd exponáltam a géppel, ami egy csattanással elkészítette a képet.

Olive arca egyből megváltozott. Kinyitotta a szemét, hogy meglásson engem, kezemben a kamerával. Pislogott néhányat, mint aki nem tudja eldönteni, hogy álmodik-e, vagy ébren van. Néhány pislantás után elmosolyodott, rápillantott a kezemre és elkomolyodott az arca.

– Csak nem lefényképeztél? – dünnyögte álmos hangján, közben a szemét dörzsölte egyik kezével.

– Ezt a pillanatot muszáj volt, bogaram. – Kezét kinyújtva kérte el tőlem a fényképezőgépet. Látni akarta a képet.

– Elég bénán festek. – Nem értettem, miért mondja.

– Te jó képet nézel? – Felém fordította, de azt nézte, amit néhány pillanattal ezelőtt készítettem. – Szívem, szerintem a legszebb kép, amit valaha készítettem rólad. – Maga felé fordította a képernyőt és vizsgálta még magát, közben hevesen pislogott, mint akinek homályos a látása.

– Gondolod? Pedig elég szétcsapott a fejem. – Sosem értettem a túlzott önkritikáját.

– Megint kezded? Hidd el nekem, hogy ez a kép életem legjobbja rólad. – Letette a gépet maga mellé az éjjeliszekrényre, majd nagy ásítás közepette nyújtózott egyet.

– Jól van. Gyere ide! – invitált maga mellé az ágyba. Nem kellett kétszer kérnie. Felültem az ágyon, nekidőlve a háttámlának, ő pedig bemászott az ölembe. Bámultuk az ablakot és a felhőtlen kék eget. Kezemmel átöleltem, fejét a vállamnak döntötte, úgy nézett fel rám. – A tegnapit többször is megismételhetnénk – mosolyodott el.

– Igen, azt én is szeretném. – Tekintetét levette rólam, és újra az ablakot bámultuk még néhány percig. Mielőtt felkeltünk volna, csak ennyit mondtunk egymásnak:

– Szeretlek, Dan.

– Szeretlek, Olive.

Elkezdődött egy újabb nap a kertvárosban.

X. fejezet

...mors venit

Egyre több és több autó állt meg az utcánkban. A fekete öltönyös férfiak segítettek a fekete kosztümös asszonyoknak kiszállni az autókból. A gyerekeket a szüleik mind rendre intették. Azok nem értették, ha útközben vidáman játszhattak az autóban, most egyszeriben miért kell csendben jól viselkedniük a sok ember között. Miközben igazítottam a nyakkendőmet, figyeltem a tömeget. Mert bizony egy tömeg érkezett Edward Johnson temetésére.

Szerdán a hadsereg egy különítménye hozta a frászt az utcára, mikor visszaszolgáltatták hamvait az özvegynek. Az érzéketlenségük nem ismert határokat, hogy katonai dzsipekkel kellett elhozniuk az urnát. Mr. Curtis még aznap bejött tudatni velünk, hogy hol és mikor lesz a temetés. Látszott rajta az elmúlt napok szervezésének terhe. Megkínáltam egy pohár gabonapárlattal, amit készségesen elfogadott, és egy húzással fel is hajtott.

Különösnek találtam, hogy Liznek Mr. Curtis volt az egyetlen segítsége, a családtagok csak a szertartásra jöttek el. Megértem, ha korábban az anyagi helyzetük miatt voltak nézeteltérések, de mégis. A pénz és az üzleti döntések jönnek-mennek, de a halál állandó. Elkeserítő látvány ez az autókonvoj és a sok sírdogáló nő és férfi. Vajon az érzelmeik valósak, vagy csak az özvegy és a szomszédok kedvéért hullajtanak könnyeket az aszfaltra? Lehet, hogy nem egy itt lévő személy folyósított Ednek kölcsönt az évek során a vállalkozásához. Kölcsönöket, melyeket sosem láthattak viszont, és ez elidegenítette őt felesége rokonaitól.

– Kész vagy, Livi? – kiáltottam fel neki az emeletre. – Mindjárt itt lesznek a lányok. – Úgy beszéltük meg velük, hogy együtt megyünk ki a temetőbe. Ebben a pillanatban csöngettek az ajtóban. Gondoltam, biztosan ők lesznek azok, helyettük Mr. Curtis állt ott.

– Daniel! Csak egy pillanatra akarom zavarni, látom, készülődnek. Liz megkért rá, hogy a temetés után maradjak ott vele, amíg el nem jön mindenki. Arra kérném meg magukat, hogy jöjjenek vissza, és Johnsonék házában várják az embereket. Megoldható lenne?

– Magától értetődő, Mr. Curtis. – Ez a legkevesebb, amit tehetünk.

– Hálás vagyok, Liz nevében is. Itt vannak a kulcsok. – A kezembe nyomta őket, ezzel hátrafordult és visszament a házhoz. Láttam Julie-t és Stacyt közeledni, ezért megvártam őket az ajtóban. Olive is lejött közben az emeletről, így már indulásra készen álltunk.

Szótlanul utaztunk az autóban, kevéssel a család autókonvoja mögött haladva. Az itthon maradt szomszédok jöttek utánunk. A temető a város túlsó felén volt, az út eltartott közel negyven percig. Az autókonvoj bement a temetőbe, mi a szomszédokkal együtt a külső parkolóban hagytuk az autókat és onnan sétáltunk be. Kezünkben felváltva koszorúval és egy-egy csokor virággal némán haladtunk a kikövezett ösvényen.

Ha eddig maradt egy kis bátorságunk, ami maradásra bírt bennünket, hát az most elvész az urnafal felé haladva. A hozzátartozók könnyei emlékeztetnek bennünket arra, hogy ami a házaink között leselkedik ránk, nem kímél emberéleteket.

Lucy ismét Olive kezét fogta. A kislány számára lehet, hogy ez volt az első temetés, amin életében részt kellett vennie. Valószínűleg pár év múlva nem is fog rá emlékezni. Ez az, ami irigylésre méltó benne, bárcsak mi is elfelejthetnénk az egészet!

Ed letette a koszorút a fal elé. Őt követte Stacy és Julie egyegy csokor virággal, majd én mentem oda a koszorúnkkal. Elizabethnek és a közeli hozzátartozóknak két sor szék volt kirakva, míg a többi barát és rokon mögöttük álltak. Liz rövid szertartást kért, nyilvánvalóan hamar túl akart esni rajta. A pap rövid beszédében elbúcsúztatta az elhunytat, majd egy közös énekkel bezáróan az urnát végső nyugalmi helyére helyezték. Elsőként mentünk oda részvétet nyilvánítani Lizhez, aki zokogása közepette csak bólogatni tudott nekünk.

Zsebemben a lakásuk kulcsával, a három hölgy társaságában elindultunk kifelé az autóhoz. Útközben a lányok felajánlották segítségüket Johnsonék házában, amit mi készségesen elfogadtunk. Nem hinném, hogy jelen körülmények között ezzel kapcsolatban bárkinek lenne ellenvetése.

Kinyitottuk az ajtót, melynek küszöbén két hete Edward leteremtett minket, amiért hoztunk üdítőt a partira. Most pedig itt álltunk egyedül, a nappalijukból kiszűrődő óra kattogását hallgatva. A konyhában előkészített svédasztal volt, süteményekkel és üdítőkkel a vendégek számára. Az emeleti lépcső alatt Liz holmija lehetett bőröndökbe pakolva, útra készen. Ahogy körbenéztünk, sok mindent nem tudtunk már tenni, hisz' minden elő volt készítve, így csak vártuk, hogy megérkezzenek az első vendégek.

– Úgy szeretnék innen kiszabadulni! – törte meg a csendet Stacy siránkozó hangja.

– Ebből a házból? – szólt neki barátnője, aki közben a kertet bámulta. Az ő fejében is frissen élt a kerti parti emléke.

– Jaj, Jules, nem úgy értem. Erről a környékről. Elutazni valahova. – Erre nem jött válasz, ezért én folytattam.

– Ti miért nem utaztatok el, mint a többiek?

– Hát tudod… – mutatott körbe. – A temetés miatt, egyrészt. Ed egy kis homofób görény volt, de akkor is a szomszédunk, vagy mi.

– Halottról jót vagy semmit, Stace – dorgálta meg Julie előbbi megjegyzéséért barátnőjét.

– Jaj, ugyan már, szívem. A tény attól még tény marad! – Ezután az én kérdésemre válaszolt. – Na meg a munka miatt se mehettünk el. Ha minden jól megy, karácsony környékén lesz egy-két hét szabadsága mindkettőnknek. – Ennek hallatán Olive-val egymásra néztünk. – Mi az? Miért mosolyogtok ennyire? – Most már Julie is ránk figyelt, nem bámulta a kertet tovább.

– Hát lehet, hogy nem a megfelelő alkalom, hogy elmondjuk… – kezdett bele Livi a mondandójába, de éreztem, hogy ismét a lelkiismeretével kardoskodik.

– Lenne egy ajánlatunk arra a decemberi szabadságra – folytattam.

– Igazán? Éspedig? – csillant fel Julie szeme. Olive még mindig csak némán bámulta a földet, nem akarta elmondani, rá kellett szólnom.

– Ne csináld, kicsim! Mondd már el nekik.

– Múltkor beszéltük még a városban, hogy lehet, hogy lesz itt egy kiállításom.

– Igen, és? – Stacy izgatottsága belefojtotta a szót az emberbe.

– Nos, az sajnos nem jön össze, de helyette decemberben lesz New Yorkban. – Erre kirobbant belőlük valami lenyűgöző öröm, ami abszolút nem passzolt ehhez a naphoz. Rohantak oda hozzá, hogy ölelések és puszik tüzében gratuláljanak neki. Megérdemelte, annyi bizonyos.

– Olive-val nekünk különleges gondolatolvasó képességünk van – törtem meg a lányos örömöt mély hangommal. Ettől egyből rám figyeltek. – Azért néztünk össze, mert arra gondoltunk, hogy eljöhetnétek velünk New Yorkba – vázoltam fel a közös gondolatot.

– Pontosan! – erősítette meg mindezt művész feleségem egy határozott bólintással. Ám reakciójuk elmaradt az elvárttól. Csak álltak ott kerek szemmel, mintha egy matematikai tételt vázoltunk volna fel nekik az imént.

– Ezt... – szólalt meg végül Stacy. – Ezt komolyan gondoltátok? – Oké, most mi néztünk rájuk csodálkozva.

– Hát persze! – tártam szét a karom. Nem értettem, hogy ezen miért kell ennyire csodálkozni. Ettől végre kirobbantak. Ha nem tudtam volna róluk, hogy a húszas éveik közepén járnak, azt mondtam volna, hogy még tinédzserek. Most az én nyakamba is beleugrottak, mintha csak ez az én ötletem lett volna egyedül.

Két lehetőséget tudtam felvázolni: előttünk a szomszédok nagyon szóba sem állhattak velük, innen ez a kirobbanó szeretet irántunk, vagy tényleg ennyire impulzívak, hogy egy számunkra mindennaposnak tűnő gesztusnak ennyire tudnak örülni. Akárhogy is, az ő boldogságuk egyben a mi boldogságunk is volt, bármennyire is szokatlanul intenzív legyen az.

Rögtönzött ünneplésünket egy kínos pillanat törte meg: mikor a kinyitott bejárati ajtó keretén bekopogott az első vendég.
– Ne haragudjanak a zavarásért – szólalt meg egy középkorú férfi, mögötte egy hölggyel. – Nem biztos, hogy jó helyen járunk. Ez a Johnson-ház? – nézett végig rajtunk, ki tudja mire gondolva.
– Öhm, igen. Persze. – Egy kicsit le is izzadtam. – Fáradjanak beljebb. Mi a szomszédban lakunk, és Elizabeth kért meg rá, hogy várjuk a vendégeket – magyarázkodtam, amire aligha voltak kíváncsiak.
– Vagy úgy! – felelte megvetően a férfi. – Remélem, nem szakítottunk félbe semmi fontosat. – A kínos pillanatot ő tovább tudta fokozni.
– Egyáltalán nem. – Olive a fejével biccentve jelezte, hogy menjünk ki a ház elé. Otthagytuk őket. Mikor visszanéztem az ajtóból, láttam, hogy nekiállnak enni valamit. Bizonyára hosszú út állt mögöttük. – Hát ez ciki volt – igazgattam meg a nadrágomat.
– Nem baj, akkor is megérte – felelte Stacy fölényesen. Mit számított neki, hogy egy halotti toron ujjongtak, mikor bekopogott egy (feltételezhetően) gyászoló ismerős. Ami nekünk a hétfő esti szórakozás volt, nekik most ez a New York-i invitálás jelentette a pillanatot, mikor megfeledkezhettek róla, hogy mi is történik valójában körülöttük.
Kezdtek szállingózni a vendégek, akiket mi az ajtóban üdvözöltünk. Stacy és Julie időközben hazament, úgy látták, hogy nélkülük is boldogulunk. Már egy egész kis csoport volt a házban, mikor befordult a sarkon a konvoj. Elizabethet ketten kísérték be a házba, mögöttük Mr. Curtis haladt.
– Nyugtatót kellett neki adni – ennyit vetett oda nekünk, majd ment be ő is a többiekkel. Miután mindenki bejött az utcáról, mi is bementünk. Beálltunk az egyik sarokba, mint két pincér, és figyeltük az embereket. Néhányan még sírtak, de a többség csak halk diskurzust folytatott egymással.
Egyszeriben megjelent Mr. Curtis, odament az egyik férfihoz, és egy határozott jobb horoggal leterítette a földre. Kitört a káosz! Nők sikítottak, gyerekek kezdtek az ijedtségtől sírni.

Néhány férfi rá akart ugrani az ex-rendőrre, aki harcra készen várta őket. Odasiettem, hogy szétválasszam őket. Segítségemre volt két fiatal srác, aki a rokonságot próbálta visszafogni. Én Mr. Curtist húztam hátra, átkulcsolva vállait. Miután a fizikai erőszak lehetetlenné vált, elkezdődött a veszekedés szóban.

– Én szerveztem meg az egész napot egyedül, ti meg idejöttök, bassza meg, hogy a temetés napján követeljétek vissza Liztől Ed tartozását!? – süvítette Mr. Curtis olyan hangon, hogy a nyitott bejárati ajtón át az egész utca hallhatta. Kirángattam a házból, mert kezdett eluralkodni a lincshangulat odabent. Kintről még néhány hasonlóan trágár szidalmat odavetett nekik, mikor rászóltam, hogy fejezze be.

– Ide figyeljen! Tudom, hogy szereti Elizabeth-et. De azzal nem segít neki, ha összeveri a rokonait. Menjen haza, igyon egyet. Később átmegyek magához. – Válaszul a küszöbön állóknak még odavetett valamit, majd sarkon fordult és hazament.

Visszamentem és láttam, ahogy Olive egy nővel beszélget. Mire odaértem, eljött onnan.

– Talán ő volt az egyetlen épeszű ebben a társaságban. Elizabeth húgával beszéltem.

– Mi akart? – érdeklődtem.

– Elmondta, mi volt ez az egész. Még a temetőben az a jóember, akit Mr. Curtis leütött, tényleg az öröklés felől érdeklődött. Ezen Liz kiakadt, amiért be kellett nyugtatózni. Most lefeküdt, megvárják, míg felébred. Velük fog elutazni északra. Megköszönte a segítségünket és azt mondta, hogy nyugodtan hazamehetünk, innentől ők átveszik a dolgot. – A hibbant rokonság féken tartását? Nem bánom. – Mr. Curtisszel mi a helyzet?

– Hazament. Később benézek hozzá. – Olive bólogatott.

– Azt mondta, hogy elküldi a vendégeket, csak ők maradnak itt. Akkor Mr. Curtis átjöhet elbúcsúzni, ha akar.

– Rendben van, megmondom neki.

Az érzelmek minden fokozatát láthattuk ezen a délutánon. Gyászt, örömöt, megvetést, haragot. Jó volt végre kiszállni ebből az érzelmi hullámvasútból, és hazatérni otthonunkba. Olive nagy sóhajjal csukta be az ajtót, és kapaszkodott a nyakamba. Ha gyerekek lettünk volna, most minden bizonnyal az ágy alá bújtunk volna. Azonban ez az opció már nem adatott meg számunkra. Átöltöztünk otthoni ruhába, gondosan elcsomagolva fekete öltözékünket, remélve, hogy nem lesz rá szükség mostanában. Johnsonék házából kezdtek kitódulni az emberek. A legjobb esetben azért, mert indultak haza, legrosszabb esetben azért, hogy kapát-kaszát megragadva, fáklyákkal Mr. Curtis háza elé vonuljanak.

Már láttam magam előtt a jelenetet, ahogy Mr. Curtis kezeit az egyik, lábait a másik városi terepjáróhoz kötözik, és amolyan maffiamódszerrel szétfeszítik testét. Szétroncsolt hulláját otthagyják az aszfalton elrettentés gyanánt, jelezve, hogy velük senki sem szórakozhat. Aztán a sivatagból szépen berepülnek a keselyűk, hogy felcsipegessék a megmaradt húst. A jelenet szertefoszlott, az emberek sorban szálltak be az autójukba. Tartva attól, hogy Mr. Curtis kiront a házból egy utolsó elégtételért, átmentem hozzá.

Bíztam benne, hogy nem nyitok rá Mr. Curtisre, miközben a revolvere forgótárába tölti bele egyesével a golyókat. A kezem kopogása az ajtón, akár az eldördülő lövések hangjai visszhangzottak a fejemben. „Az aljas, pénzéhes rokonság ezt érdemli!" – üvölti, majd a hat golyót egyesével beleereszti az elhaladó konvojba. Kinyílt az ajtó, de nem láttam a Coltot a kezében. Helyette a nappalijában egy whiskys üveg fénylett. Legalább megfogadta a tanácsomat. Egy szó nélkül behívott a házába.

– Kér maga is? – kínált meg az itallal. Bólintottam. – Ez a beszéd, fiam. A mai nap után megérdemeljük, nem igaz? – Én kevésbé, mint ő. Kitöltötte a szeszt, amivel koccintottunk. – Edwardra! – emelte fel poharát.

– Edwardra! – ismételtem. Álszent dolognak tartottam olyan emberre inni, akit egyikünk sem szívelt különösképpen. Kortyoltam egyet az italból. Mr. Curtis a poharában úszkáló, olvadó jégkockákat bámulta. – Beszéltem Liz nővérével...

– Ő rendes asszony – szakította félbe mondandómat. – Nem olyan hibbant, mint a többi pereputty. – Nagyot kortyolt a poharából.

– Igen, valóban annak tűnt – helyeseltem. – Szóval beszéltem vele és azt mondta, hogy miután mindenki elment és Elizabeth felébredt, átmehetne elköszönni tőle. – Szótlanul bólogatott. Ahogy markolta a poharat, látszott a kezén jobb horgának nyoma. Tudjuk Newtontól, hogy ha az ember a másik fejét találja el öklével, az bizony nyomot hagy a támadón.

– Maga jobban bírja, mint bárki más a környéken – nézett fel rám a poharából.

– Ez nem igaz. Olive nálam is erősebb. – Eszembe jutott, hogy ő sietett át Mr. Curtisnek szólni, mikor én őrjöngve rohantam át Edwardshoz.

– Szerencsések.

– Mind azok vagyunk. – Mire is gondolhattam ekkor? Mind azok vagyunk, mert még élünk, vagy mert itt vagyunk egymásnak? Valami mást kellett volna mondanom a hazugság helyett. Távolról sem voltunk szerencsések. Legkevésbé Mr. Curtis nem, akivel ekkor beszéltem utoljára. Hát igen, erre mondják azt, ha tudom, hogy elesek, előtte leülök. Sem egy jóskönyv, de még statisztikai mutatók sem árulták el, hogy ez lesz az utolsó beszélgetésünk.

Hazaérve megnyugtattam Olive-ot, hogy minden rendben van vele, nem tervez merényletet senki ellen. Az ablakból még figyeltem, ahogy átmegy Lizhez, majd közel félóra elteltével segít neki beszállni nővére autójába. Megtörten nézte végig, ahogy elhajtanak. Állt még egymagában a kocsifelhajtójukon, majd elindult vissza a házához.

***

Reggeliztünk, amikor megszólalt az ajtócsengő. Earl rá nem jellemző higgadtsággal köszönt, és közölte velem, hogy kövessem. Hiába kérdeztem tőle bármit útközben, ő szótlanul haladt az úton, egészen Mr. Curtis házáig.

– Nemrég vettem észre. Már jártam benn. – A bejárati ajtót mintha egy rendőrségi kommandós egység törte volna be, kiszakadva hevert a földön, körülötte az ajtóból származó faszilánkokkal. Earl megállt az ajtóban, nem jött utánam. Odabent mintha egy bomba robbant volna fel. A bútoroknak, melyeken tegnap még iszogattunk, ma már csak néhány darabját tudtuk volna összeszedni. Ugyanez volt a helyzet nem csak a nappaliban, de az előszobában és a konyhában is, ahol nyomokban még ott hevert a tegnap esti vacsora. Vért is találtam, bár nem olyan mennyiséget, amitől egy ember elvérezhetne. Vagy Mr. Curtis, vagy a támadó vére lehetett.

Titkon reméltem, hogy utóbbié, bár éreztem, hogy erre kevés esély van. A sérülésekből eredő vérnyom az emeletre vezetett. A lépcsőn haladva igyekeztem nem belélépni a foltokba, sem hozzáérni bármihez. Fent nyomasztó sötétség uralkodott. Senki nem húzta fel a redőnyöket, amiket még Mr. Curtis engedhetett le tegnap este. A félhomályban kitapogattam egy villanykapcsolót. Amint felkapcsoltam a lámpát, feltárult előttem a tegnap esti jelenet.

Valaki betörte az ajtót, és egyből rátámadt Mr. Curtisre, aki épp vacsorázni készült. Elindult fel az emeletre, útközben megbotolhatott, és az itt lévő, folytonos vérnyomból ítélve már négykézláb tehette meg a további távot. Követtem a vérösvényt, ami a hálószobáig vetetett. Ismét kitapogattam az ajtó melletti kapcsolót. Belépve láttam a földön heverő Coltot, amelyet látszólag nem tudott elsütni a szomszédom. Ezért siethetett fel tegnap este. A földszinti állításomat át kellett fogalmaznom. A padlón és a falon rengeteg vér volt. Az ablakok betörve, mindenhol üvegszilánk.

Már láttam ezt korábban. Lehet, hogy rossz házat álmodtam meg napokkal ezelőtt? Itt azonban nem egy kintről süvítő golyó talált célba, hanem valami egészen más támadt rá Mr. Curtisre. Olyan valami, amitől mindnyájan tartottunk ez idáig. Ez a valami ölhette meg azt az embert, akit tegnap helyeztünk végső nyugalomra. Jurij, ahogy pentagonos szomszédunk nevezi. Az igazi sokk azonban ezután következett. Az ajtó mögé a következő szöveg volt írva: **TI KöVETkeZTEk!**

Ki kell jutnom innen, mihamarabb. A falak egyre közeledtek felém, a padlón tócsában álló vér mintha megelevenedett és hozzám beszélt volna. Féltem, ha rálépek, elmerülök benne, és soha nem fog kiereszteni többé. Ott leszek, ahol Jurij áldozatai bolyonganak.

Jessica Spencer mosolyog rám már megbékélt a tudattal, hogy csapdába esett a holtak között. Edward Johnson kibelezett testével jön velem szembe. Beleit igyekszik visszatenni hasába, mikor felismer engem és kezet nyújt. Jobbján ott van rátekeredett vékonybele, de én nem akarok udvariatlan lenni egy halottal, így kezet rázok vele. Bámulom véres kezem, majd Ed rám kacsintva megkérdezi: „ugye, most nem hoztál semmi ajándékot, ahogy kértem?". Nem, Ed. Ezúttal nem hoztam semmit. Ennek láthatóan örül. Egyszer csak kutyák csaholását hallom. Jönnek az állatok, melyek szintén áldozatok lettek. Nem csak házi kedvencek, de prérifarkasok, rókák, nyulak cirógatják a lábamat, ahogy elsétáltak mellettem. Remélem, hogy Mr. Curtisszel nem futok össze.

Rohantam le a lépcsőn. Cipődobogásom, akár a fegyverropogás. Hiába kúszott el egészen a revolveréig, nem tudta elsütni. Túl későn ért oda. Jurij végig a háta mögött haladt és nézte, ahogy vonaglik a padlón. Várta a pillanatot, hogy bevégezhesse művét.

Közeledtem az ajtóhoz, láttam a fényt, és benne Earlt. Tudtam, nincs sok hátra, hogy kiérjek innen. Csak ne lépjek bele egyetlen apró vérfoltba sem! Kijutottam, végre! Vakító fény, tiszta levegő, tágas tér. Kapkodtam a levegő után, akár egy maratonfutó a célegyenesben.

– Nyugi, haver. Mindjárt elmúlik – suttogta Earl. Nem tudtam, hogy látta-e a fentieket és tapasztalatból mondja, vagy csak baráti megnyugtatásként. Mindenesetre nem hittem neki, hogy ez valaha elmúlik. Ezzel telt az első, a második, majd a sokadik perc, mire rendbe jöttem. – Szólni kéne a rendőrségnek. – Zakatolni kezdett az agyam. Újrakezdődik az egész. Ma kijön a rendőrség, elkezdenek tétlenkedni. Utána jön a hadsereg, karantént rendel el. Holnapra kiürül az egész utca, mindenki eladja a házát és az ország túlsó felére költözik.

– Szó sem lehet róla! – szólaltam meg végül. – A hadseregnek kell szólnunk.

– Ne viccelj, Dan! Neked megvan a hadsereg telefonszáma? – Megvolt.

– Ami azt illeti, igen. Maradj itt, hazamegyek telefonálni. – Valamit még akart mondani, de leállítottam, és rohantam haza. Futás közben jött egy olyan késztetés, hogy ne álljak meg, csak rohanjak tovább, egészen a forró pusztaságba. Ám ennek még nem jött el az ideje, még nem.

– Mr. Curtis eltűnt – jelentettem ki sebtében Olive-nak. Nem értem rá foglalkozni a reakciójával, két hét után már ő is gyakorlatiassá vált, akár csak én. Ezért is rohantam a mobilomért, felhívni néhai szomszédunkat.

– Most mit csinálsz? – Elmondtam neki, hogy hívom Edwardsot.

– Earl ott áll a háza előtt. Menj oda, kérlek, nyugtasd meg, hogy minden rendben van. A házba ne engedjetek be senkit, ha valaki kíváncsiskodna! – Elindult Earlhöz.

Megtaláltam a fecnit, amire Tom felírta a telefonszámát. Elsőre nem vette fel, idegesen hívtam újra.

– Halló – szólt bele egy idegesítően nyugodt hang.

– Tom, maga az? – Nem ismertem fel a hangját.

– Ki beszél? – Ő sem az enyémet.

– Na, mit gondol, az egykori szomszédja.

– Ó, Daniel. Van valami gond? – Még szép, hogy van, te barom, különben nem hívtalak volna.

– Mr. Curtis eltűnt. A háza egy vérfürdő helyszíne. – Semmi kérdés, helyette pragmatikus utasítást kaptam.

– Menjen a házhoz, ne engedjen oda senkit. Küldök egy csapatot.

– Rendben van – nyugtáztam a parancsot.

– Jól tette, hogy nekem szólt. És most tegye le! – Minden sajtós etikának ellentmondva követtem a rám rótt feladatot. Nem vittem magammal a fényképezőgépemet, ahogy azt egy héttel korábban zokszó nélkül tettem volna. Ehelyett rohantam Olive után, de ő nem volt sehol. Earl mentegetőzésbe kezdett és valami olyasmit mondott, hogy „én szóltam neki, hogy ne menjen be."

Elsápadtam és azonnal indultam volna be a házba, ahova reményeim szerint soha nem akartam visszamenni, mikor az enyémhez hasonló trappolást hallottam a lépcsőn. Livi szinte ugrott a nyakamba az utolsó lépcsőfokról, akár egy riadt őz az út szélén. Odébb vonultunk, és leültünk a földre. Közben jött néhány szomszéd, akiknek Earl egyesével elmagyarázta, hogy betörés történt, Mr. Curtis eltűnt, várjuk a „hatóságokat". Bölcsen nem hadsereget mondott nekik.

Azt vártam volna, hogy sötétített üvegű fekete terepjárók és katonai dzsipek garmadája gördül be az utcánkba. Helyette csupán egyetlen fekete terepjáró jött, mögötte pedig az ismerős fehér furgon. Kitettek magukért, ami a visszafogottságot illeti. Talán ez volt a jutalmam, amiért nekik szóltam, és nem harmadkézből kellett megtudniuk, hogy mi történt.

Szervezettségből kitűnőre vizsgázhattak. A furgonból kipattant néhány alak, aki rohant is a házba. A bejárati ajtót és az ablakokat sötét fóliával takarták le, nehogy a kíváncsiskodó szemek még meglássák, mi folyik odabent. A terepjáróból kiszállt egy kosztümös nő, akit egy öltönyös férfi követett. Ők foglalkoztak a szomszédokkal. A napszemüvegük láttán attól tartottam, hogy a Men in Blackben látottakhoz hasonló neutralizálót kapnak elő és kiradírozzák az emlékeinket.

Bárcsak úgy lett volna! Az autóból további két férfi szállt még ki. Livin éreztem, ahogy összerezdül, mikor közeledtek felénk. A két úrral korábban már találkoztunk néhány alkalommal.

– Olivia és Daniel? – tették fel a kérdést. Feltápászkodtunk a földről. – Köszönjük, hogy értesítettek minket. – Hát nem szívesen, de nem volt más racionális választásunk. – Innentől átvesszük. – Átveszik? Az ég szerelmére, kitől és mit?

– Életben lehet még?

– Nem tudjuk, asszonyom. De mindent megteszünk, hogy megtaláljuk. – Interpretálva az elhangzottakat: „Nincs, asszonyom. Fogalmunk sincs, mitévők legyünk." – Az egyik kollégánk felveszi a vallomásukat. – Mintha ennek lenne bármi értelme is...

Intett a napszemüveges hölgynek, aki a társát otthagyva odajött hozzánk. Elmondtunk mindent az elmúlt napokról. A temetést, a családi veszekedést, és amit láttunk odabent. A verekedésről részletesen kérdezett bennünket. Úgy terelte a kérdéseket, mintha csak egy dühös családtag tért volna vissza, hogy elégtételt vegyen Mr. Curtis öklöséért. Holott mindhárman tudtuk, hogy mi, illetve ki a felelős. Ugyanakkor nem voltunk biztosak benne, hogy Tom Edwards megosztotta másokkal, hogy beavatott minket a Jurij-történetbe. Az ügynök csak a dolgát végezte. Ez a részlegének a feladata, hogy eltussolja a történteket. Nincs neutralizálójuk, helyette szavakkal beetetnek minket. Medve, dühös szomszéd, elhagyott férj vagy feleség, és még ezernyi tettes lehet a háttérben, ami vagy aki ezt okozhatta.

Miután megelégedve saját munkájával otthagyott bennünket, visszajött a két öltönyös férfi, hogy közöljék velünk, a nyomokat rögzítették, a házat egyelőre így hagyják, később jön egy csapat kitakarítani. A bejáratot furnérlemezzel lezárták, nehogy valaki a fóliát átvágva bemenjen a házba. Vastag, vörös színű bűnügyi helyszínszalagot ragasztottak ki. Dolguk végeztével, mintha csak a „lóra!" lovassági vezényszó hangzott volna el, úgy szálltak be egyszerre a járműveikbe és hajtottak el a környékről.

Csalódottan indultunk haza. A tömeges pánikot legalább megakadályozták, meglepő hatékonysággal magyarázták el bámészkodóknak, hogy mit is látnak valójában. Az emberek abban a hitben tértek haza, hogy minden erejükkel Mr. Curtist keresik, azonban ez közel sem volt így. Olive-val tudtuk, hogy egykori seriff-helyettes szomszédunkat nem látjuk többé.

Ezen a napon nem egy bomba robbant fel az utcában, hanem kettő. Az elsőt az éjszaka folyamán detonálták hangtalanul, hogy arra egy lélek nem ébredt fel. A másodikat azonban most, néhány perccel ezelőtt, szintén a legnagyobb diszkrécióval. A legnagyobb rendben találtunk mindent, mikor hazaértünk. Egyikünk sem ment fel az emeletre, ezért csak egy-két órával később fedeztük fel, hogy valami nincs rendjén. A bomba gyújtópontja a dolgozószobánkban helyezkedett el.

Úgy tűnt, a betörő megszerezte azt, amiért jött. A dolgozóasztalom zárható fiókjai felfeszítve, az eddigi dokumentumok – köztük Mr. Curtis aktái – ködé váltak. Nem bíbelődött a számítógép feltörésével, magát az adathordozót vitte el, amin a képeket tároltam. Úgy tűnt, Olive munkássága hidegen hagyta az emberünket, bár ennek nem én vagyok a megmondója. Leültem a szakadt kanapénkra.

– Hát így állunk, ti kis sunyi férgek – morogtam magamban. – Jobb kezemet kinyújtva szólok nektek, erre ti betörtök az otthonunkba, hogy veszne ki a fajtátok. – Egyértelmű volt, hogy ki tette. Amíg mi ott ácsorogtunk azért, hogy felvegyék a „vallomásunkat", bejöttek a házunkba és biztosították maguknak, hogy véletlenül se kerüljön semmi bizonyíték a sajtó elé. Igaz, az ajtót nem zártuk be, mikor kimentünk, ugyanakkor erősen kétlem, hogy ez megakadályozta volna őket dolguk végrehajtásában. Egy valamit el kell ismernem: a hatékonyság, amivel a nyomokat tüntetik el, példaértékű. Ha ilyen ügyesen próbálnák megállítani ezt az izét, mint ahogy a bizonyítékokat tüntetik el vagy a lakosságot etetik be, már ez a kontinens lenne a legbiztonságosabb hely a Naprendszerben.

Szórakozottan álltam Olive elé, és mintha egy humorestet adnék elő, közöltem vele, hogy betörtek hozzánk, és elvitték az összes képet és dokumentumot, amit összegyűjtöttünk bizonyíték gyanánt. Komikus előadásomnak hála azt hitte, hogy meggárgyultam.

– Menj fel és nézd meg magad, ha nem hiszed! – erősködtem. Amint meglátta szobánkat, minden épeszű emberhez hű választ adott nekem.

– Hívjuk a 911-et! – Vártam néhány pillanatig, hogy végiggondolja, amit mondott. Bíztam benne, hogy összerakja a képet a kiérkező „ügynökkel" és a felvett „vallomásunkkal". – Most mire vársz?

– Hamarosan megtudod. – Faképnél hagyott, és indult – valószínűleg a telefonért. Én vissza lehuppantam a kanapéra. Rábíztam a döntést és türelmesen vártam. Pár perccel később szinte nesztelenül megjelent az ajtóban.

– Ők vitték el, ugye? – *Et voilà!* Összeállt a kép neki is. Leült mellém a kanapéra, nagyot sóhajtott, és ezzel össze is foglalt mindent. – A nyomorultak! – tette még hozzá. – De legalább a képeimet békén hagyták.

- Ez az egy szerencséjük. - Olive rám nézett, és hangos nevetésben tört ki. A betörés a legkisebb gondunk volt, pszichológushoz emiatt biztos nem kell járnunk. A kacagása csak nem csillapodott, nekem már azon kellett nevetnem, ahogy ő nem bírja türtőztetni magát.

XI. fejezet

Végső áldozat

A nap még nem ért véget, a legjobb rész (nem ironikusan) még ezután következett. Épp hogy befejeztük a rendrakást késő délután, mikor Earl jelent meg újra a házunk előtt, balján Lucyval. A kislány legnagyobb örömére az apja megkért minket, hogy vigyázzunk rá, amíg neki be kell mennie a munkahelyére. Hosszasan ecsetelte, hogy felújítják az iskoláját, és most szóltak neki, hogy valamit baleset történt a biológia szertárban, ezért neki sürgősen be kell mennie a városba.

– És Jack? – kérdeztem rá Lucy bátyjára.

– Ó, nem mondtam? – zavarodott össze Earl. – A fiatalember a haverjaival elcsavargott és baleset érte. Valahogyan megégette a lábát.

– Ez borzalmas, Earl. – Szegény fiú. Folyton keresi a bajt. Két hete a partin történtek, most meg ez.

– Ne aggódjatok, kutya baja a srácnak. Egy éjszakára bent fogták a kórházban, Barbara vele van. Azt sajnálja legjobban, hogy nem tanév közben történt, mert akkor lóghatna az órákról. – Ezt harsány nevetés követte, amit én is kelletlenül viszonoztam. Végül leguggolt a lányához, hogy végső instrukciókkal lássa el. Biztosra veszem, hogy korábban ezt már elgyakoroltatta vele. – Ide figyelj, kisasszony. Pár óra az egész, addig szót fogadsz Oliviának és Dannek, rendben? – Lucy hátrakulcsolt kézzel, mosolyogva bólogatott apjának. – Nem zsarolod meg őket, mint engem szoktál nyalókával, értjük egymást? – A kislány hevesen rázta a fejét. – Légy jó gyerek! – Felállt mellőle, további szavait nekem intézte. – Ha valami van, szólunk egymásnak, oké?

– Persze, Earl, nem lesz semmi gond. – Lucy odalépett mellém. Integetett az apjának, aki beszállt az autóba és elhajtott az

utca vége felé. A lábamnál álldogáló teremtés elkezdett nyújtózkodni, jelezve, hogy vegyem az ölembe.
– Olivia itt van? – kérdezte aggódó tekintettel. A gyermekek őszinteségét nem lehet túlszárnyalni, bármennyire is akarjuk mi, felnőttek. Egyből elárulta, hogy kihez ragaszkodik inkább kettőnk közül.
– Olive? Hát nem tudom, nagylány. – Aggódó arckifejezése szinte kétségbeesetté változott. – Livi, itt vagy? – kiáltottam el magam.
– Idefent! – jött a távoli válasz. Lucy arca egyszerre felragyogott, akár a nap, ami felhők mögül bukkan elő.
– Nos, nagylány, megkeresed? – Heves bólogatásban tört ki, akár az apjának néhány perccel korábban. – Helyes. – Letettem a földre, majd elindult felfelé a lépcsőn. Mögötte haladtam, nehogy lebukdácsoljon, azonban Lucy magabiztosan vette a lépcsőfokokat, mintha már tucatnyi alkalommal tette volna meg ezt a távot. A lépcső végén megálltam és biztattam, hogy nyugodtan induljon Olive megkeresésére. Figyeltem, ahogy óvatosan beles minden szobába, félve attól, hogy egy sárkány vagy szörny bújt el ott. Egyszeriben megtalálta a keresett személyt, aki a dolgozószobánkban rendezkedett. Hangos sziával köszöntötték egymást.

Pár mondatban tájékoztattam babysitter társamat a kialakult helyzetről. Láttam, hogy én teljesen felesleges vagyok oda, ezért vissza lementem, hogy nekilássak egy gyermekbarát vacsorát készíteni. Gondoltam, inkább én leszek a vacsorafelelős most, hogy Olive kapott társaságot. Lefelé menet már hallottam Lucy záporozó kérdéseit, ami a szobánkat illeti. Mi micsoda, mi mire való, melyik kép mit ábrázol? Amíg Livi válaszol a kérdésekre (ha egyáltalán képes mindenre választ adni), addig nekem bőven marad időm kitalálni, hogy mit is készítsek a hölgyeknek. A sok kérdés rengeteg energiát fogyaszt, így biztosan éhesek lesznek, mire végeznek odafönt.

Előkerestem Olive egyik kötényét, amit ő is csak nagyon ritkán szokott használni, én meg végkép nem. Kissé szűk volt nekem, de oda se neki, most azért is beöltözök, hogy hitelesebb séfnek tűnjek. Megtaláltam az abszolút gyermekmenüt, amit talán minden szülő elkészített egyszer gyermekének. Felraktam hát egy lábosban vizet forrni. A forró vízbe beletettem három virslit. Amíg ez megfőtt, addig a hat tükörtojást készítettem el, igyekezve nem szétfolyatni a sárgáját. A legmutatósabb példányokat Lucy tányérjára helyeztem. A barnább szélűeket kaptam én, a kettő közötti „közepes" minőséget pedig Olive. Elkészült a virsli. Pechemre egy szétjött, az lett az enyém. Ezután jött a ketchup, amivel kidekoráltam a mosolygós figurát. Végül a zöldség, gondosan a megmaradt üres helyekre, az orr, fül, szemöldök funkcióját betöltve. Szalvéta, evőeszköz, és néhány lexikon, hogy Lucy is felérjen az asztalhoz. Karba tett kézzel álltam a konyhaajtóban és néztem a remekművemet. Nem vagyok egy konyhai virtuóz, de most, hogy nem lát senki, még lábujjhegyre is álltam, olyan büszke voltam magamra.

Felkiáltottam nekik, hogy kész a vacsora. Amint megláttak, már a kötényemmel nagy sikert arattam. Sejtették, hogy itt valami finomság készült – vagyis bíztam benne, hogy finom lett. Osztatlan sikerben lett részem, mikor meglátták a terített asztalt. Lucyt feltettem a székére, aminek nagyon örült, mivel otthon még nem ülhet az „óriás székbe", ahogy ő nevezte azt. A legifjabb Scott az első falat után elkezdte vizsgálni a tányéromat.

– Mi az, Lucy, nem ízlik? – kérdezte tőle Olive.

– De igen, csak Dan tányérján másmilyen a száj, és a szemek is olyan furcsák – gondolt itt a szétdurrant virslire és a kissé megbarnult tükörtojás szélére.

– Igen, szívem, mert a legszebbeket neked raktam. Az enyémek lettek, amiket egy kicsit bénán sütöttem-főztem meg. – Látszott rajta, hogy nem tetszik neki a válasz.

– De te csináltad, akkor miért én kapom a legszebbeket? – A gyermeki érvelés.

– Mert most te vagy a vendég nálunk, Lucy. – Éreztem, hogy ennyivel nem tudom leszerelni. Tolta oda nekem a tányérját.

– Odaadom neked az enyémet. Te készítetted, legyen a tiéd a legszebb. – Livivel csak egymásra mosolyogtunk. Elvettem a tányérját, és odatoltam neki az én torzul mosolygós tojásfigurámat. Ám a kislány újabb erkölcsi dilemmába ütközött. – Abból már ettem egy kicsit, ugye nem baj?

– Egyáltalán nem. Sőt, így sokkal finomabb – kacsintottam rá, majd vágtam magamnak egy szeletet. – Isteni, kóstold meg az enyémet, bogaram! – nyújtottam oda a villámat, amin egy kis szelet tojás volt. Olive bekapta, és mintha mézes sütit adtam volna a szájába, úgy bólogatott.

– Igazad van, ez sokkal finomabb, mint az enyém. Lucy, az enyémből is ennél egy kicsit, hogy ez is olyan finom legyen? – Sugárzó mosollyal csípett egy keveset az ő tányérjából is. Ezzel megszűnt a lány dilemmája.

Rendrakás után – amiben Lucy ragaszkodott hozzá, hogy szeretne segíteni – Olive felvetette, hogy a vendégünk nagy figyelmet fordított a fényképező felszerelésem iránt. De azt mondta neki, ha kíváncsi rá, és közelebbről meg akarja nézni őket, akkor engem kell megkérnie. Felvonultunk hát újra az emeletre, hogy bevezessem a kislányt a fényképezés rejtelmeibe.

Először elmondtam neki, hogy mi micsoda. Állvány, amire ritkán van szükségem; távkioldó, amire még ritkábban van szükségem. Aztán a különböző vakuk, amiket a gépre lehet rakni. Szűrők az objektívre, amik a napsugárzást és a visszatükröződő felületeket hivatottak kiszűrni. Lucy még a száját is eltátotta néha, úgy vizsgált meg mindent apró ujjaival. Végül jöttek az objektívek, amiket csak „kalóz távcsőnek" hívott az immár amatőr fényképésszé avatott kishölgy. Elmagyaráztam, hogy melyik mire jó. Egyikkel közeli képeket lehet készíteni nagyon apró dolgokról, aztán van olyan, amivel portrék készítésére való, a legnagyobbakkal távoli dolgokat kaphatunk lencsevégre, és van egy különleges is, aminek nagy a látószöge, és különleges domború képet készít.

– Ez a halszem lencse. – Ezen kuncogott egyet.

– Egy hal van a távcsőben? – kérdezte, és belenézett az objektívbe.

– Nincs benne hal, hanem úgy lát, mint egy hal. – Lucy ezt nagyon viccesnek találta. Eljött a demonstráció ideje. Feltettem hát először a halszem lencsét, és lefényképeztem vele a lányt, majd megmutattam neki a képet. Először fel sem ismerte magát.

– Ez én vagyok? – kérdezte döbbenten.

– Bizony te vagy, nagylány. Így lát téged egy hal – fejtettem ki neki.

– Tényleg? – Nagy szemekkel nézett rám.

– Bizony! – Újra magát vizsgálta. Ezután jöhetett sorban az összes objektív, mindent ki kellett próbálni. A teleobjektívvel elvonultunk az ablakhoz és a várost fényképeztük. A kezébe adtam a gépet miközben tartottam, úgy engedtem neki, hogy ő is csináljon néhány képet Olive-ról a portré-lencsével. Miután mindent kipróbáltunk, Lucy gondosan visszanézte a képeket. A sorozat végén átugrott a három nappal korábban készült képre. Elmélyülten nézte, ezután feltekintett rám.

– Olivia alszik?

– Nem törölted le? – Egyből tudta, hogy melyik képet nézi Lucy.

– Bizony, Olivia aludt ekkor. Olyan békésnek találtam a pillanatot, hogy lefényképeztem. Mit szólsz hozzá? – Kíváncsi voltam a véleményére. Lucy felnézett először rá, ezt követően rám, és összefoglalta véleményét.

– Nagyon szép. –A képem alanya ezen először csodálkozott, majd elmosolyodott. Én kihasználtam az alkalmat, és egy „ugye megmondtam" pillantást vetettem rá. Karba tett keze jelentette a nyugtázást felém.

Jöhetett a társasjáték. Lucyn a fáradtság egy apró jelét sem lehetett észrevenni, pedig lassan már hét óra felé járt az idő. Valami nagy baj történhetett Earl munkahelyén, ha ennyi ideig ott kellett lennie. Kerestünk egy egyszerűbb társasjátékot, amit a kislány is megért. Olive-val egy csapatba álltak, ketten voltak ellenem. Az esélytelenek nyugalmával álltam neki a játéknak. Félóra elteltével azonban megnyertem az első partit, ami után rögtön csalással vádoltak, és követelték a visszavágót.

– Otthon ki szokott nyerni legtöbbször? – Négyen vannak, biztos fergeteges lehet a hangulat egy-egy családi társasjáték közben.

- Anyával szoktam játszani néha. - Korábbi vidám hangja elcsitult. - Jack mindig a barátaival megy valahova. Általában ki a sivatagba kincset keresni. Anya nem örül neki, mert mindig valami büdi állatot hoz haza, vagy egy rozsdás kacatot. Én sosem mehetek vele, azt mondja, hogy ez fiús dolog. Pedig szerintem én is tudnék olyan kincset találni, mint amiket ő hoz haza.
- Ebben biztos vagyok, Lucy - erősítettem meg szavait. - És mi történt a bátyáddal, amiért kórházban van?
- Délelőtt megint kimentek a sivatagba. Azt mondta, hogy talált egy nagyon jó kincslelőhelyet, egy barlangot. És ott biztos sok kincs van, mert be van kerítve, de ők be tudnak mászni, ezért ma elmentek megnézni. Mondtam neki, hogy ne menjen, de azt mondta, ha szólok anyának, akkor elmondja a barátainak, hogy éjszaka bepisilek, és akkor biztos, hogy nem játszhatok velük többet. Én pedig azt nem akarom. - Olive az ölébe vette Lucyt, látszott rajta a viaskodás, amiért nem szólt szüleinek Jack tervéről. Ennél is aggasztóbb volt, amit a kislány mondott nekünk. Jack minden bizonnyal a vihar során alakult verembe mászott be. Égési sérülései voltak, úgy, mint '71-ben annak a fiúnak, aki beleesett egy hasonló gödörbe. A fekete anyag.
- És apa? Ő sem szokott veletek játszani? - érdeklődtem tőle. Lehet, hogy Earl az a típusú apa, aki a gyereknevelést inkább az édesanyára bízza.
- De, szokott néha. - Nem volt meggyőző. - Apa sokszor nincs otthon, még nyáron sem, pedig ilyenkor nincs iskola. Azt mondja, hogy be kell mennie, mert felújítják a sulit. Késő este ér haza mindig, vagy éjszaka. Olyankor fel szoktam ébredni, mert a szobám a garázs fölött van. - Figyelemre méltó az olyan tanár, aki így a szívén viseli a tantermét és a szertárát, ugyanakkor nem szabadna, hogy ez fontosabb legyen a családjánál. A fia kórházban van, erre ahelyett, hogy bemenne hozzá, inkább lepasszolja a lányát nekünk, ő pedig rohan be munkahelyére, mivel tatarozzák az épületet. Earl rendes alaknak tűnt az elmúlt bő két hétben, most azonban megismertem egy olyan tulajdonságát, amit kevésbé szerettem benne.

Lucy nem akart többet játszani, csak bebújt Olive ölébe, az egyik ujját a szájába téve, onnan nézte a szoba merengő világát. Látszott rajta, hogy elfáradt az este folyamán. A gyerekekben rejlő, szűnni nem akaró energia néhány szempillantás alatt képes köddé válni. Egyik pillanatban még azon törjük a fejünket, hogy mivel tudnánk lekötni a figyelmét, a másik pillanatban már szinte alszik. Nekiálltam hát összepakolni a társasjátékot. Egy kevés szikra még maradt Lucyban, mert segített néhány figurát a helyére rakni. Mikor a doboz fedelét visszatettem, egy hatalmas ásítással közölte, hogy „szívesen".
– Mit szólnál egy meséhez, Lucy? – kérdezte tőle Olive. Az álmos tekintet egyszerre izgatottságba csapott át. Heves bólogatása után felálltam, és elmentem egy mesekönyvért. A feleségem könyve volt, amit még gyerekkorában kapott. A lány kapott egy takarót, ami alá bebújhatott a kanapén. Livivel odaültünk melléje, és ketten olvastuk fel a rövid történetet. Lucy az első pár oldalnál úgy figyelt, hogy szinte pislogni is elfelejtett, de a mese felénél már minden energiáját felélte és elaludt. Kimentünk a nappaliból és lekapcsoltuk a lámpát, hadd aludjon. – Jó szülők lennénk, nem gondolod? – mosolygott rám, és tovább figyelte Lucy egyenletes szuszogását a nappalinkban.
– Kétség nem fér hozzá. – Biológiai óránk mindkettőnkben azt diktálta, hogy ideje lenne szülőkké válni. Ehhez már minden adott volt – legalábbis azt hittük. Jelen körülmények között azonban örültem, hogy nincs gyerekünk. Az is épp elég nagy terhet jelent számunkra, hogy egymásra vigyázzunk.
Lucy és Jack vajon hogyan élheti meg mindezt? Mennyit tudhatnak az elmúlt napok eseményeiről? Jack nyilván többet, lévén beletenyerelt a kutyák vérébe, megégette magát egy barlangszerű járatban. Ezt tetézi, hogy mindketten ott voltak Ed temetésén. Bizonyára összerakhatták a kettőt, mikor a szüleik nem engedték ki őket a házból, de talán még az ablak közelébe sem, rá néhány napra pedig egy szomszéd bácsi temetésére kellett menniük. Idővel talán elfelejtik ezt a nyarat.
Fél kilenc körül láttam, ahogy Earl hazaérkezik. Csak ráztam a fejem bosszúságomban. Nem ment be a házukba, egye-

nesen felénk tartott. Mielőtt megnyomta volna a csengőt, ezzel felébresztve lányát, kinyitottam az ajtót neki.

– Alszik – jeleztem neki mutatóujjamat a szám elé tartva, nehogy nekiálljon hangoskodni. – Igen soká tartott, Earl. Vagy a kórházba is bementél? – Mintha fogalma sem lenne róla, mennyi az idő, rápillantott mobiljára.

– Ó, igen, vagyis nem. – Kissé zavaros volt a mondandója. – Hatalmas káoszt csináltak a suliban, eddig tartott, amíg rendet raktam – nézett a hátam mögé, keresve a lányát, mintha nem mondtam volna neki, hogy elaludt. – Lucy hol van? Nem volt semmi gond? – Mi gond lehetett volna, Earl? Tán megharap bennünket?

– Nem volt semmi gond. Jól érezte magát, szerintem. – Közömbös arckifejezése összezavart. – Amúgy itt van a nappaliban. Próbáljuk meg nem felébreszteni. – Már láttam, ahogy bemegy a nappaliba, felcsapja a villanyt, hangosan elkiabálja magát: „ébresztő, álomszuszék, megyünk haza!", és a karjánál fogva hazavonszolja magával, mint egy ősember az áldozatát. Kénytelen voltam hozzátenni, hogy ne ébresszük fel, hátha csendben haza tudja vinni az ölében. Az ajtóban kifelé menet halkan megköszönte a segítségünket, majd elindult haza Lucyval. Szerencsére nem ébredt fel, mikor felvette. Nagyon lefáraszthattuk ezen a délutánon.

***

A döntések, amelyeket hozunk, hatással vannak a jövőre. Amikor eldöntöttük, hogy kiköltözünk a belvárosi albérletünkből, két kertvárosi házat néztünk ki. Egyik volt ez a ház, amiben jelenleg is lakunk, az újonnan átadott városrészben. A másik egy régebbi ház volt, amit még a '90-es években építettek, a város egy másik részében. Annak az esélye, hogy mi belecsöppenünk ebbe a külvárosi horrorba, kereken 50% volt. Más környék, más szomszédok, más problémák, más örömök. Mi mégis ide költöztünk, és a maradás mellett döntöttünk. Elvesztettünk olyat, akit kevésbé szíveltünk, de olyasvalakit is, aki közel állt hozzánk.

Új barátokra leltünk, új élményekkel lettünk gazdagabbak. Ám mint minden történetnek, ennek is véget kell érnie egyszer. És ez a vég most elkövetkezett.

Derengő homály fogadott minket szombat reggel. Megtapasztalhattuk, milyen a kínai nagyvárosok lakójának lenni, mikor az áthatolhatatlan szmog eltakarja a napot. Azonban nálunk nem a gyárak füstje okozta a nappali sötétséget, hanem a homok. Úgy telepedett a városunkra, akár egy búra, megóvandó mindent és mindenkit a fénytől. A hírek szerint egy ritka légköri jelenség állt a háttérben, mikor a sivatag homokját felkapja a szél, majd felhőként fenntartja azt.

Láttunk már olyan homokvihart, amilyenre a viharvadászok és az elvakult légkörkutatók egész életükben várnak, hogy átélhessék. Ki a kataklizma miatt, amit egy vihar látványa nyújthat, ki csupán azért, hogy bizonyíthassa igazát az éghajlatváltozásról. Mi a korábbi viharnak csupán egyszerű, halandó tanúi voltunk. Nem kerestük őt, mégis megtalált minket. Megtapasztalhattuk bőrünkön és idegeinken egyaránt, mit jelent a közepén táncolni, és nem a híradásokból, képekből értesülni a történtekről.

Később megtudtuk, hogy az a vihar valójában egy lény elméjének kivetülése volt a városra. A tombolás és a düh, mely benne lakozik, áldozatot is szedett közülünk. Ez a mostani azonban másnak ígérkezett. Nem erőnek erejével tört ránk, hanem észrevétlenül emelkedett fölénk, kitakarva fényt és reményt mindenki elől. Nem menekült senki az otthonába, hogy aztán redőnyöket leeresztve bezárkózzon, úgy vészelve át a pusztítást. Helyette kimentünk és az út aszfaltjáról, a járda betonjáról bámultuk az eget, akár egy ősi törzs tagjai az égi istenségét. A kezek keresték párjukét, hogy legalább ezzel próbálják tompítani a nyomasztó félelmet, amit ez a jelenség okozott.

Hiába a tudósok és a légkörkutatók kimerítő válasza a riportokban, az utcákon bámészkodó és a fejük fölé mutogató lakókat ez egyáltalán nem érdekelte. Ha nem velünk történt volna meg, akkor esetleg hittünk volna nekik. A dráma szereplőiként azonban máshogy láttuk a tudósok elemzését. A fanatikusan elvakult emberek szerint ez nem volt más, mint a világvége eljövetelének legnyilvánvalóbb jele. Nekem, aki a bizonyítékokkal alátámasztható tények világában élek, és minden erőmmel azon vagyok, hogy megcáfoljam a konteóhívők és álhírgyártók munkásságát, most mégis igazat kellett nekik adnom bizonyos értelemben. Ez a nap valóban a világvégét jelentette valaki számára. A vég azonban nem az égből fog előjönni, és nem is olyan formában, ahogy azt a körülöttem álló sokaság gondolja. Helyette odalentről, és sokkal emberibb formában fog érkezni.

Mire átöltöztem és leértem a konyhába, Olive már a kávéját itta vallásos áhítattal. Kint akár hurrikán is tombolhatott, ő az a papírsárkány, aki rá sem hederít a szélre. Ha száz évig élek, sem fogom megérteni ezt a belsőséges kapcsolatot, amit a koffeinnel ápol. Ami engem illet, legfeljebb egyet iszom meg egy nap, de valamikor az is elmarad. Akárhogy is, nálunk a reggelt egyértelműen a kávé illatával lehet asszociálni, legyen az akár a napja a modern civilizáció teátrális bukásának. A kávéhoz való jog őt akkor is megilleti. A nyitott bejárati ajtónkon, melyen nemrég jöttünk be az ég csodálásából, most beszökött valaki. Egy nő, aki elvesztett valakit, aki ha bajba került, egyből hozzánk fordult. Háttal állva nekünk, kezeit az ajtónak támasztva, fejét nekinyomva zihált a küszöbünkön. Mikor hátrafordult, láthattuk Stacy vörösre sírt szemeit. Felváltva nézett ránk, mint akinek mi lennénk az utolsó esélye az életben maradásra. Összetörve végigcsúszott az ajtó falapján, és leült a lábtörlőre.

Akár egy riadt gyermek, összekuporodott, és hangos zokogásban tört ki. Korábban láttunk már ilyet, bár nem tőle, hanem kedvesétől. Julie a szenvedélyes és lelkiismeretes, míg Stacy a bátrabb és vakmerőbb kettejük kapcsolatában, most mégis megroppant valamitől. Olive odament hozzá, kávéját a kezembe nyomva. Stacy a nyakába borult, könnyei ezek után Livi nyakán gördültek végig. Szótlanul bevezette a nappaliba és leültette a kanapéra. Képtelen volt megszólalni, elképzelésünk sem volt, hogy mit láthatott, de valami a társával történhetett. Könnyei kezdtek elapadni, hevesen törölgette az orrát.

– Eltűnt! – szipogta. – Reggel nem volt mellettem, pedig mindig együtt szoktunk felkelni. Kerestem, de nem találtam sehol. A telefonja is ott volt az ágy mellett. Történt vele valami, érzem! Ő vitte el. – Ahogy ezt kimondta, újabb roham jött rá, elmentem hát a fürdőbe és hoztam neki pár szem nyugtatót, amit egy nagy pohár vízzel lenyelt. Végigfeküdt a kanapén, és némán bámulta az utcát. A nyugtató néhány perc elteltével megtette hatását.

Visszamentem az emeletre, az agyam folyamatosan zakatolt. Leghívogatóbbnak az a reakció tűnt, hogy bebújok az ágy alá. „A szörnyek ott úgysem találnak rád, nem igaz, Danny?" Olive valamit mondott nekem útközben, de nem figyeltem rá. Az elkeseredettség szakadékának peremén álltam. Lábujjaim már a hívogató mélységet bámulták, készen arra, hogy elrugaszkodjak és levessem magam. Újabb zsákutca, ami a lehetőségeimet illeti.

Olive követett, és az ablaknál ért utol.

– Dan, ez így nem mehet tovább! – A következők mi leszünk, ahogy Jurij megígérte a feliraton. És ezt ő is tudta. Vagy őt viszi el, vagy engem. Bárhogy is történik, azt a másikunk nem élné túl. Egyedül képtelenek lennénk haladni tovább az élet végtelen ösvényén.

Elhatároztam hát, hogy felhívom régi cimborámat, Tom Edwardsot. Küldheti a lovasságot, ideje kapitulálni.

Kis idő elteltével megjelentek a házunk előtt az öltönyös urak, akik felvették az újabb eltűnt személy, Julie adatait. Biztosítottak afelől, hogy minden rendben lesz, és hamarosan megtalálják őt és Mr. Curtist egyaránt. Vacsorára pizzát rendeltünk, amit a megnyugtató hírek után békésen elfogyasztottuk – utolsó vacsora gyanánt. Éjszakára Stacy ott maradt nálunk a biztonság kedvéért. Az éjjel azonban mi következtünk: reggelre mindkét nőt holtan találtam a nappaliban, kizsigerelve, egymással szemben ülve, mint egy tökéletesen beállított díszlet. A feltétlen megadásért bizony hadisarcot kellett fizetnem. Most azonban már több veszély nem fenyegethet senkit az utcában.

– Miért bámulod a sivatagot? – rázott meg Olive. Visszatértem a tegnap valóságába, ahol még szó sem lehetett megadásról. Még nem.

- A hasadék, ami a vihar után keletkezett - mormoltam, közben le sem vettem a szemem róla. Akár egy száj a sivatag arcán, beszélni kezdett hozzám. Nyelvével száját megnedvesítve, alsó ajkába beleharapva hívott maga felé. Nem tudtam ellenállni, túl nagy volt a kísértés.
- Mi van vele? - nézett ki Olive is az ablakon.
- Oda kell mennem. - Én leszek a végső áldozat, és akkor vége szakad. Tudom, hogy akkor tovább fog állni. Olive először nem értette, hogy miért mondom ezt. Zavartan nézett rám, én bólogattam neki, jelezve, hogy jól sejti, mire gondolok. Ekkor azonban kitört belőle egy soha nem látott félelem, amit haraggal próbált leplezni.
- NEKED TELJESEN ELMENT AZ ESZED? - Mind megtörünk egyszer, és ez a pillanat most érkezett el nála. Nálam már korábban megtörtént, de ő erősebb mint én, ezért is bírta eddig. Hosszas veszekedés következett kettőnkről, arról, amit eddig közösen, együttes erővel elértünk. Ám ez mit sem változtatott azon a tényen, hogy ha most nem megyek oda, minden bizonynyal ő fog odaveszni. Ez pedig az ígéretem megszegését jelentené. Erről szó sem lehet, véget kell vetni a borzalomnak, és ha ennek még egy áldozat, én leszek az ára, hát legyen.

Elkezdte püfölni a mellkasomat. Hiába minden erőfeszítés, nem tudott megállítani. Nem hallottam semmit, csupán fehér zajt. Ennyi maradt a világból. Megragadtam hát karjait és átöleltem. Tán ez lesz az utolsó alkalom, hogy érezhetem bőre finom melegét, hajának illatát. Mély levegőt vettem, próbáltam minden részletet megőrizni. Záporozó könnyeit pólóm igyekezett felszívni. Ezt is magammal viszem az útra.

- Mi történt? - kérdezte üveges tekintettel Stacy, aki veszekedésünk zajára feljött az emeletre.
- Stacy, meg kell ígérned valamit. Az elkövetkezendő órákban nem engedsz ki Livit a házból, érted? Ez nagyon fontos! Idebent kell tartanod, bármibe is kerül. - Ez volt az utolsó csepp abban a domborúra feltöltött pohárban. Ellökött magától, sarkon fordult, és bezárkózott a hálószobánkba. Bekopogtam hozzá, de nem jött válasz. Csak azt tudjuk igazán gyűlölni, akit egyúttal

szeretünk is. Gyűlöl engem, amiért magára hagyom, amiért nem engedem ki a házból, de idővel (remélem) meg fogja érteni és megbocsát nekem. Kezemet végigsimítottam hálószobánk ajtaján, majd letöröltem vele a könnyet a szemem sarkából.

– Nem értem. – Stacy hangja fáradt volt és tompa.

– Most el kell mennem valahova. Sejtem, hol lehet Julie. – Úgy tűnt, ezt sem fogja fel, mert csak bámult engem ugyanolyan üres tekintettel, mint eddig. Nem tehettem mást, ott kellett hagynom őket, akármilyen állapotban voltak is. Lementem az emeletről és felhúztam a bakancsomat. Utoljára akkor volt rajtam, mikor Mr. Curtisszel a fekete anyagot égettük el.

Ironikus módon most ugyanoda indulok ezzel a lábbelivel – ezúttal egyedül. A jó Mr. Curtis biztos velem tartana, vagyis hát velem tart, ha úgy vesszük. Ott van velem, és segít.

Egyetlen zseblámpát ragadtam magamhoz, mielőtt kiléptem a hátsó udvarunkba. A kapuhoz érve felnéztem az emeleti ablakunkba, ahol pár perccel ezelőtt magam álltam. Stacy állt ott és engem figyelt. Bólintottam neki, válaszul ő fáradtan integetett. Olyan érzésem támadt, hogy kecskére bíztam a káposztát. Nem tudtam, képes lesz-e megállítani Livit, hogy utánam ne jöjjön. A nyugtatók tényleg eltompították az elméjét. Nem tehettem mást, a cél előttem lebegett, akár egy délibáb és tisztábban láttam, mint korábban bármit. Megfordultam, kiléptem a kertkapun, magam mögött hagyva otthonunkat. Várt engem a sivatag, alatta a félelem és a harag.

XII. fejezet

Odalent minden más

Nem tudtam, hogy ez lesz az utolsó közel-keleti turném. Nyilván minden ismerőstől elbúcsúztam volna elutazásom előtt. Ehelyett csak néhány kézfogáson és ölelésen estem át, mondván, pár hónap és újra itt vagyok. Soha nem láttam többé azokat, akiktől akkor elköszöntem. Írtam nekik – már akiknek tudtam – egy üzenetet, amiben megmagyaráztam, hogy többé nem fogok visszautazni a Közel-Keletre. Az ok egyetlen személy, akinek ígéretet tettem.

Az a nap is úgy kezdődött, mint az összes többi ott töltött, annyi különbséggel, hogy fogalmam sem volt róla, hogy aznap hazarendelnek. Reggeli után részt vettünk a hadsereg eligazításán, amelyen kiosztották, hogy melyik egységgel melyik újságíró mehet.

Ezt nem mi döntöttük el, hanem a szerkesztőink koordinálták közösen a hadsereg sajtóosztályával. Egy AP-s kollégával kerültem az egyik szakaszhoz, akik aznapra járőrfeladatot kaptak az Iszlám Államtól visszafoglalt egyik városban. A katonai konvojunk kilenc órakor indulhatott el. Én az AP-s munkatársammal – mint mindig, így ezúttal is – a konvoj középső, páncélozott járművében utaztam, ami a legbiztonságosabbnak számított az aknatalálatok ellen. Kilőtt, felrobbantott autók és aknák mellett haladtunk el a széttöredezett aszfaltú, kiadós háromnegyed órás út során. Közben rádión odaszóltak a konvojunknak, ekkor hirtelen megálltunk.

Néhány katona kiszállt a dzsipekből, keresve az ellenséget a dombok között. Újra recsegett a rádió, most mindenki visszaszállt, és haladhattunk tovább. Társammal amennyire tudtuk, fényképeztük az eseményeket. Azonban ha ránk szóltak, hogy csend legyen, akkor meg sem mozdulhattunk. A hőség olyan, akár nálunk Arizonában, leszámítva, hogy akkor golyóálló mellényben és sisakban, teljes menetfelszerelésben kellett mozognunk. Beértünk a városba, ahol a pusztítás a háborúkra jellemző sablon szerint elevenedett meg előttünk. Az Iszlám Állam – akárcsak a visszavonuló Wehrmacht a második világháború utolsó hónapjai során – felégette, lerombolta maga mögött a várost, ezzel próbálva megnehezíteni az iraki erők előrenyomulását. Az igazság inkább az, hogy úgy gondolták, ha az övék nem lehet a város, hát másé se legyen. A bosszú azonban nem az övék lett a végén, ezt ma már több politikai és katonai vezető is elismeri.

A sebek azonban ekkor még nyíltan véreztek az utcán, mikor mi kiszálltunk a páncélozott járműből. A szakasz parancsnoka, egy nálam pár évvel idősebb hadnagy legelőször az iraki parancsnokkal találkozott. Az irakiak tegnap este vonultak be a városba, most azért jöttünk, hogy ezzel a szakasszal segítségükre legyünk a kimerült katonáknak a házak átkutatásában. Néhány alkalommal megesett már, hogy az ünneplés közepette jött elő néhány rejtőzködő terrorista, és robbantotta fel magát a katonák között. Ezért inkább először házról-házra átfésülik a várost, semmint megkockáztassanak még egy merényletet. A szakaszunkhoz csatlakozott négy iraki katona is. A hadnagy tájékoztatott mindenkit, hogy hírszerzési értesülések szerint három utcával lejjebb egy Iszlám Állam-katonát láttak bujkálni. A feladat tehát egyértelmű volt: megtalálni őt és fogságba ejteni.

Ahogy vonultunk az utcákon, minden lépésünket kimérten megtervezve, láthattuk a lakosságot, akik vegyes érzelmekkel figyeltek bennünket. Ha csak egy iraki egységet láttak volna, bizonyára nagyobb lett volna a lelkesedésük, de az amerikai koalíciós erők láttán ez az osztatlan öröm elmaradt. Néhány itt maradt vagy visszatért helyi lakos odajött a katonákhoz kezet fogni, hálálkodni segítségünkért. Bár nem hangoztattam nézeteimet, de nem éreztem úgy, hogy bármilyen hála illetné a kormányomat, mikor részes volt e terror megteremtésének.

Ezért is értettem meg azokat a civileket, akik inkább a lábunk elé köptek, mikor elhaladtunk mellettük. Ami engem és kollégámat illet, mi sem voltunk népszerűbbek a hadsereg tagjainál. A legtöbbjüket nem zavarta, ha fényképezzük, de voltak, akik odarohantak hozzánk abban a pillanatban, hogy észrevették, rájuk fókuszálunk fényképezőgépünkkel. Társaink egyből elénk ugrottak, hogy visszafogják a heves érzelmekkel viaskodó civilt. Segítségükre volt a betársuló iraki erők négy tagja. A kedélyek lecsillapodása után – értsd: miután elrángatták onnan szerencsétlent, aki elvesztette családja nagy részét – indulhattunk tovább – még egy utca állt köztünk és célpont között. Hiába foglalták vissza a várost, az éberségük egy percre sem lankadt. Figyeltek az ablakokra, a háztetőkre, a köztünk szaladgáló gyermekekre.

Szerencsére további atrocitástól mentesen érkeztünk el a kijelölt házig. Nem egyszer kopogtak be, ilyenkor kinyílt az ajtó, és egy burkába öltözött nő jelent meg előttünk. Az iraki katonák felszólították, hogy álljon félre, mivel át kell kutatniuk a lakását. A nő tiltakozásba kezdett, de kirángatták az utcára és lefogták, amíg a mieink behatoltak a házba. Két iraki és két amerikai katona vigyázott a nőre, míg a többiek bementek. Minket kint hagytak az ajtó előtt, addig is dolgoztunk.

Egy perc sem telt el, mikor hangos kiabálás szűrődött ki az emeletről. Ezt dulakodás követte, végül jött ki a törzsőrmester, mögötte az elfogott terrorista, kezei hátrakötözve, fején fekete zsákkal – hasonlót használtak ők is a nyugati civilek lefejezésénél. Két katona pedig robbanószereket, gépkarabélyt és lőszereket hozott magával, amit odafent találtak. A nőt szintén megkötözték és magukkal vitték, vissza az ideiglenes iraki parancsnoksághoz.

Visszaérve a nőt az iraki hatóságokra bíztuk. Az Iszlám Állam katonáját bújtatta, valószínűleg ki fogják végezni. A férfit viszont először az amerikai támaszpontra viszik, hogy az irakiakkal közösen kikérdezzék.

Indultunk volna a következő járőrútra, mikor az iraki parancsnok odajött hozzám és közölte, vissza kell térnem a bázisra. Kérdeztem tőle, hogy miért, de széttárta a karját: fogalma sincs róla. Ő csak egy fuvart biztosít vissza. Beletörődve elköszöntem fotós társamtól és a hadnagytól, mondván, majd este találkozunk.

Hát nem találkoztunk.

Az iraki hadsereg egy rozoga terepjárót biztosított a viszszaszállításomra. Az óvatosságnak, amit idefelé tapasztaltam, most nyomát sem láttam. Úgy hajtottunk a felrobbant aknák vájta kráterek között, mintha csak a Holdon raliznánk egy Apollo-küldetés keretében. A két katona az első üléseken vidáman beszélgetett, közben nevettek, mintha csak a föld legbiztonságosabb útján autóznánk. Mikor fényképeztem őket, még nekiálltak pózolni is. Elképesztő volt ez a szürrealitás, amit a füstölgő roncsok háttere és a vidám katonák látványának összessége nyújtott.

Amint begördültünk a bázisra, örömmel jelentették ki tört angolsággal, hogy „mi vagyunk New York taxi." Ezzel a kijelentéssel a taxisofőrök szakszervezete lehet, hogy vitába szállna, de most rájuk hagytam. Megkérdeztem, hogy akkor mennyivel is tartozok, de megnyugtattak, hogy „csak kérni másolat fényképből". Belementem a tisztességesnek tűnő alkuba. A kocsiból kiszállva Jones százados lépett elém, aki a hadsereg itteni sajtórészlegének vezetője volt, egyben az én főnököm is.

– Hazarendelt a főszerkesztőd! 13.00-kor indulsz Frankfurtba. – Azaz volt szűk egy órám, hogy megebédeljek és összepakoljak. Érdekelt volna, hogy miért is kell ilyen hirtelen hazamennem, de a laptopomhoz irányított, ahol egy e-mail várt New York-i főnökömtől.

A döntés nemrég született a kiállítással kapcsolatban. Mérlegelték a kérésemet, hogy ne kelljen részt vennem rajta, de úgy döntöttek, hogy „elengedhetetlen" a részvételem. Káromkodtam egy sort, elküldtem a főnökömet oda, ahova való. Egy sóhajtás után aztán nekiálltam összepakolni a holmimat. Elmentem az ebédlőbe, ahol bekaptam pár falatot. Úgy gondoltam, hogy lesz még időm átöltözni, de bejött egy légierős főhadnagy közölni, hogy előbbre hozták a járatom indulási idejét, ezért most azonnal menjek. Kérdeztem, miért ez a nagy sietség, mire kifelé menet odavetette, hogy vihar közeleg.

Minden, még a természet is ellenem volt. Gyorsan beugrottam Jones századoshoz, elköszöntem tőle. Jones olyan típusú ember volt a hadseregben, akinek a jó kapcsolatok ápolása volt a feladata. Ezért is jött ki jól számtalan sajtóssal, velem kiváltképp. A második turnémon derült ki, hogy ugyanabban a megyében születtünk és éltük gyerekkorunkat. Kár, hogy ekkor találkoztam vele utoljára, igaz, azóta is tartjuk a kapcsolatot.

A repülő nem teljes létszámmal indult Németországba. Néhány katonával és civillel utaztam együtt, akik fél-, egyéves szolgálati idejük lejártával tértek haza családjukhoz. Az út viszonylag sima volt, néhány légörvényt leszámítva. Leszálltunk a frankfurti amerikai támaszponton, ahonnan busszal átszállítottak bennünket a nemzetközi repülőtérre. Innen kereskedelmi járattal utaztunk volna tovább New Yorkba. Ezt a tervet azonban a járat késése keresztbe húzta. Rajtam kívül csupán egy orvos utazott a Keleti-partra, a többiek más-más városba, országba mentek tovább, így csak mi maradtunk ott.

Mivel a csomagjaimat már feladták, ezért átöltözni sem tudtam. Helyette kerestem egy éttermet, ahol végre tudtam enni egy jót. Egyrészt még az utolsó falatot sem tudtam megenni a bázison, másrészt az ottani kaja is hagyott kívánni valót maga után. A középkorú orvossal, aki szintén megéhezett az út során, kerestünk egy büfét, ahol nem kell sokat várni a kajára. Német földön jártunk, ezért egyértelmű volt, hogy virslit és kolbászt rendelünk mustárral. Kísérőnek egy-egy pohár sört ittunk meg. Hihetetlenül jólesett.

Miután jóllaktunk, türelmesen vártuk, hogy kiírják járatunk indulásának idejét. Elmeséltem neki, hogy miért is vagyok terepfelszerelésben – már csak a kevlár mellény és sisak hiányzott, de sajnos azt nem engedték, hogy magammal vigyem –, és hogy miért rángattak haza a munkából. Ő elmondta, hogy a katonai kórház orvosa, és fél év után most utazik haza. Olyan jól elbeszélgettük az időt, hogy szinte pillanatok múlva mehettünk is a beszállókapuhoz. A több mint nyolcórás repülőút során végre pihenhettem valamennyit az újabb fárasztó nap után. New Yorkban nem csak színpadi műsor fog várni, hanem egy kiadós *jetlag* is a nyakamba fog zúdulni az időzónaátlépések miatt. Délután fél egy körül indultunk Irakból, és közel 14 óra repülőút, másfél óra várakozás után este hét körül landoltunk a JFK-n. Ez az, amit nem szíveltem ezekben a turnékban: az utazást. Fogalmam sem volt róla, hogy mikor kezdődik a kiállítás. A reptéren, mint valami üzletembert, egy öltönyös sofőr várt névtáblával a kezében. Máskor leintek egy taxit, hazamegyek, letusolok, majd próbálok aludni.

Ezúttal sofőr várt, ami már gyanakodásra adott indokot. Elköszöntem orvos utastársamtól, és odamentem a névtáblát tartó férfihoz, aki elnavigált az autóhoz. Átadta főszerkesztőm üzenetét, hogy ne aggódjak a megjelenésem miatt, várnak a megnyitón, ami már el is kezdődött, ezért is hajtott feszes tempóban a sofőröm. Ahogy kiszálltam, egy lelket sem láttam az épület körül – már mindenki bent lehetett. Egymagam felbaktattam az üres és hatalmas lépcsőn. Kapitulálva akaratuk előtt vetettem magam oda nekik. Bíztam benne, hogy ami bent fog várni, azzal mindenkin segíthetek, ezzel biztosítva mielőbbi szabadulásomat.

***

Már csak néhány lépés választott el a bejárattól. Emlékezetemben még erősen él az elrothadt kaktuszok émelyítő szaga és látványa. A hasadék bejáratát akár én is áshattam volna a lapáttal. Mr. Curtis napalmos oldata megtette a hatását, katalizátorként hatott az amúgy már folyamatban lévő eseményre. Ez a barlang – hívhatnám így is, bár geográfiailag nem egzakt megnevezés – mindenképpen létrejött volna, ezzel csak lerövidítettük a kialakulásának idejét. A hadsereg igénytelenül körbekerítette a bejáratot. Hatalmas táblákat akasztottak ki a rozoga kordonra a létező összes figyelmeztetéssel: omlásveszély, biológiai fertőzés, belépni csak engedéllyel, idegeneknek belépni tilos, Egyesült Államok Hadseregének műveleti területe. Ezeket mindenféle színes ábrákkal egészítették ki. Kicsit elmosolyodtam a táblarengetegen.

Jack és barátai nemhiába másztak le, hisz' ha ennyi tábla tiltja a belépést, az egyszeri járókelő – főleg ha ez egy gyermek – érdeklődését hatványozottan felkelti, és nyilván be fog menni körülnézni. Ellenben ha egyetlen táblát se akasztanának ki, lehet, hogy Jackék is csak vállukat megrántva továbbálltak volna, ki tudja. Mindenesetre én hozzájuk hasonló módon – bár más indítékkal – bemásztam oda, ahol a táblák szerint a garantált pusztulás vár rám. A hasadék mellett katonai felszerelés hevert gondosan lezárt ládákban, továbbá néhány hordó. A felirat szerint nyomásálló tartályokban folyékony nitrogén van. Szóval a hadsereg felkészült a barlang „lehűtésére": a protokoll az évtizedek alatt nem változott.

Odaállva a bejárat peremhéhez egyszerre hűvös levegő áramlását éreztem a bőrömön. Levilágítottam lámpámmal, de nem láttam semmit. A kezemen, amelyben a lámpát tartottam, egyszerre éreztem valaminek a tapintását. Húzott le magával a mélybe. Ígéretekkel kezdett traktálni. Odalent biztonságban leszek a fent tomboló háború elől. „Milyen háború?" – kérdeztem tőle. Hamarosan elkezdődik, és ő kiválasztott embereket gyűjt, akik túlélésükkel szavatolják az élet fennmaradását. Sosem fogom nagyobb biztonságban érezni magam, mint odalent a többiekkel. „Kik a többiek?" Nagyon jól ismerem őket. Mind az utcából jöttek, és önként csatlakoztak hozzá. „Mesélj még a háborúról!" A fajtámnak az a célja, hogy elpusztítsa őt, ezért nem tehet mást, mint harcot folytat ellenünk. Ő csak néhányat akart volna belőlünk, hogy ne éhezzen, de mi ezt sem hagytuk neki. Most hát jól fog lakni végre, hosszú évtizedek után. Legközelebb kétszer is meggondolják, ha az útjába akarnak állni. Lépjek be hát, itt csak barátok vannak. A félelmet itt nem ismerjük, csupán a boldog együttlét harmóniája vesz körül minket. A sötétség lesz az otthonunk, ez fog megvédeni minket. Láthatatlanok leszünk mások számára, mi azonban mégis látjuk őket. Tudni fogjuk, mikor jöhetünk elő, hogy átvegyük méltó helyünket az üres házakban. „Nem leszünk magányosak a világban?" Leszünk elegen kiválasztottak! Kollektív tudatunk meg fogja érteni egymást, más kinti túlélőt amúgy sem értenénk meg többé.

Kitaszítottként kezelnének. Ők magányosak lesznek életük végéig, mi azonban többé sosem. Mindig ott leszünk egymásnak. A hívogató szónak eleget téve elkezdtem lemászni a verembe. A lámpám fotonjait a legédesebb desszertként fogyasztotta el a barlang sötétje. Kerestem házigazdámat, de nem láttam senkit és semmit. Próbáltam legalább egy neszt meghallani, de füleimben csak szívem heves dobogását hallottam. A sötétség egy szokatlan módon üdvözölt, mikor fejbevágott, hogy ott ájuljak el és hasaljak végig a porban.

Vajon kit fognak először látni szemeim? Egy szörnyet? Egy lidércet? Közel sem álltam a valósághoz, ugyanis Mr. Curtis baktatott felém a tőle nem megszokott fiatalos tempóban.

– Mr. Curtis! Maga mit keres itt? – Szokatlan hely a találkozásra.

– Á, fiam, maga az? Végre egy jó társaság. Kértem, hogy ezúttal egy ismerőst hozzon. Tudja, a maga meleg barátnőjével nem tudtam boldogulni. Próbáltam beszélni vele, de csak sziszegett, akár egy vipera és elküldött a ku… szóval tudja, hova. Neki több idő kell, hogy hozzászokjon a körülményekhez.

– Miféle körülményekhez, miről beszél maga?

– Ugyan már, hisz' tudja azt maga. Magának is elmondta a feltételeit. De ne aggódjon, itt biztonságban leszünk mindanynyian. A kis hölgy is fellégezik ám, mikor meglátja magát. Lefogadom, hogy könnyes szemekkel fog a nyakába ugrani. – Körbenézett, mintha lenne más is körülöttünk. – Ahogy elnézem, egyedül van csak nő. Hosszú lesz a tél, kíváncsi vagyok, hogy fogja bírni ennyi férfi között. Ha csak vendéglátónk nem hív meg egy másik hölgyet, lehet, hogy a maga karjaiban fogja tölteni a zavaros időket idelent – kacsintott rám. – Így vagy úgy, de mind hálásak lehetünk neki. Maga lehet, hogy duplán is.

– Duplán?

– Hát persze! Egyrészt ugye kiválasztott lett, ami rengeteg privilégiummal kecsegtet. Maga lehet a mázlista, aki megkapja az egyetlen idelenti nőt. Aztán ott lenne még az apaság terhe. Pelenkázni, éjjel felkelni, mert sír a gyerek… előbb-utóbb megbánná azt az estét, mikor az érzéketlen bulizásuk után ágyba vitte a nejét. Egyedül azt sajnálom, hogy nem fogja megtudni, vajon fiú lett volna-e, vagy lány. De talán jobb is így. Gondoljon csak bele, kilenc hónap múlva hajtania kellene a kórházba, mert Oliviának elfolyt a magzatvize. A gyermek világra jön, maga azonban még mindig az elmúlt napok eseményein rágódik. Ott van egy újszülött, akit nem ezen a környéken kellene felnevelnie. Az emberek sorra tűnnek el, már nem csak az utcából, de városból is. Mi van, ha maga a következő? Ott kell hagynia a kórházban feleségét és gyermekét. Hát nem jobb most? Mikor haraggal vesznek búcsút egymástól? Nincs bűntudat, amiért magára hagyta őket. Ezúttal megérdemli, hogy a sorsára hagyja őt.

– Megőrült, vagy mi van magával?

– Kedves barátom, ez a tagadás, ami most piócaként magára telepedett, idővel elsorvad ám és rájön, hogy megszabadítottuk az eddigi szenvedéseitől. A sajtófotózás, amit maga olyan nagy becsben tart, mert úgy gondolja, hogy így jobbá teheti a világot, ha tapintható közelségbe hozza a szenvedést, ami elhatalmasodott körülöttünk. Azonban ki kell, hogy ábrándítsam: a munkája nem ér semmit. Akárhány képet is készít, akárhány szót is ír egy-egy fénykép alá, a világ ugyanolyan szörnyű hely marad, mint amilyen volt, amióta az ember megtanult tüzet rakni. Őt sem akarják elfogadni, azért, mert nem olyan, mint maga vagy én. Vadásznak rá évtizedek óta, meg akarják zabolázni, hogy aztán fegyverként használhassák. Most azonban rajtunk a sor! Megmutathatjuk nekik, hogy tévednek.

– Azzal bizonyítja be az igazát, hogy megöl mindenkit?

– Maga talán meghalt, fiam? Én talán halott vagyok? Mind itt vagyunk, nézzen körül. – Nem láttam senkit rajta kívül. – Odakint csak a pusztulás várná, fogadja el végre! Itt lent van az, amit keresett egész életében. A biztonság, az öröm, a jólét. És ehhez nincs szükség családra, ha azt megkaphatja tőlünk is.

– Ha ennyire jó nekem, amiért elveszítek mindenkit, akit szerettem, akkor beszéljünk magáról is, rendben? Mi van Lizzel?

– Ó, szegény Liz. Eddel koccintottunk is nemrég az egészségére. A családja nagyon gazdag, ezzel tisztában van, ugye? Ők mégis sajnálják a pénzt a sógoruktól, nem képesek befektetni egy remek üzletember ösztöneibe. Élte a békésnek hitt életét felesége mellett, aki ráadásul összefeküdt velem. Egyértelmű volt, hogy meg kell szabadulnia szánalmas életétől. És mi megszabadítottuk! Most itt van közöttünk, tisztábban láthatja a világot, mint eddig valaha. A kellő időben leszámolhat kapzsi rokonaival, ezzel beteljesítve sorsát.

– Várjon csak... Miről beszél? Ed meghalt. Maga is látta a holttestét. És maga is... az a rengeteg vér a házában... halottnak kéne lennie. – A fejemet mintha ezernyi apró kalapács ütlegelte volna belülről. A kép kezdett szétesni, majd teljes filmszakadás következett be. Kerestem a kivezető utat, de minden hiába, csupán falakba ütköztem. A halvány fény, amelyen beléptem, már kihunyt. Egyelőre sikerült ezt a lidércet elzavarnom, ami Mr. Curtisként jelent meg előttem, de csak idő kérdése, míg visszatér. Kiutat kell találnom.

Ahogy lépdeltem, tapogatóztam, egy hang „nyújtott" mentőövet felém. Egy női hang a nevemet ismételte. Egyszerre derengő homály kezdett kigyúlni körülöttem. Furcsának találtam, hogy milyen sötét van. Az rendben van, hogy a szálló homok miatt nem süt be a nap, de akkor is világosabbnak kellene lennie. Mr. Curtisnek vagy Ednek nyoma sem volt. Újra a nevemet hallottam, egyre erősebben. Mintha a korábbi távoli hang már csak egy karnyújtásnyira lett volna tőlem.

– Dan! DAN! Baszakodik a fejeddel, figyelj rám! Nincs ott senki, érted? – Julie. Ezek szerint még életben van, nem késtem el. „Nem késtél el? Ugyan már, nézz magadra, Daniel. Gondolod, hogy van bármi esélyetek innen kiszabadulni?" A hang újra megszólított. „Örülhetsz, hogy nem magányosan fogtok meghalni, mint a többiek. Akár még meg is foghatjátok egymás kezét." – Koncentrálj a hangomra! – kiabált mellettem rabtársam. Elbizonytalanodtam: vajon őt is csak hallucinálom, mint Mr. Curtist, vagy tényleg itt van? Egy módon deríthetem ki. Minden erőmet összeszedve feltettem neki egy kérdést, amire csak ő tudhatja a választ.

– Mi a könyv címe, amit lapoztatok nálunk?

– A pokol krónikásai. Én vagyok az, Julie. – Ha nem ő az, hát megadom magam. Nem tudtam mozogni, a kezem hátra volt kötözve. Ahogy mozgattam, valami nedves anyagot éreztem a bőrömön. A lábam szintén nem mozgott. Mikor lepillantottam, döbbenten láttam, hogy a fekete váladék az, ami körülveszi a cipőmet, így nyilván a kezeimet is. Milyen praktikus, hogy még emberek kikötözésére is alkalmas. Égette a kezem, de most ez volt a legkevesebb.

– Mi… mi történt? – habogtam.

– Mikor lemásztál, elkapott és kikötözött. Vagyis hát nem tudom, mi a legjobb kifejezés, mert nem nevezhetném hagyományos kikötözésnek. Szóval érted. – Kit érdekel, hogy mi a legjobb kifejezés rá, Julie! Azt mondd el, hogy mi történt velem. – Aztán így voltál egész délután. Néhány perce kezdtél el magadban beszélni. Akkor szóltam rád. – Várjunk csak. Egész délután? Tehát már este van, és megy le a nap. Masszív kiütés lehetett, ha ennyi ideig voltam eszméletlen.

– Veled is megcsinálta ezt? – Az ő fejébe is beférkőzhetett.

– Igen. Éjjel lementem a konyhába, és valakinek a zilálását hallottam a hátam mögött. Megfordultam, és ott állt előttem. Olyan hirtelen történt, egyből elkapott. Nem láttam semmit belőle, csak forróságot éreztem a vállamon. Jöttek a hallucinációk. Ed jelent meg előttem, folyamatosan Stacyt szidta, meg a barátaimat emlegette, akik ott hagytak, miután összejöttem vele. Olyan furcsa volt az egész.

Ed elkezdte mondani, hogy megért engem, holott talán ő utált legjobban az utcában. Mikor rákérdeztem, megpróbálta kimagyarázni magát azzal, hogy valójában én nem is szeretem Stacyt. És ezt látja bennem, azért bosszantja, hogy együtt vagyunk. Ami persze baromság, de hát mit kell várni tőle? Életében is bolond volt, holtában miért jönne meg az esze, nem igaz?

– Igen, azt hiszem.

– Szóval utána elkezdett rólatok beszélni. Hogy valójában csak azért barátkoztatok össze velünk, mert ágyba akartok vinni minket. Na, itt kiakadtam, ekkor ott hagyott. Nem sokkal azelőtt tértem magamhoz, hogy te ideértél. Próbáltalak figyelmeztetni, de gyorsabb volt nálam. Ne haragudj. – Igyekeztem feldolgozni ezt az információdömpinget. A támadónk próbál játszani az elménkkel, de látszik rajta, hogy nem egy képzett pszichológus. Inkább saját magáról állít ki szegénységi bizonyítványt. Bizonyára nehéz gyerekkora lehetett, már amennyiben egy szörnynek lehet egyáltalán gyerekkora.

Akármennyire is erőlködtünk, képtelenek voltunk kiszabadulni. A fekete anyag még szorosabban fogott minket. Vajon hogy fog érkezni a halál? Megmozdul Fekete-Jurij, és a lábunkon felkúszva megfojt anélkül, hogy megtudtuk volna, ki vagy mi is valójában a gazdateste? Ez amolyan sajtós reflex volt. Nem az számított, hogy meghalok, hanem az, hogy tudatlanul halok meg. „Emiatt vagy itt, barátom. Nem érdekel téged a csaj, csupán a szenzáció!"

Kezdődik megint. Próbáltam a gondolataimat elterelni, de követte, bármerre is tereltem azt. Legyen az egy emlék Olive-ról, ő ott állt mellettünk és figyelte a jelenetet, élvezkedett rajtunk. „Ne várakoztassuk tovább vendégeinket. Fejezzük be, amit elkezdtünk."

– Te is hallottad? – Nem voltam benne biztos, hogy amit én hallok a fejemben, azt ő is ugyanúgy hallja.

– Igen. – Elcsuklott a hangja. Fejével hevesen bólogatott, és ahogy figyeltem, a könnyei is peregtek le az arcán.

– Ne haragudj, hogy nem tudtalak kivinni innen, Julie. Próbáltam, igazán, de... – Felkészültem a legrosszabbra.

– Köszönöm, Daniel. – Ekkor már sírt. Nem maradt más hátra, mint hogy várjuk a végzetünket.

Koccintottunk Johnsonék partiján. Együtt sütöttük a húsokat a grillen. Azt mondtam, hogy ő az az ember, akihez átmegyek, ha elfogy itthon a cukor. Az emberismeretünk csődje állt előttünk ezen az estén. Miért is gondoltam azt, hogy ő a lovasság? Egy pillanat alatt végigfutott az agyamon, de csak kósza idegsokk lehetett, hogy Olive hozzá rohant át segítségért. (Remélem, nem így volt.) Lemászott közénk és derűsen mosolygott. Nekem nem tetszett ez a mosoly, de Julie boldog nevetésben tört ki. Egy szomszéd, aki épségben lejutott közénk, akár meg is menthet minket. Nem ájult el, nem esett össze, nem is hallucinált – ezért nem tudtam osztozni a lány örömében. Aztán neki is lebiggyedt a szája, mikor Earl mosolya eltorzult, és öklendezve kihányt magából egy adag kátrányt. Köhögött kettőt, mire újabb adag szabadult fel ki tudja melyik szervéből. A masszát mintha társai mágnesként hívták volna, megindult felénk. A lábunkon egyre nagyobb lett a fogás, már a térdünkig belepett minket. Nem jutottunk szóhoz. Mit is tudnánk erre mondani? Earl, hogy lehet ez? Earl, miért ölsz meg mindenkit? Earl, hogyan változtál át? Kedves szomszédunk odajött hozzánk és megszaglászott minket, akár egy állat a döglött tetemet, megállapítva, hogy ehető-e még, vagy már bomlásnak indult. Mondanom kellett valamit. Nem tudom mihez, de időt kellett nyernem. Aligha szabadulhatunk ki önnön erőnkből, és arra sem vennék mérget, hogy lyukat beszélhetek a hasába. Mégsem várhatom tétlenül, hogy megemésszen bennünket darabonként.

– Earl. Jól vagy, haver? Nyúzottnak tűnsz. – Indirekt taktikát választottam. Ahelyett, hogy elfogadnám a nyilvánvalót, helyette inkább úgy teszek, mintha tényleg véletlenül pottyant volna be a verembe. Semmi válasz, csak járkált a barlangban, köröket róva a homokban. Közben a vállát rángatta, mint aki nem ura önmagának. Ez valószínűleg így is volt. Ebben a pillanatban ezt a testet nem Earl irányította.

– Hiába minden, szomszéd. Elismerem, te megpróbáltad. Úgy, ahogy sokan mások előtted. Voltak képzettebbek, a hadseregünk elit katonái. Aztán bevetettek tudósokat, akiket az atomprogramtól hoztak át. Nem tudtak mit kezdeni velem. Végül most eljutottunk oda, hogy egy takarítóbrigádnál van az „ügyem" – jelzett mutató- és középső ujjaival a levegőben. Hangjában nem volt semmi természetfeletti. Mondhatni, ugyanaz az Earl állt velünk szemben, aki pár napja női borotvát keresett nekem a boltban. Talán a tőle megszokott vidámság és jókedv tűnt el belőle. Hangja nyugodt volt és kimért.

– MIÉRT? – sikított rá Julie.

– Ó, kedvesem. Mi sem egyszerűbb ennél. Nem szeretem, ha az utamba akarnak állni. Mrs. Edwards, vagy hívják akárhogyan, Mr. Curtis, majd te, végül Daniel. Így megtanulja mindenki, hogy a saját dolgával törődjön.

- Kihagytad Edet, öregem.
- Milyen igaz. Tudod, a háborúban vannak járulékos veszteségek. Ezt te tudhatod a legjobban, lévén kiváló haditudósítónak bizonyultál egykoron. Szegény Ed csupán rosszkor volt rossz helyen. Azonban kapóra jött. Gondoltam, ha kibelezve fellógatom, talán csak meggondoljátok, hogy folytassátok-e a szánalmas kis nyomozásotokat utánam. Ezután eltüntettem minden bizonyítékot, amit begyűjtöttetek. Dokumentumok, akták, fényképek. Amíg a semmit érő vallomásotokat vették fel, én bementem a házatokba és elvittem mindent! Immár az eddigi munkád is pocsékba ment, Daniel. Mi ez, ha nem egy utalás arra, hogy ideje elengedni? De ez sem volt elég, hát íme, itt az eredménye. Most viszont fellélegezhet az utca. Eleget fogyasztottam ahhoz, hogy továbbállhassak. Még pár ilyen év és elég erőm lesz hozzá, hogy kimehessek ebből a pokoli sivatagból! – kiabált inkább magának, semmint nekünk. Úgy látszik, relatíve korlátok közé van szorítva.
- Ezek lennénk mi? Járulékos veszteségek és útonállók? Nézz magadra, Earl. Olyanokat pusztítasz el, akik a barátjuknak tekintettek. És a családoddal mi van? Meg fogod ölni a gyerekeidet is? – A fájdalom a szorításnál kezdődött, de aztán a fejemben csúcsosodott ki. Julie eltűnt, vele együtt a szürke homály is. Újra vak voltam, és csak ő állt velem szemben.

***

Hát itt vagyunk, Daniel. Csak mi ketten. Nem zavarhat meg minket semmi. Sem a feleséged szerető tekintete, sem Julie picsogása, amiért elszeparáltam élete szerelmétől. Megannyi kérdésed van, amire igyekszem kimerítő választ adni. Hogy miért? Nem is tudom. Talán mert nincs más dolgom. Miénk az éjszaka, Daniel! Miért ne használhatnánk ki egy könnyed csevejre, mielőtt csatlakozol a barátaidhoz? Aggódsz, hogy szegény Julie magára marad, látom az arcodon. Ó, ne aggódj. Ő is menni fog utánad. Ha lassan mész át, még akár utol is érhet. Kezdjük az elején. A nevem dr. Jeremiah Ford. Egy olyan tudományág doktora vagyok, ami az én időmben még aligha létezett. Micsoda, hát még ezt sem tudod? A kis nyomozó bandáddal milyen munkát végeztetek? Annyit tudtatok csak meg, amit az a féleszű Edwards elmondott, ugye? Tőle aztán várhattatok válaszokat. Hatvanötben, mikor ehhez a pszichopata részleghez került az eset, már tudtam, hogy nincs mitől tartanom. Ugyanis ahhoz az osztályhoz pakolják a Pentagon legdilettánsabb embereit. Olyan politikus- vagy katonacsemetéket, akiket muszáj felvenniük a hadsereg kötelékébe, de olyan inkompetens barmok, hogy nem tudják semmilyen hasznukat venni. Érted már? Nem azért nem jöttek rá, hogy ki vagyok, mert én lennék a Láthatatlan ember. Hisz' itt vagy te! Nem magánnyomozó, sem katonai rendész, mégis megtaláltál engem. Ez elismerést kíván!

Kérdezek valamit, amire igyekezz legjobb tudásod szerint válaszolni, Daniel. Mi a legrosszabb, amit az ember életében elszenvedhet? Ugyan már, gondolkozz! Hamarosan apa leszel, még ha nem is akarod elhinni nekem. Átfogalmazom a kérdésem, hátha úgy könnyebb lesz. Mi a legrosszabb, amit a szülő életében elszenvedhet? Pontosan, barátom. Ha elveszíti gyermekét. Ennek kockázata az én esetemben is fennállt, mikor egyetlen fiamnál, Billynél leukémiát állapítottak meg az orvosok. A mostani orvoslás abban az időben még sehol sem volt. Kezdetleges gyógyszereket tudtak felírni, de amit az orvosok gyógyításnak hívtak, az legfeljebb tünetenyhítésnek bizonyult, rendszerint morfin injekciókkal. Bementem hát az egyetemre, hogy kétségbeesett apaként, egyben kutatóként kitaláljak valamit. Az elkövetkezendő hónapok mindennapjai a következőként zajlottak le: délelőtt és kora délután oktatói feladataimat láttam el, délután és este a fiammal voltam, olvastam neki, játszottunk valamit, vagy kimentünk a parkba sétálni, éjszaka pedig mentem vissza az egyetemre dolgozni. Az irodámban aludtam hetente legalább ötször. Onnan mentem be az első órámra reggel. Az első egy-két hónapban nem volt gond, aztán kezdtek felfigyelni a szokásomra. A kollégáknak derogált, ha láttak engem, ahogy felkelek az irodámban néhány óra alvás után, majd borostásan, gyűrött ingben megyek be az előadóba órát tartani. Hiába mondtam nekik, hogy mit akarok elérni, ők szkeptikusan rázták a fejüket és megpaskolták a vállamat. „Szegény Ford. Azt hiszi, hogy egyedül képes megtalálni egy halálos kór ellenszerét. Egész kutatócsoportok dolgoznak rajta, de ő azt hiszi, hogy egymaga biztosan megalkotja a gyógyszert. Inkább töltsön minél több időt vele, amíg lehet, végül engedje el méltósággal." – mondogatták a hátam mögött. Valóban szélmalomharcnak tűnt, de fogalmuk sem lehetett róla, hogy milyen érzés kutatóként tétlenül nézni, ahogy a fiam szenved. Nem törődtem velük. Éjszakai szállásomat áttettem a labor egyik személyzeti irodájába, onnan mentem órát adni. Vittem magammal csereingeket, hogy azért se szólhasson a tanszékvezető. Ezzel teltek a mindennapjaim.

Billy állapota egyre rosszabbodott, ezért a laborban is egyre vakmerőbben és gyorsabban kezdtem dolgozni. Létre akartam hozni egy olyan anyagot, ami az emberi szervezetbe jutva képes a mutálódott DNS-t kijavítani. Tudom, elég elrugaszkodott ötletnek tűnt, sőt inkább lehetetlennek is. Ahogy rosszabbodott Billy állapota, mikor már a házat sem volt képes elhagyni, én is egyre kevesebbszer mentem be a Columbiára. Egyik éjszaka csak úgy megszokásból beugrottam, hogy ránézzek a jegyzeteimre. Elhaladtam a fizika tanszék raktára mellett. Az ajtó nyitva volt, bent sehol egy lélek. Körbenéztem a polcok között és találtam egy fém ládát, amire az volt írva, hogy *Freedom 7*, alatta pedig a NASA logója virított. A láda apró ólomkapszulákat rejtett, melyekben piciny por- és kőminták hevertek. Egyet magammal vittem. Fogalmam sem volt, hogy mi van benne, valószínűleg azon fizikusoknak sem, akiknek ezt a ládát címezte az űrkutatási hivatal. Elvittem a kapszulát a laboromba, ahol egy apró, gombostűfejnyi darabot mikroszkóp alá tettem. Ekkor feltárult előttem valami hihetetlenül csodálatos dolog. A kődarabka egyszeriben életre kelt! Nem gondolkoztam, megfogtam és hozzáadtam a szerhez, amit hónapok alatt hoztam létre. Önmagában semmit sem ért, egészséges ember legfeljebb immunerősítőként használhatta. Ám most ezzel a mozgó kaviccsal minden megváltozott. Beadtam egy előre megbetegített egérnek. Néhány óra múlva vért vettem tőle, ami inkább megalvadt vérre hasonlított, olyan fekete volt. A DNS-ében már nem csak helyenként láttam mutációt; az egész DNS-lánca mutálódott. Azonban a ráknak nyoma sem volt. Ez a valami erősebb volt nála, ugyanis nem hogy elpusztította, hanem teljesen átvette a helyét. Hazamentem aludni egy keveset. Számtalan álmatlan éjszaka után végre úgy éreztem, hogy sikerült elérnem valamit.

A korai örömöm hiábavalónak bizonyult. Reggel ironikus módon én is ugyanúgy megdöbbentem a látványon, mint ti szegény Edward kibelezett hulláján. A mutálódott egérnek nyoma veszett, kirágta magát a ketrecből. Azonban mielőtt útra kélt volna, megette társait is. Összetörtem. Ezt nem adhattam be a fiamnak. Beletörődtem hát, hogy el kell engednem. Az egyetlen fiam, akiből ki tudja, mi lett volna felnőtt korában, meghalt. Az anyja megroppant a gyászban, én pedig ahelyett, hogy mellette lettem volna, inkább folytattam a kísérletezést. A laborban történt incidens ellenére nagyon ígéretesnek tűnt a szer. Ez azonban sokaknak nem tetszett. Többek között a munkaadómnak és a feleségemnek.

– Miután elvették a doktorimat, a feleségem is beadta a válókeresetet. Mit tehetett egy magára maradt kutató? Nevet változtattam és elköltöztem Texasba, ahol egy kisvárosi gimnázium biológiatanára lettem. Hoztam magammal a kutatási anyagot, amit sikerült kicsempésznem az utolsó napomon. Nem adtam fel! Folytattam a kísérleteket egereken, amik végül nem rágták ki magukat saját zárkájukból, hogy felfalják társaikat. Helyette kaptam egy olyan egeret, ami immunis minden földi kórra, és – most figyelj! – nem öregedtek el a sejtjei. Az egyetlen gond az volt, hogy rengeteg húst kellett adnom a rágcsálónak, különben agresszívvá vált. Ez az egész, ami itt történik, csak a véletlen műve, hinned kell nekem! Az az átkozott egér… biztosan nem kapott elég kaját. Kivettem, és lehányt a rohadék. A hányadék, akár a vad, amely szagot fogott, elindult felém. Nem tudtam mit tenni. Átmarta a kezemen a húst és belém mászott. Üvöltöttem, vonaglottam a földön az éjszaka közepén, de minden hiába. Reggel új emberként ébredtem. Jeremiah Ford, aki elvesztette fiát, akit otthagyott a felesége, akit kirúgtak egyetemi tanári állásából, örökre elveszett. El sem tudod képzelni, milyen az, mikor szüntelen éhséget érzel! Ahogy autóztam haza, megláttam azt a sok állatot. Nem tudtam irányítani magam. Sosem tudom, mikor éhes vagyok. Egyszerűen csak kiadom magamból a váladékot, a többit elvégzi ő helyettem. Ám akkor még nem tudtam, hogy mi az, ami igazán felizgatja a bennem rejlő szörnyet. Bizony, Daniel, a tűz! Mikor a lángszóróval elkezdték felégetni a mezőt, egyszerre kitört belőlem valami. Jassica. Nem tudom, mit keresett olyan későn az iskolában. Ismertem őt az óráimról. Jó tanuló volt. Kár érte.

– Szánalmas vagy, Earl! – Hosszas hallgatás után végre sikerült megszólalnom. – Csak a fiadat próbáltad megmenteni... csak baleset volt... mit keresett éjszaka az iskolában? Mindig van választásunk, Earl. És te folyamatosan rossz döntéseket hoztál. Nem a véletlen műve, sem isteni beavatkozás nem volt az egész, hanem egyedül te vagy az oka mindennek. – Azt vártam, hogy ezek után egyből végez velem, de legnagyobb meglepetésemre csak némán bólogatott szemrehányó szavaimra.

– Igazad lehet. Én vagyok az oka. Ahogy puszta kezeimmel feltéptem puha és illatos bőrét és elkezdtem falatozni testéből, rájöttem valamire. – Szelíd mosoly ült ki az arcán, amint odahajolt hozzám. – Arra, hogy élvezem! – Már vigyorgott. – Mindenesetre továbbálltam. Nem tudtam, hogy lesz egy személyi takarítóbrigádom, akik folyamatosan jönnek utánam és tüntetik el a mocskot, amit magam mögött hagyok. Milyen kényelmes, nem igaz? Kedvemre megölhetek bárkit, a hadsereg lesz olyan szíves és eltussolja az ügyet. Minden sorozatgyilkos erre vágyna.

– Még egyet árulj el nekem, Earl. Lucy és Jack is olyan, mint te?

– Van ennek a létnek egy átka. Gyermeknemzésre már képtelen vagyok.

– Ez azt jelenti, hogy...?

– Barbara férjével pár éve egy tragikus baleset történt. – Újabb vigyor. – Én pedig ott voltam nekik. Ne aggódj, Daniel. Ők csak eszközök, nem áldozatok. Korábban is hagytam már hátra embereket, akiket a családomnak mondtam mások előtt. Ők túl fogják élni.

XIII. fejezet
Homok és jég

Mi lehet ő valójában? Emberi tulajdonságai összekeverednek valami nem evilági lényével. Az eredmény egy ellentmondásos személyiség, amely nem a természetbe való. Az elmúlt hetekben láttam rajta a törődést, a bánatot, az örömöt, a fáradtságot. Olyan embernek néztem, mint bármelyikünket.

E tiszta emberi érzelmek mögött mégis talán minden idők legpusztítóbb biológiai fegyvere lappangott, amely előszeretettel pusztít el mindent, ami szerves a természetben. És miért? Mert táplálékra van szüksége, azonban mégis élvezi, ha emberi zsigerekből lakmározhat. A kétségbeesés teremtette e lidércet. Ahelyett, hogy elfogadta volna fia sorsát, ő inkább a halál urává akart válni egy olyan szerrel, amelyet senkinek nem szabadott volna a földön létrehoznia.

Az anyag, amelyet ellopott a NASA ládájából, ki tudja, mi lehetett. Tán az összes tartály közül csak abban az egyben volt egy olyan valami, ami megváltoztatta dr. Ford fizikai és mentális viselkedését. Egy anyag, amely pusztításra lett programozva, egy test, amely élvezi a pusztítást. A kettő között mi található? A kutató maga, ami megmaradt régi énjéből, csupán egyetlen célból: leplezze a magában rejlő féktelen ösztönt.

Mik vagyunk mi valójában? Áldozatok lennénk csupán? Kis odafigyeléssel vajon észre tudtuk volna venni ezt a gyilkos ösztönt? Megannyi kérdés, választ azonban nem kaphatunk rá. Megtettük a legtöbbet, ami tőlünk telt. Ki elfutott, mentve magát és családját mindettől. Ki szembeszállt, próbálva dacolni félelmeivel, maradni és kitartani a végsőkig. Az elmúlás után azonban már mindegy lesz, bármilyen döntést is hoztunk. Ha találkozunk is Mr. Curtisszel, elmondhatjuk neki, hogy mi megpróbáltuk. „Így derék, fiam. Le a kalappal!" – csettint egyet ujjaival.

Az időnk fogytán. Ezt nem csak abból sejtem, hogy Earl egyre ingerültebben járkál fel-alá, hanem az öklendezésből, ami a monológja közben abbamaradt, de most újra sugárban hányja ki magából parazita testnedvét. Egyre több és több kúszik felénk. Julie tehetetlenül sír, hisz' sejti, élete utolsó perceit éli át. Earl hangja eltorzul, hangszintje hullámozni kezd.

– NE sírj, kedves-EM! Csak EGY pillanat-IG FOG tartani az EG-ész. – Ha ezzel azt akarta elérni, hogy jobban kétségbe essen, akkor sikerült neki. – DAN vigyáz-NI fog RÁD, UGYE, BA-rátom? – nézett rám kérdő tekintettel.

– Így igaz, Earl. Vagy dr. Ford. Lenne egy utolsó kérdésem. Ha most Billy itt lenne és látna téged, ahogy minket szedsz darabokra, mit szólna? Az apja, akivel kint sétált a parkban, aki olvasott neki… idáig jutott. – Nem tudom, mit akartam ezzel elérni. Időt húzni? Miféle időt, hisz' nem szóltam senkinek sem, hogy „ha félóra múlva nem jelentkezem, szólj mindenkinek." Rábeszélni a lelkiismeretére? Azt sem tudtam elképzelni, hogy Earl egyszeriben hátrahőköl és kijelenti, hogy „igazad van, Dan. Egy szörnyeteg vagyok. Ideje abbahagynom, Billy miatt." Mégis bíztam egy *deus ex machina*ban, ami talán kihúz a gödörből, szó szerint. Ám úgy tűnt, hogy ez az isteni beavatkozás ezúttal elmarad. Earlt végre sikerült feldühítenem. Már-már aggódtam miatta, olyan békés volt mindezidáig. Üvöltött egyet, majd újabb adag tört fel torkából. Ezúttal nem a földre eresztette ki magából, hanem szájából fröcskölve beterítve bennünket. A halál azonban nem eltervezetten érkezik hozzánk. Sosem tudhatjuk, hogy a következő öt percben meghalunk-e vagy sem. Arra számítottunk mindketten Julie-val, de mégis elkerült minket az ítélet.

Két dörrenés, ennyit hallottunk azelőtt, hogy Earl mozgása bizonytalanná vált volna. Először térdre rogyott, végül elterült a hasadék homokjában. A testünket borító összes fekete anyag, mintha visszavonulót fújtak volna neki, egyszerre pergett le rólunk és masírozott vissza gazdatestéhez. Julie zavarodottan, mindinkább összetörten rogyott le a földre. Siettem oda hozzá, már amennyire erőm engedte. Féltem a földön vonagló Earltől. Hátán két lyuk tátongott, amiben parazitaként mocorgott a massza. Julie irányába haladva felpillantottam a hasadék bejárata felé, de csak egy sziluettet tudtam kivenni a homályban. Megragadtam a lányt, és talpra állítottam. Belém kapaszkodva haladtunk a kijárat felé. Szememet folyamatosan a testen tartottam. Ezzel a három golyóval csak annyit ért el a fenti alak, hogy kiszabadultunk. Elpusztításához több kellett, de volt ötletem, hogy mit kell tennünk. Már csak a megmentőnk kiléte maradt rejtély számunkra. Talán Olive szólhatott valakinek, vagy egy katona lehetett rutinlátogatása során? Bárki is volt az, alighanem megmentette az életünket.

– DAN! Hála az égnek! – Nem hittem a fülemnek. Lehet, hogy már belőlünk eszik, és ez csak a haláltusánk utolsó látomása? Mások fehér fényt vizionálnak, egy hang szólítását, én pedig Livi hangját. Egy ismerősen hideg kéz felém nyúlt, megragadott, és kirántott a mélyből mindkettőnket. Nem számított, hogy a porban ülünk, ő rám ugrott, akár egy macska az áldozatára, és szinte belenyomott a homokba. Ahogy rám nézett, mondhattam volna neki, hogy „nem sírok, csak homok ment a szemembe", de értelmetlen volt tagadni. Homlokát nekinyomta az enyémnek, behunytuk a szemünket és csak feküdtem a homokban, ő pedig rajtam.

– Mióta van pisztolyod, cowgirl? – Elnevettük magunkat.

– Amióta Mr. Curtis adott nekünk egyet. – Nahát, erről teljesen megfeledkeztem.

– Bocsi, hogy közbeszólok, de akkor most meghalt? – szakított félbe minket Julie. Valóban kicsit ignoráltuk őt, de biztosra veszem, hogy ő is ugyanígy fog reagálni, amint meglátja kedvesét. Mindenesetre koncentrálnunk kellett, mivel amíg mi kirobbanó érzelmekkel örülünk egymásnak, addig Earl egyre erősebb lesz.

– Nem, Julie – feleltem. – De itt az ideje, hogy meghaljon. – Felálltam és elindultam a folyékony nitrogénes tartályokhoz, melyeket a hadsereg volt olyan szíves és előre kikészített nekem. Már-már azt is hihettem, hogy ezt az egészet előre eltervezték.

Odavittem három palackot a gödör lejáratához. Lemásztam az első sziklára, hogy közvetlenül Earl teste fölött álljak. Kezembe adták az első palackot, amit óvatosan kinyitottam, és elkezdtem rácsorgatni a testre. A hatás azonnali volt. Anélkül, hogy sikolyok és vonaglások közepette próbált volna ellenállni a rázúduló fagynak, egyszerűen csak elfogadta sorsát. Némán feküdt ott, mikor ráöntöttem a második palack nitrogént. A kiáramló ködtől már alig lehetett látni a testet. Nem haboztam, ráborítottam a harmadik tartály tartalmát is. A hideg olyan erősen áramlott ki a veremből, hogy a szikla is kezdett csúszóssá válni, amin éppen álltam. Óvatosan kimásztam, és odaálltam Olive és Julie mellé. Pár pillanatig néztük a tátongó lyukat. Vártuk, hogy egy üvöltés közepette kitörjön, mindhármunkat lerántva oda, ahova szerinte való az emberiség. A szakadék peremén álltunk ismét, ám némaság fogadott bennünket, így hátat fordítottunk és elsétáltunk. Nekünk már nem volt több tennivalónk.

Hajnalodott, ahogy sétáltunk vissza házunkhoz szótlanul. A ritka légköri jelenséget magával vitte valami. A nap feljött úgy, ahogy bárhol a világon. Sem felhő, sem homok nem zavarta melegítő sugarait. A csillagok egyre hunytak ki, ahogy haladtunk előre. A sivatag egyetlen hangja a cipőink csoszogása volt a porban. Mintha csak nem egy szörnyet némítottunk volna el, hanem az egész élővilágot.

Ez a némaság csupán múló pillanat volt. A csoszogásunk hangját átvette a trappolás hangja. Mindenkinek van valakije, aki felé rohan egyszer az életben. Julie és Stacy pillanata most következett el. Bár máskor is láttunk tőlük boldog egymásra borulást, ahogy mi is produkáltunk heves érzelmeket egymás iránt, de ez most teljesen más volt. Ilyen pillanat csupán egyszer van az életben. A szeretet ott van a mindennapjainkban. Puszit kapunk a gyermekünktől, mikor kitesszük az iskolánál. Ölelést kapunk szüleinktől, mikor elköszönünk tőlük egy vacsora után. Megcsókol a párunk, mikor kávéval várjuk őt reggel. A szeretet képes látszólag elbújni, mikor nem értünk egyet a másikkal, mikor veszekszünk vele egy döntése miatt. Mindezen érzelem eltörpül azonban amellett, ha szerettünknek szüksége van segítségre vagy törődésre. Ez az a pillanat, ahol a szeretet igazán megmutatja igazi arcát.

Ezt láthatta Julie rajtunk pár perccel korábban és ezt látjuk mi is magunk előtt, ahogy futnak egymás felé. Akárcsak mi, úgy ők is a földön fekszenek. Stacy egy pillanatra felnéz ránk, majd ajkaival egy néma „köszönömöt" intéz felénk. A köszönet nagy része, ha nem az egész, Olive-nak jár. Ugyanakkor ez a látvány mindkettőnknek elég jutalom törekvéseinkért. Elindulunk haza. A lányok is követnek minket, néhány lépésre lemaradva tőlünk. Vár bennünket az otthon.

Mind leültünk a nappaliban. Most értünk el ahhoz a pillanathoz, hogy igazán kezdtük felfogni, mi is történt valójában. Tudatosult bennünk, hogy az életünk nem sokon múlt. Kelleni fog néhány nap, ha nem hét, hogy ezen túl legyünk. Elmentem a telefonomért, hogy egy utolsó üzenetet hagyjak néhai szomszédunknak.

Jurij a veremnél tálalva

Bepötyögtem az üzenetet, és mielőtt elküldtem volna, letettem az asztalra, hogy mindenki lássa. A mobil fölé hajoltak, szinte éreztem, hogy a lélegzetüket is visszatartják, mielőtt rányomtam a küldésre. Nagy sóhajjal hátradőltünk.

Az emeleti ablakból figyeltük, ahogy megérkezik az első katonai járőr a helyszínhez. Láttuk, ahogy rohan vissza a dzsiphez, valószínűleg megerősíteni, amit az üzenetben is írtam Edwardsnak. Negyedóra elteltével talán az egész katonai bázis kivonult oda. Humveek, Hazmat-furgonok, teherautók, melyekről párosával ugrottak le a katonák. Megdöbbentő, mekkora apparátust képesek felvonultatni a tetemhez, ám mégsem voltak képesek ők maguk elintézni. Scotték háza előtt is megállt két fekete terepjáró. Valakinek el kellett mondani, hogy mi történt Earllel, még ha nem is az igazságot mondják el a nejének. Barbara minden segítséget és támogatást meg kell, hogy kapjon tőlünk. Elképzelni sem tudjuk, hogy mit érezhet. Másodszorra maradt egyedül gyermekeivel. Mi azonban itt maradtunk nekik, bármi történjék.

***

Teltek-múltak a hetek, amik aztán hónapokká formálódtak. Kezdetben a szomszédok folyamatosan szivárogtak vissza, miután elterjedt a hír, hogy „sikerült kézre keríteni a brutális sorozatgyilkost". E hírek minden egyes szava vagy hazugságnak, vagy enyhe kifejezésnek bizonyult. Mindent a pánik elkerülése érdekében, nem igaz, Tom? Egyvalaki azonban nem tért vissza soha. Elizabeth, miután megtudta, mi történt Mr. Curtisszel, képtelen volt visszatérni otthonába, ott maradt testvérénél északon.

Mr. Curtis holttestét keresték, többször is átkutatták a barlangot maradványok után, de semmit sem találtak. A jó dr. Ford bizonyára alapos munkát végzett. Az idős ex-rendőr gyermekei eljöttek a holmijáért. Elkeserítő, hogy milyen körülmények között kellett velük találkoznunk. A szomszédokkal a háza előtt egy rövid megemlékezést tartottunk, amin a gyerekei és néhány unokája is jelen volt. Mr. Curtis volt az igazi hős mindannyiunk közül.

Ami a hadsereg további tevékenységét illeti, hát... nem tudok sok mindent elmondani. Annyi bizonyos, hogy Jeremiah Ford holttestét elszállították. Hogy mit csinálnak vele, azt még talán ők maguk sem tudják. A vermet két betonkeverővel feltöltötték, mintha egy szarkofágot húznának fel a sivatagban. Edwardsról és társáról nem hallottunk többet, de nem jelentkezett más sem a részlegüktől. Úgy tűnt, megkímélnek minket a további „vallomásfelvételtől". Hála helyett ezt kaptuk jutalmul. Mi kibékültünk vele.

Mire beköszöntött az ősz, úgy tűnt, minden visszatért a régi kerékvágásba. Otthon az emberek ugyanakkor még kétszer ellenőrizték, hogy bezárták-e az ajtót éjszakára. A lelke mélyén mindenkiben benne élt még a sokk, amit ez a nyár okozott.

A legügyesebb túlélők a gyermekek voltak, akik továbbra is elcsavarogtak a sivatagba kincsek után vadászni, szüleik legnagyobb félelmei ellenére. Ők másként élték meg, mint mi, felnőttek.

Julie és Stacy gyakori vendégekké váltak nálunk, ugyanúgy, ahogy mi náluk. Ez a baráti kötelék olyan erőssé vált közöttünk, hogy biztosítottak afelől, mi leszünk az esküvői tanúik. A megtiszteltetésen kívül meglepődve kérdeztünk rá, hogy ezek szerint eljegyezték már egymást, de egyelőre nemmel válaszoltak. Nem csak ők, de Jack és Lucy is gyakran járt nálunk, sokszor vigyáztunk rájuk, amiért Barbara hálás volt. Szerencsére a támogatásban partnerre leltünk más szomszédok személyében is. Az utca ideköltözésünk idején mondhatni egy átlagos szomszédságnak bizonyult, mára azonban minden vagyunk, csak nem átlagosak: összetartó, segítőkész és baráti egységgé vált minden ház lakója.

Én ősszel kaptam néhány munkát, párszor távol voltam otthonról, de mindig legfeljebb egy hétre, és szigorúan csak belföldön. Néha Olive is velem tartott, de neki is megvolt a maga feladata. Szerveznie kellett a New York-i kiállítását, amit nála talán még Julie és Stacy is jobban várt.

Mikor karácsonykor New Yorkban voltunk, sokszor megfordult a fejünkben, hogy maradnunk kellene a havas Keleti-parton. Pár nappal a kiállítás előtt landolt a belföldi járatunk a La Guardia repülőtéren. Korábban jöttünk, hogy Livi megnézhesse, minden rendben megy-e a kiállításon. Stacy és Julie a megnyitó napján érkeztek a városba. Kimentünk eléjük a reptérre, majd a kibérelt lakásunkhoz vittük őket. Este együtt mentünk a megnyitóra, ami káprázatosra sikerült. Ugyanezt elmondhattuk az elkövetkezendő napokról is.

New York egy olyan pontja a világnak, ahol a karácsonyt és újévet a maga varázslatos pompájában élheti át az ember. A hangulat, a színek, a kivilágított város, a levegő, mindenben ott van a meghittség, ami az ünnepeket övezi. A két lány még sosem járt New Yorkban karácsonykor, így őket jobban levette a lábáról a város.

Mindenki ezt érezheti az első alkalommal, főleg ha hó is esik ez idő tájt. Nem tudjuk, hogy a város hangulata szippantotta-e be őket, vagy előre eltervezték döntésüket, minket mégis kellemes meglepetésként ért, hogy nyáron beharangozott ígéretüknek eleget téve immár biztosan az esküvői tanúik leszünk, ugyanis eljegyezték egymást. Az ünneplésünk ekkor szintet lépett.

Amíg őket magukra hagytuk, hogy felfedezzék a várost, mi találkoztunk a régi ismerősökkel, bementünk korábbi munkaadóm szerkesztőségébe, ahol tárt karokkal várt mindenki. Ez az érzés késztetett minket a maradásra. Szilveszterkor együtt néztük a Times Square-en, ahogy New York polgármestere leereszti a gömböt. Mellettünk Julie és Stacy látványtól magasztos tekintete döbbentett rá, hogy már új otthonunk van. Azért az otthonért többet küzdöttünk, mint bárki más a sajátjáért. És nem vagyunk egyedül! New York-i vendégeink azok, akik miatt egy régi munkatársért sem maradnánk itt. A kölcsönös bizalmunk immár felbonthatatlan kapocs marad.

Ott töltött időnk utolsó napján búcsúként kimentünk a parkba, ahol közös életünk elkezdődött. Úgy tűnt, ez szokássá fog válni, ahányszor ellátogatunk a városba. Kettesben tettünk egy sétát a földgömb körül, majd eljöttünk. Ki tudja, mikor térünk vissza. Reméljük, hamarosan.

Epilógus

Háromszázhatvanöt nap. Egy éve mondta Olive, hogy otthonná fogjuk ezt a házat varázsolni. Azt hiszem, ez sikerült. Hiába ostromolták sötét erők, mi megvédtük azt. Most barátainknak és családunknak ad otthont. Újabb vihar közeleg, ezúttal csak esőt jósolnak az örökké száraz sivatag felől. Úgy döntöttünk hát, hogy a lehűlés előtt – már amennyire ez lehetséges egy sivatagban nyáron – grillezünk egyet. Az összejövetellel egyúttal megemlékezünk barátunkról, Mr. Curtisről, aki ha itt lenne, már háromszor rám szólt volna. „Hogyan forgatja azt a húst, fiam? Nem veszi észre, hogy nincs elég parázs?" Ezen mind elnevettük magunkat. Garantáltan megkapnám a magamét. De ne feledkezzünk meg Mr. Johnsonról sem, akinek a kerti partiján mutatkozhattunk be a szomszédságnak, és Henriette Edwardsról sem, aki az életét áldozta egy megnyerhetetlen harcban. Ők azok, akik közvetett módon biztosították a mi túlélésünket. Örökké hálásak leszünk érte.

Hármasban koccintottunk egyet, ki-ki a maga italával. Egy valaki hiányzott, amit hamar szóvá is tettek.

– Gyere már, Julie, megmelegszik a söröd! – kiáltott fel az udvarról feleségének Stacy. Ő megjelent az emeleti ablaknál, ölében keresztlányával.

– Integess anyunak és apunak, Maxine! – dalolta neki, majd felemelte a kezét és úgy integetett nekünk.

Maxine, a lányunk. Ártatlan tekintetét az édesanyjától örökölte, tőlem pedig vehemens kíváncsiságát az ismeretlen iránt. A két lány kitörő boldogsággal fogadta Maxine érkezésének hírét. Ezt az örömöt csak az tudta felülmúlni, mikor elárultuk nekik, hogy rájuk gondoltunk, mint keresztszülőkre. Keresve sem találhattunk volna alkalmasabb embert a posztra. A hírnek még egy ember örült, nevezetesen Lucy, aki úgy érezte, ezzel egy húgot fog kapni. Miután visszaintegettünk Maxine-nak, Julie letette szunyókálni.

A húsok hamarosan elkészülnek, ideje megteríteni az asztalt. Nyugat felől már egy kevés felhőt látni a horizonton, de még messze van a vihar. Van időnk, nem kell sietnünk. Ahogy vacsoráztunk, a nap egyre alacsonyabbra kúszott, és lassan kezdte merőlegesen beborítani a házat sugaraival. Nem maradt sok hátra, hogy bekússzon a felhők mögé. Akármennyire el is bújik az égen, nálunk soha többé nem lesz sötétség. Azon már túl vagyunk, most itt a hajnal ideje. A kinti rádióban egy Coldplay-szám szól, ami épp a záró soraihoz ér.

And if we've only got this life
In this adventure, oh then I
Want to share it with you[5]

Ahogy nézem az eltűnő napot és hallgatom a zenét, Olive lép mellém és átkarol. Bármilyen kaland is jön velünk szemben az úton, azt egymással fogjuk megosztani ezután is.

---

5 És ha csak ezt az egy életet kaptuk / Ebben a kalandban, ó, akkor / Veled akarom azt megosztani – Adventure Of A Lifetime

Zárszó

Noha a helyszín egy kitalált arizonai város, a cselekményt mégis igyekeztem beilleszteni a valóságba. Így azok, akik esetleg figyelemmel követték az elmúlt évek külföldi sajtóhíreit, bizonyára felfedezhettek néhány utalást megtörtént eseményekre.

Szeretném hálámat kifejezni három barátomnak – Vivinek, Barnabásnak és Péternek – az azonnali és őszinte „kritikájukért". Külön kiemelném azt a személyt, akinek e könyvet ajánlom. Az írás során nyújtott odaadó támogatásod eredménye ez a regény.

Végül, de nem utolsó sorban, köszönöm kitartásodat neked, kedves Olvasó. Ez jelenti számomra a végső jutalmat, amiért papírra róttam e sorokat.

MAJOR EMIL
2017. szeptember

A szerző

A szerző a rendszerváltás után született, életét egy vidéki kisvárosban éli. Végzettségét tekintve informatikus, de hallgatott közgazdaságtant és matematikát is. Introvertált személyiség, szeret a háttérbe húzódni és inkább megfigyelni a dolgokat, semmint beleavatkozni az eseményekbe. Kortársaival ellentétben a személyes kapcsolattartás híve: szeret tartalmas email-eket váltani, illetve hosszas beszélgetésekbe merülni barátaival. Szabadidejében szívesen játszik videojátékokkal, és imád fotózni.

novum KIADÓ A SZERZŐKÉRT

A kiadó

Aki feladja,
hogy jobbá váljon,
feladta,
hogy jobb legyen!

E mottó alapján a novum publishing kiadó célja az új kéziratok felkutatása, megjelentetése, és szerzőik hosszútávú segítése. Az 1997-ben alapított, többszörösen kitüntetett kiadó az egyik legjelentősebb, újdonsült szerzőkre specializálódott kiadónak számít többek között Ausztriában, Németországban és Svájcban.

Valamennyi új kézirat rövid időn belül egy ingyenes, kötelezettségek nélküli kiadói véleményezésen esik át.

További információkat a kiadóról és a könyvekről az alábbi oldalon talál:

w w w . n o v u m p u b l i s h i n g . h u

Értékelje ezt a könyvet honlapunkon!

www.novumpublishing.hu